저니맨 김태식 1□

설경구 장편소설

초판 1쇄 찍은 날 § 2018년 4월 4일
초판 1쇄 펴낸 날 § 2018년 4월 11일

지은이 § 설경구
펴낸이 § 서경석

총괄팀장 § 최하나
편집책임 § 이선근
편집 § 김슬기

펴낸곳 § 도서출판 청어람
등록번호 § 제387-1999-000006호
등록일자 § 1999. 5. 31
어람번호 § 제1-2879호

주소 § 경기도 부천시 부일로 483번길 40 서경B/D 3F (우) 14640
전화 § 032-656-4452 팩스 § 032-656-4453
http://www.chungeoram.com
E-mail § chungeorambook@daum.net

ISBN 979-11-316-91696-0 04810
ISBN 979-11-316-91421-8 (세트)

설경구 **장편소설**

FUSION

FANTASTIC

STORY

10

저니맨 김태식

청어람
도서출판

저니맨
김태식

Contents

1. 에이전트

"이제 정리는 어느 정도 끝났나?"

태식이 감독실로 찾아갔을 때, 이철승 감독이 물었다.

"네, 대충 끝났습니다."

"그럼 이제 본격적으로 시작해 볼까? 우선 인사부터 해."

태식이 이철승 감독의 곁에 서 있는 남자를 바라보았다.

나이는 30대 후반 정도.

검정색 정장을 입은 남자가 태식에게 먼저 악수를 청했다.

"데이비드 오라고 합니다."

"김태식입니다."

가볍게 악수를 나눈 후 데이비드 오가 명함을 건넸다.

그 명함을 받아 든 태식이 유심히 살폈다.

—라이트닝 에이전시 수석 에이전트 데이비드 오.

명함에 적혀 있는 데이비드 오의 직책이었다.

"나와 친분이 있는 에이전트야. 주로 스포츠 선수의 계약을 대리하는 에이전시에 속해 있는데. 꽤 능력이 있는 친구야."

"감독님에게서 말씀 많이 들었습니다. 초면에 이런 말씀 드리는 것이 조심스럽지만, 좀 안타까웠습니다."

태식이 두 눈을 깜박였다.

갑자기 안타까웠다는 이야기를 꺼내는 데이비드 오의 의도를 파악하기 어려워서였다.

"무슨 말씀이신지?"

"지난 시즌이 끝나고 나서 연봉 오천만 원에 계약을 했다는 소식을 들었습니다. 에이전트 입장에서는 사기 계약이나 다름없는 계약이었습니다."

"저에 대해 아십니까?"

"비록 직접 만난 것은 처음이지만, 김태식 선수와 오랫동안 알고 지냈던 것처럼 친숙합니다. 아마 제가 김태식 선수의 자료를 많이 찾아봤기 때문일 겁니다."

'얼마나 알고 있을까?'

희미한 미소를 머금고 있는 데이비드 오를 태식이 바라보고 있을 때였다.

"얼마나 찾아봤나?"

"가장 예전 것은 김태식 선수의 고교 시절 경기 영상이었습니다."

이철승 감독의 질문에 데이비드 오가 꺼낸 대답을 들은 태식이 놀란 표정을 감추지 못하고 드러냈다.

태식이 고교 시절은 약 20년 전이었다.

그런 만큼 당시 경기 영상은 무척 구하기 어려웠다.

태식조차도 당시 경기 영상을 갖고 있지 않은 상태였다.

'혹시 거짓말을 한 게 아닐까?'

해서 태식이 의심스러운 시선을 던진 순간, 데이비드 오가 다시 입을 뗐다.

"당시 경기 영상을 구하는 것은 무척 어려웠습니다. 김태식 선수의 모교까지 찾아가서 예전 감독님을 만나고 난 후에야 겨우 영상을 복사할 수 있었습니다."

모교를 찾아간 것으로 모자라, 예전 은사까지 찾아가서 당시 경기 영상을 구했다는 데이비드 오의 설명을 들은 순간, 태식이 새삼스러운 시선을 던졌다.

꼼꼼하고, 또 열심히 하는 데이비드 오의 모습이 태식에게 신뢰를 심어주기 시작했다.

"그리고 가장 최근은 월드 베이스볼 클래식 대회에서 김태식 선수가 활약하던 영상이었습니다. 아니, 좀 더 정확하게 말하면 경기장에 직접 찾아가서 보기도 했습니다. 그 결과 제가 내린 결론은… 김태식 선수는 아까운 선수였습니다."

아까운 선수라는 표현이 태식의 관심을 잡아끌었다. 그렇지만 정확하게 이해하기는 조금 어려웠다.

"좀 더 자세히 설명해 주시겠습니까?"

자신에 대한 데이비드 오의 평가가 궁금했다.

해서 태식이 요청하자, 데이비드 오가 기꺼이 그 제안을 받아들였다.

"고교 시절 김태식 선수는 야구에 대한 재능이 무척 뛰어났습니다. 만약 그 당시에 좋은 에이전트를 만났었다면 메이저리그 진출도 가능하지 않았을까 하는 생각이 들 정도였습니다. 그렇지만 김태식 선수는 프로 무대에 뛰어든 후 가진바 재능을 꽃피우지 못했습니다. 제가 판단하기에는 대학에 진학하지 않고 바로 프로 무대로 뛰어들었던 것이 가장 아쉬웠습니다."

데이비드 오의 설명을 듣던 태식이 고개를 끄덕였다.

지금까지 야구를 해오는 동안 여러 가지 후회들이 남았다. 그 후회들 가운데 하나가 바로 대학 진학을 포기하고 바로 프로 무대에 뛰어들었던 점이었다.

물론 집안 사정이 무척 어려웠기 때문에 당시로서는 어쩔 수 없는 선택이었지만, 만약 대학에 진학했다면 태식의 야구 인생은 또 달라졌을 것이다.

'차근차근 수업을 받고 좀 더 경험이 쌓인 상태에서 프로 무대에 뛰어들었다면?'

경험의 힘은 컸다.

'내 재능만으로 충분하다.'

당시만 해도 패기가 넘쳤던 태식이었는데.

재능만으로는 프로에서 성공할 수 없다는 사실을 태식은 너무 늦게 깨달았다. 그리고 그 결과 부상이라는 악령에 시달렸다.

"부상과 재활, 또 다시 부상, 그리고 재활. 이런 과정에 반복되면서 김태식 선수는 재능을 만개할 타이밍을 놓쳐 버렸습니다. 또, 여러 차례 팀을 옮기는 과정에서 스트레스를 많이 받으면서 서서히 지쳐갔다는 것이 느껴졌습니다. 그런데 놀라운 반전이 일어났습니다. 바로 지난 시즌이죠."

데이비드 오가 도중에 말을 멈추고 태식을 유심히 바라보았다.

"왜 그렇게 보십니까?"

"저도 설명이 필요합니다."

"무슨 설명이 필요하다는 겁니까?"

"갑자기 전혀 다른 선수가 된 이유나 계기에 대한 설명입니다."

데이비드 오가 두 눈을 빛내며 질문했다.

그 질문을 받은 태식의 입가로 희미한 미소가 떠올랐다.

이런 설명을 요구했다는 것이 데이비드 오가 자신에 대해서 철저하게 분석했다는 증거였기 때문이다.

"기적!"

"……?"

"이 정도만 말씀드리겠습니다."

"기적… 이라."

태식의 대답이 만족스럽지 않은 걸까.

여전히 강렬한 시선을 던지던 데이비드 오가 작게 고개를 끄덕였다.

"일단은 그 정도로 넘어가겠습니다. 기적이 일어난 덕분에 지난 시즌의 김태식 선수는 그 전과 전혀 다른 선수가 되었습니다. 솔직히 말씀드리면… 기대가 됩니다."

"어떤 기대가 된다는 말씀이십니까?"

"파장!"

"……?"

"김태식 선수가 메이저리그 진출해서 일으킬 파장이 얼마나 클지 기대가 됩니다. 밤잠을 설칠 정도로."

"좋게 봐주셔서 감사합니다."

"그래서 욕심이 생겼습니다."

"어떤 욕심이 생겼다는 겁니까?"

태식의 질문을 받은 데이비드 오가 대답했다.

"제가 김태식 선수의 에이전트가 되고 싶습니다."

데이비드 오의 첫인상.

나쁘지 않았다. 아니, 마음에 드는 편이었다.

우선 직접 발로 뛰어서 태식의 고교 시절 경기 영상까지 찾아서 확인했다는 데서 그의 열정이 느껴졌다.

또, 차분한 어투로 설명하는 도중에 자신의 의견을 단호하게 피력하는 데서는 신뢰가 느껴졌다.

그렇지만 태식은 바로 대답을 꺼내지 않았다.

메이저리그 진출을 앞두고 능력 있는 에이전트를 만나는 것이 무척 중요하다는 것을 잘 알고 있었기 때문이다.

"너무 열정적인 거 아냐?"

태식이 대답을 미루는 사이, 이철승 감독이 나섰다.

"난 그냥 소개를 해주려고 했을 뿐인데 말이야."

"아까도 말씀드렸다시피 김태식 선수에게 욕심이 생겼습니다."

"그렇단 말이지?"

까칠한 수염이 자란 턱을 매만지던 이철승 감독이 제안했다.

"그럼 능력을 보여 봐."

그 말이 끝나기 무섭게 데이비드 오가 나섰다.

"현재 제가 알고 있는 정보로는 김태식 선수에게 오퍼를 제안한 메이저리그 구단은 두 곳입니다. 맞습니까?"

"맞네."

"최선은 좀 더 기다리는 것입니다."

"꽃놀이패를 쥔 것은 우리 쪽이다?"

"……?"

"아, 어려웠나? 그럼 다시 말하지. 협상에서 유리한 쪽은 우리다. 맞나?"

"네, 맞습니다."

"만약 자네 제안대로 더 기다리면 얼마나 달라질까?"

이철승 감독의 질문을 받은 데이비드 오가 망설이지 않고 오른손을 들어올렸다. 그리고 손가락 두 개를 펼쳤다.

"최소 두 배는 몸값을 올릴 수 있습니다."

"총액?"

"보장 연봉을 말씀드리는 겁니다."

"그러니까 보장 연봉을 200만 달러까지 받아낼 수 있다?"

"정확합니다. 그리고 제가 염두에 두고 있는 구단은 LA 다저스입니다."

"LA 다저스?"

"자금력이 충분합니다. 그리고 아시아 마케팅에 관심이 많고, 실제로 아시마 마케팅을 통해서 많은 수익을 올렸습니다."

태식이 고개를 끄덕였다.

나름 일리가 있다고 판단했기 때문이다.

그때였다.

"그럼 이번에는 질문의 방향을 바꿔보지. 그래도 되겠나?"

이철승 감독이 다시 제안했다.

"편히 말씀하십시오."

데이비드 오가 승낙하자, 이철승 감독이 질문을 던졌다.

"만약 자네가 여기 있는 김태식의 에이전트라면? 협상 과정에서 어느 부분에 중점을 두고 어필할 건가?"

꽤 어려운 질문이었다.

그렇지만 데이비드 오는 이번에도 지체 없이 대답을 꺼냈다.

"두 가지 부분에 중점을 둘 생각입니다."

"두 가지? 뭔가?"

"우선 김태식 선수의 실력입니다."

"그건 나도 같은 생각이니 넘어가고. 나머지 하나는 뭔가?"

데이비드 오가 힘주어 대답했다.

"나이입니다."

'나이?'

데이비드 오가 꺼낸 대답을 들은 태식이 두 눈을 크게 떴다.

두 가지 대답 가운데 전자였던 실력은 어느 정도 짐작할 수 있었다. 그렇지만 후자였던 나이라는 대답은 전혀 예상치 못했던 것이다.

"방금… 나이라고 했나?"

나이라는 대답을 예상치 못했던 것은 이철승 감독 역시 마찬가지일까.

태식보다 먼저 질문을 던졌다.

"그렇습니다."

데이비드 오가 재차 확인해 준 순간, 태식이 참지 못하고 나섰다.

"오히려 마이너스 요소가 아닙니까?"

"왜 그렇게 생각하십니까?"

"저는 야구 선수이니까요."

프로 선수는 신체 능력이 중요했다.

그래서일까.

나이가 젊을수록 몸값도 올라가는 편이었다. 그런데 프로야구 선수로서 이미 환갑을 지났다는 평가를 받는 서른 후반의 나이를 어필하겠다는 데이비드 오의 이야기에는 동의하기 어려웠다.

그렇지만 데이비드 오의 두 눈은 흔들림이 없었다.

여전히 확신에 찬 목소리로 다시 말을 이었다.

"나이와 함께 쌓이는 것이 무엇이라고 생각하십니까?"

"경험입니다."

"또 무엇이 있습니까?"

"연륜."

"그것 외에는요?"

경험과 연륜.

프로야구 선수에게 있어서 나이와 함께 쌓이는 것이 이것 외에 또 무엇이 있을까.

고민해 보았지만 머릿속에 답이 떠오르지 않았다.

해서 태식이 대답을 하지 못하고 있을 때, 데이비드 오가 말했다.

"저는 스토리라고 생각합니다."

"스토리?"

"쉽게 말해 인생이죠."

데이비드 오의 이야기.

한 번에 알아듣기 어려웠다.

해서 태식이 의아한 시선을 던질 때, 데이비드 오가 설명을 시작했다.

"KBO 리그에서 활약하는 이십 대 중반의 프로야구 선수가 있다고 가정합시다. 그 선수의 인생 여정은 어떨까요? 아마 초등학교, 혹은 중학교 때부터 야구를 시작했을 겁니다. 그 후로 대학에 진학하고 졸업 후에 프로에 지명받았을 겁니다. 아주 뛰어난 선수가 아닌 이상, 바로 1군 무대에 진입하기는 힘들었을 테니 아마 2군 무대에서 커리어를 시작했을 겁니다. 짧으면 몇 개월, 길면 2년가량의 2군 무대 생활을 거치고 나서 1군 무대에 올라온 이 선수는 주전들의 체력 보전을 위한 백업 요원 정도가 됐을 겁니다. 여기까지가 이십 대 중반의 프로야구 선수의 인생 여정이죠."

모든 선수의 케이스가 데이비드 오가 든 예와 일치하지는 않았다. 그렇지만 대부분의 선수들은 대동소이한 과정을 거쳤다.

해서 태식과 이철승 감독이 고개를 끄덕였을 때였다.

"어떻습니까?"

"뭐가 어떻냐는 건가?"

"재미있습니까?

"……"

"……"

"굴곡이 있습니까?"

"……"

"……"

"그럼 감동이 있습니까?"

데이비드 오가 차례로 던진 질문에 태식과 이철승이 대답하지 못한 순간, 데이비드 오가 환하게 웃으며 다시 입을 뗐다.

"그럼 이번에는 다른 예를 들어보겠습니다."

'어떤 다른 예를 들려는 걸까?'

태식이 의아한 시선을 던질 때, 데이비드 오가 다시 말문을 열었다.

"현재 KBO 리그에서 활약하고 있는 삼십 대 후반의 선수가 있다고 가정하겠습니다. 초등학교 때부터 야구를 시작했던 이 선수는 고등학교 시절에 본인이 가지고 있던 야구에 대한 재능을 세상에 드러냅니다. 원래 이 선수는 대학에 진학하고 싶었습니다. 실제로 이 선수가 가지고 있던 야구에 대한 재능을 눈여겨본 여러 대학 야구팀에서 스카우트 제의를 합니다. 그렇지만 어려운 가정 형편 때문에 이 선수는 대학 진학의 꿈을 포기합니다. 대신 고등학교를 졸업하자마자 드래프트 시장에 나섭니다.

그리고 이 어린 선수의 재능을 알아본 프로 팀들은 가능성만 믿고 거액의 계약금을 안깁니다."

데이비드 오의 이야기가 진행될수록 태식의 표정이 살짝 굳어졌다.

지금 데이비드 오가 꺼내는 이야기 속의 주인공이 바로 자신임을 알아챘기 때문이다. 그러나 데이비드 오는 태식이 드러내고 있는 표정 변화에도 아랑곳하지 않고 이야기를 계속 이어나갔다.

"그 어린 선수는 어떻게 됐을까요? 과연 프로 무대에 진출한 후 성공했을까요? 고교 무대에 이어 프로 무대에서도 성공했다면 좋았겠지만, 안타깝게도 이 선수는 프로 데뷔전에서 난타를 당합니다. 한 번 실수는 병가지상사. 이렇게 생각하고 쓰라린 첫 경험을 훌훌 털어버렸다면 더할 나위 없이 좋았겠지만, 아직 경험이 많이 쌓이지 않은 어린 선수에게 그것이 쉬울 리가 없습니다. 첫사랑에 실패했던 아픔이 오랫동안 마음속에서 잊히지 않는 것과 마찬가지죠. 다음 등판 기회가 찾아왔을 때는 더 잘해야겠다는 욕심에 사로잡힌 어린 선수는 더 빠른 공을 던지기 위해서, 더 다양한 변화구를 구사하기 위해서 필사적으로 노력했습니다. 그 결과는 어땠을까요? 이 어린 선수는 과욕을 부린 탓에 부상을 당했습니다. 팔꿈치 수술에 이어 투수에게는 치명적인 어깨 수술까지. 모두가 이 선수는 끝났다고 이야기했습니다."

태식이 지그시 입술을 깨물었다.

타인의 입을 통해서 듣는 자신의 이야기.

감회가 남달랐다.

게다가 데이비드 오의 차분한 목소리에는 묘한 울림이 있었다.

그의 이야기를 듣다 보니 무척 힘들었고, 또 방황했던 젊은 시절이 당연하다는 듯이 떠올랐다.

"그렇지만 이 어린 선수, 아니, 더 이상 어린 선수라고 표현하기는 어렵겠군요. 이 젊은 선수는 끝까지 포기하지 않고 재활에 매달리면서 재기를 꿈꿨습니다. 그러나 운명은 가혹했습니다. 힘들고 지루한 재활을 참고 버티면서 재기를 위한 몸부림을 칠 때, 또다시 어깨 통증이 찾아왔으니까요. 이런 가혹한 운명에도 이 젊은 선수의 집념은 대단했습니다. 야수로 전향하면서까지 야구를 계속했으니까요. 불행 중 다행이랄까요. 이 젊은 선수의 재능과 집념을 눈여겨본 야구계 인사들은 이 선수를 잊지 않았습니다. 그래서 이 선수는 이 팀, 저 팀을 전전하는 저니맨이 됩니다. 그런데 말입니다. 과연 이걸 다행이라고 할 수 있을까요? 오히려 희망 고문이 아니었을까요?"

후우.

태식이 긴 한숨을 내쉬었다.

차라리 일찍 야구를 포기했다면?

그랬다면 새로운 인생을 시작할 수 있었을 텐데.

태식은 결국 야구를 떠나 새로운 인생을 시작할 타이밍을 놓쳐 버렸다. 그리고 저니맨으로 여러 팀을 떠돌던 과정에서 태식이 버틸 수 있었던 것은 야구 선수로 성공할 수 있다는 희망이 있었기 때문이다.

그러나 말 그대로 실낱같은 희망일 뿐이었다. 그리고 실낱같은 희망을 쫓는 과정에서 태식은 점점 지쳐갔고 나이만 먹었다.

방금 데이비드 오가 꺼낸 희망 고문이란 표현이 정확했다.

"결국 자신이 가진 야구 재능을 꽃피우지 못한 이 선수는 퇴물 취급을 받게 됩니다. 그리고 은퇴를 종용당하던 이 젊은 선수, 아니, 더 이상 젊은 선수가 아니군요. 이 노장 선수는 은퇴의 기로에 섭니다. 그런데 마치 기적처럼 이 선수는 재기에 성공합니다. 2군 무대에서 두각을 드러내서 1군 무대로 재진입하고, 어렵게 올라온 1군 무대에서 기회를 놓치지 않고 맹활약을 펼치죠. 그 활약 덕분에 국가 대표로 뽑혀서 월드 베이스볼 클래식 대회에 출전한 이 선수는 세계 정상급 투수들을 상대로 홈런을 잇따라 빼앗아냈습니다. 그런데 그보다 더 놀라운 건 뭔지 아십니까? 이 선수가 어깨 수술을 딛고서 다시 투수로 돌아왔다는 겁니다. 일본의 야구 천재라 불리고 있는 오타니 쇼에이와 한 치의 양보도 없는 팽팽한 투수전을 펼쳤던 이 선수는 그 활약을 눈여겨본 메이저리그 스카우터들의 눈에 띄어서 세계 최고의 무대이자 꿈의 무대라 할 수 있는 메이저리그에 초대받기 일보 직전입니다. 어떻습니까? 포기를 모르는 이 선수의 야구 인생 이야기. 수없이 넘어져도 다시 일어나는 오뚝이를 보는 것 같지 않습니까?"

데이비드 오가 길었던 열변을 마쳤다.

후우.

그제야 태식이 긴 한숨을 토해냈을 때, 데이비드 오가 다시 말했다.

"자, 다시 묻겠습니다. 재미가 있습니까? 굴곡이 있습니까? 그리고 이 이야기에서 감동이 전해집니까?"

그 질문을 받은 태식이 이야기 속에서 자신을 지웠다.

마치 전혀 모르는 다른 선수의 이야기라고 생각하며 데이비드 오가 꺼냈던 이야기들을 다시 찬찬히 떠올려 보았다.

"재미있네요."

"굴곡도 있고."

"감동도… 전해지는군요."

최대한 객관적인 입장에서 바라보더라도 방금 데이비드 오가 꺼냈던 태식의 야구 인생은 재미와 굴곡, 그리고 감동이라는 삼박자가 모두 갖춰져 있었다.

원하던 답을 얻었기 때문일까.

태식과 이철승 감독이 번갈아 꺼낸 대답을 들은 데이비드 오가 환하게 웃었다.

그 웃음을 마주한 태식은 데이비드 오가 진짜 하고 싶어 하는 말을 어렴풋이나마 알아챌 수 있었다.

"제 스토리를 부각하자는 겁니까?"

"바로 그겁니다."

"하지만……."

"김태식 선수가 무엇을 우려하고 계신지 알고 있습니다. 지난 시즌이 끝나고 나서 김태식 선수의 연봉 협상 과정에 대해서는 저도 들었으니까요."

"……."

"KBO 리그와 메이저리그는 많이 다릅니다. 그래서 KBO 리그에서는 약점으로 꼽혔던 부분이 메이저리그에서는 강점으로 부각될 수도 있습니다."

"정말… 그럴까요?"

"저는 확신하고 있습니다. 메이저리그의 역사는 백 년을 훌쩍 넘어갑니다. 그 긴 시간 동안 메이저리그가 팬들의 사랑을 꾸준히 받아왔던 이유가 무엇이라고 생각하십니까?"

"그건……"

태식이 선뜻 대답하지 못하고 망설이자, 데이비드 오는 기다리는 대신 스스로 질문에 대한 답을 꺼냈다.

"메이저리그에 속한 감독과 선수들이 펼치는 경기가 재미있어서? 스타플레이어들이 쉬지 않고 배출되기 때문에? 제가 생각하는 이유는 다릅니다. 메이저리그가 팬들의 사랑을 받는 이유는 역사가 쌓였기 때문입니다. 한때의 동료를 적으로 만나서 월드 시리즈 우승으로 가는 외나무다리에서 맞대결을 펼칩니다. 성공할 가능성이 없다고 판단해서 방출했던 유망주는 다른 팀에서 재능을 꽃피워서 팬들의 가슴을 아프게 만듭니다. 팬들의 사랑을 한 몸에 받고 있던 프랜차이즈 스타를 방출했더니 그 선수는 다른 팀에서 월드 시리즈 우승을 일궈내며 원소속 팀의 팬들에게 커다란 좌절감을 안기기도 합니다. 이런 숱한 화제들 속에서 시즌은 계속 이어집니다. 그 과정 속에서 메이저리그 팬들이 원하는 것이 무엇일까요? 바로 영웅입니다. 그럼 이 영웅의 조건이 무엇일까요? 단지 야구만 잘하면 될까요? 절대 아닙니다. 팬들이 원하고 있는 진짜 영웅은 수많은 역경을 이겨내고 인생 역전의 스토리를 써낸 선수입니다. 그런 영웅이 등장했을 때, 메이저리그의 팬들은 환장하는 법이죠. 바로… 김태식 선수처럼."

'내가… 영웅이 될 조건을 갖추고 있다?'

데이비드 오의 이야기는 설득력이 있었다.

그래서일까.

태식의 가슴이 거칠게 뛰기 시작했을 때였다.

"스토리를 팔아서 돈을 버는 장사치. 이렇게 느껴질 수도 있습니다. 그렇지만 비난을 하셔도 어쩔 수 없습니다. 그게 에이전트인 제가 하는 일이니까요. 단, 이것 한 가지는 약속드리겠습니다."

"무엇입니까?"

"제 고객의 이익을 위해서 최선을 다해 싸우겠다는 것입니다. 저를 믿고 함께해 보시겠습니까?"

데이비드 오가 강렬한 시선을 던지며 물었다.

*   *   *

후두두둑.

굵은 빗방울이 떨어졌다.

손님이 없어서 조용한 커피 전문점의 창가 쪽 탁자에 앉아서 가만히 빗소리를 듣고 있던 태식이 희미한 미소를 머금었을 때였다.

딸랑.

벨소리와 함께 열린 문으로 송나영이 들어왔다.

"왜 웃고 계세요?"

송나영이 맞은편에 덥썩 앉으며 물었다.

"빗소리가 듣기 좋아서요."

"난 비 오는 날은 괜히 우울해져서 별로인데 저랑은 반대이시네요. 그런데 오늘은 무슨 일로 만나자고 했어요?"

"송 기자님께 드릴 말이 있어서요."

"무슨 이야기인데요?"

"일단 차부터 드시죠."

유자차 두 잔을 시키고 난 후, 태식이 송나영에게 물었다.

"혹시 데이비드 오란 분을 알고 계신가요?"

"데이비드 오? 이름을 들어본 것 같은데……."

말끝을 흐리며 기억을 더듬던 송나영이 잠시 뒤 그를 떠올리는 데 성공했다.

"라이트닝 에이전시 대표잖아요."

"알고 있네요. 어떤 분이죠?"

"우리 캡 평가로는 괜찮은 에이전트라고 했어요. 능력도 있고, 자신의 고객인 선수에 대한 애정도 갖추고 있는."

송나영의 대답을 들은 태식이 고개를 끄덕였다.

"꽤 훌륭한 에이전트야. 일단 능력이 있고, 자신이 관리하는 선수들에 대한 애정도 갖고 있는 편이지. 상품이 아니라 사람으로 대한달까? 그래서 선수의 이야기나 의견에 귀를 기울이는 편이지."

데이비드 오에 대해 이철승 감독이 내렸던 평가였다.

지금 송나영이 꺼낸 대답과 일치하는 부분이 있었다.

"그런데 갑자기 왜 데이비드 오란 분의 이야기를 꺼낸 거죠?"

"데이비드 오와 함께하기로 했습니다."

"그게… 무슨 소리죠?"

"앞으로 저를 대신해서 협상을 맡아주시기로 했다는 뜻입니다."

태식이 부연을 더했다.

그렇지만 송나영은 여전히 제대로 이해한 기색이 아니었다.

"아까 왜 웃고 있냐고 물었죠?"

"네. 빗소리가 듣기 좋아서 웃고 있었다고 했잖아요."

"실은 한 가지 이유가 더 있습니다."

"어떤 이유죠?"

"비 오는 날 이사를 하면 이사를 한 곳에서 더 잘 산다는 이야기. 혹시 들어보셨어요?"

"네, 들어봤어요."

"그래서 웃었어요."

"네?"

"꼭 이사를 하는 느낌이거든요."

KBO 리그에서 메이저리그로.

오랫동안 살던 집을 떠나 새로운 집으로 이사를 하는 느낌이 들었다.

"잠깐만요."

이제야 뭔가를 알아챈 걸까.

송나영이 두 눈을 빛내며 생각에 잠겼다.

잠시 뒤, 그녀가 입을 뗐다.

"국내에는 아직 에이전트 제도가 도입되지 않았잖아요. 그런

데도 데이비드 오와 손을 잡았다는 건… 혹시 메이저리그에 진출하는 건가요?"

"그럴 것 같아요."

"헐!"

"아직 협상 중이긴 하지만, 저는 결심을 굳혔어요."

송나영은 멍한 표정을 짓고 있었다.

"제가… 처음인가요?"

"네."

"그럼 이 이야기를 하려고 절 만난 건가요?"

"맞아요. 그리고 감사 인사도 하고 싶었어요."

"감사 인사요?"

"그동안 고마웠습니다."

태식이 진심을 담아 말했다.

기브 앤 테이크.

송나영과 처음 만났을 때, 태식은 이런 관계를 염두에 두었다.

실제로 송나영과 태식은 서로에게 도움이 되는 관계로 발전했다.

그렇지만 득실 관계를 굳이 수치로 따지자면 득을 더 많이 본 것은 태식이었다.

태식이 여기까지 올 수 있었던 데는 송나영의 도움이 컸던 것을 부인하기 어려웠다.

"야구는 정말… 아니, 인생은 정말 모르겠네요."

"무슨 뜻입니까?"

"저희가 처음 만났을 때를 기억하세요?"

"물론이죠."

태식이 당시의 기억을 떠올리며 희미한 웃음을 머금었을 때였다.

"당시에 김태식 선수를 처음 만났을 때만 해도 개인적으로 안타까운 마음이 들었어요. 그래서 제 나름대로는 최선을 다해 김태식 선수를 돕기 위해 애썼지만, 분명한 한계가 있다고 생각했어요. KBO 리그에서 길어야 이삼 년 정도 선수 생활의 마지막 불꽃을 태우고 난 후 은퇴를 예상했었거든요. 그런데 김태식 선수는 제 예상이 빗나가게 만들었네요. 메이저리그에 진출하는 것으로."

"아직 끝이 아닐 겁니다."

"네?"

"송 기자님의 예상을 또 빗나가게 만들 겁니다."

"무슨 말씀이세요?"

"메이저리그에 진출하지만 주전을 꿰차기는 힘들 것이다. 마이너리그에서 주로 뛰다가 이내 한계를 깨닫고 은퇴할 것이다. 지금 이렇게 생각하고 계시지 않습니까?"

정곡을 찔려서일까.

움찔하는 송나영을 향해 태식이 웃으며 덧붙였다.

"우선 저는 마이너리그에서 뛰기 위해 가는 것이 아닙니다. 꼭 메이저리그로 승격해서 주전으로 뛸 것입니다. 그리고… 야구 오래 할 겁니다. 제가 가진 목표들을 다 이루기 위해서는 야구를 오랫동안 해야 하니까요."

태식의 말이 끝난 순간, 송나영이 고개를 끄덕이며 입을 뗐다.

"저도 그동안 고마웠습니다. 김태식 선수 덕분에 많은 것을 배웠거든요. 기자로서도, 또 한 명의 사람으로서도."

"과찬입니다."

"아니요. 정말 많이 배웠습니다. 앞으로는 제 잣대로 판단해서 선수가 가지고 있는 한계를 규정짓지 않을 것 같아요. 그리고 하나 더, 만족하거나 안주하지 않아야 한다는 생각을 했어요."

"……?"

"아까 김태식 선수가 했던 말. 무척 서운했어요."

"어떤… 말이요?"

"그동안 고마웠다는 말이요. 꼭 작별 인사처럼 느껴졌거든요."

태식이 쓰게 웃었다.

아까 했던 말은 그녀의 예상처럼 작별 인사나 다름없던 말이었다.

이제 메이저리그로 진출하면 송나영과 다시 만날 일이 한동안 없을 것이라고 판단했기 때문이다.

"아무래도 한동안은……."

"몰라요."

"네?"

"김태식 선수의 야구 인생처럼 사람의 인생은 모르는 법이죠. 아까도 말씀드렸듯이 저도 기자 이전의 한 사람으로서 김태식 선수를 보며 배운 게 있어요."

"뭐죠?"

"내 한계를 규정짓지 않는 것!"

송나영이 두 눈을 빛내며 대답했다.

무슨 뜻일까?

태식이 의아한 시선을 던졌지만, 송나영은 더 자세히 말해주지 않았다.

대신 유자차를 한 모금 마신 후, 화제를 돌렸다.

"깜박하고 빠뜨린 게 있네요."

"빠뜨린 것이요? 뭐죠?"

송나영이 대답했다.

"메이저리그에 진출하는 것, 진심으로 축하드려요."

2. 저주

"연봉 액수와 계약 기간, 둘 중 어느 쪽에 중점을 두는 편이 좋을까요?"

본격적인 협상을 앞두고 만난 데이비드 오가 단도직입적으로 물었다.

세부적인 조항까지 나열한다면 협의할 내용이 수십 개로 늘어났지만, 일단 가장 중요한 것은 연봉 액수와 계약 기간이 맞았다.

해서 태식이 대답을 미루고 잠시 고민에 잠겼을 때였다.

"사과드리겠습니다. 질문의 순서가 잘못됐네요. 지금 협상을 시작하는 것이 옳은가에 대해서 먼저 합의를 해야겠습니다."

"저는 샌디에이고 파드리스가 마음에 듭니다."

"저도 김태식 선수의 의중에 대해서는 이미 알고 있습니다. 그렇지만 이 부분은 신중할 필요가 있을 것 같습니다. 제가 판단하기에 협상을 미루고 좀 더 기다린다면, 지금보다 좋은 조건을 제시하는 구단이 나타날 것 같습니다."

"저도 그쯤은 알고 있습니다."

"그런데 왜?"

의아한 시선을 던지는 데이비드 오에게 태식이 오히려 되물었다.

"얼마나 차이가 날까요?"

"네?"

"만약 더 기다린다고 하면 연봉 액수에서 얼마나 차이가 날지를 물은 겁니다."

태식의 질문을 이해한 데이비드 오가 두 눈을 빛내며 대답했다.

"최소 100만 달러 이상은 차이가 날 겁니다."

한화로 약 10억.

분명히 적지 않은 액수였다.

그렇지만 태식은 조금도 흔들리지 않았다.

"제가 원하는 것은 올 시즌이 아니라 내년 시즌의 계약입니다. 내가 가진 기량이 메이저리그에서도 충분히 통한다. 이런 확신을 심어준다면 내년 시즌 계약을 할 때는 0의 개수가 바뀔 수 있다고 확신합니다."

어쩌면 에이전트의 입장에서는 답답하게 들릴 만한 이야기일 수도 있다는 생각이 들었다.

눈앞의 작은 이익보다는 훗날의 더 큰 이익을 노리자는 이야기였으니까.

야구, 그리고 인생에 항상 불확실성이 존재한다는 점을 감안하면 선뜻 동의하기 어려울 수도 있었고.

그렇지만 데이비드 오는 정색하는 대신 웃었다.

"좋네요."

"네?"

"김태식 선수의 자신감이 마음에 든다는 이야기입니다."

"동의해 주시는 겁니까?"

"솔직히 말씀드리면 확인 절차를 거쳤을 뿐, 저도 비슷한 생각이었습니다. 저는 김태식 선수가 가진 기량을 믿습니다."

데이비드 오의 대답을 들은 태식의 입가에도 희미한 웃음이 떠올랐다.

에이전트로서는 결코 쉽지 않은 선택일 터.

그러나 데이비드 오는 태식을 믿고 그 선택을 지지해 주었다.

'잘 선택했어!'

그로 인해 태식이 데이비드 오와 계약을 맺은 것이 잘한 선택이라고 판단한 순간이었다.

"그럼 다시 처음 질문으로 돌아가야 할 때인 것 같습니다. 샌디에이고 파드리스 측과 협상을 진행할 때, 어느 쪽에 집중할까요?"

"아까 말씀드린 것과 동일 선상에 있다고 생각합니다."

"계약 기간은 중요치 않다?"

"1년 계약이 좋을 것 같습니다."

"너무 짧지 않을까요?"

데이비드 오가 처음으로 우려 섞인 시선을 던졌다.

메이저리그는 만만한 곳이 아니다.

고작 1년 안에 메이저리그로 승격해서 주전 자리를 꿰찬 후 당신의 기량을 펼치는 것은 쉽지 않다.

그러니 계약 기간을 최소 2년 정도로 하는 편이 좋지 않겠느냐?

이것이 데이비드 오가 걱정하는 부분이었다.

"자신 있습니다."

그러나 태식은 망설이지 않고 대답했다.

"만약 자신이 없다면 시작하지도 않았을 겁니다."

"이거… 점점 더 마음에 드네요."

"다행이네요."

"가장 힘든 것이 계약 기간을 늘리는 겁니다. 그런데 계약 기간이 짧아도 상관없다면 연봉 협상에 올인을 할 수 있겠습니다. 이건 제게 맡겨주시죠."

"알겠습니다."

이미 데이비드 오에 대한 신뢰가 쌓인 상황.

태식이 군말 없이 고개를 끄덕인 순간, 데이비드 오가 힘주어 말했다.

"절대 실망시켜 드리지 않겠습니다."

*　　　　　*　　　　　*

샌디에이고 파드리스와 태식의 계약에서 가장 큰 쟁점은 두 가지.

우선 태식의 신분이었다.

심원 패롯스에 소속됐다면 태식은 여러 가지 걸림돌에 부딪혔을 터였다. 그러나 이 부분은 이철승 감독이 해결해 주었다.

조건 없이 방출이 된 덕분에 샌디에이고 파드리스와의 계약 과정에서 아무런 문제가 발생하지 않았다.

또 하나의 쟁점은 계약 기간.

그러나 이 부분 역시 태식 측이 오히려 먼저 1년 계약을 요구하면서 전혀 문제가 되지 않았다.

그래서일까.

태식과 샌디에이고 파드리스와의 계약은 급물살을 탔다.

보장 연봉 100만 달러.

옵션 150만 달러.

태식은 총액 250만 달러에 샌디에이고 파드리스와의 계약에 합의했다.

"약속을 지켰네."

태식이 고개를 끄덕였다.

처음 샌디에이고 파드리스가 제시했던 것은 총액 150만 달러였다.

그 중 보장 연봉은 50만 달러에 불과했고, 나머지 100만 달러는 옵션 계약이었다.

그런데 데이비드 오는 협상 과정에서 보장 연봉을 100만 달러로 끌어올렸고, 옵션 계약도 150만 달러로 끌어올렸다.

결과적으로는 100만 달러를 더 올린 셈이었다.

"제 협상 능력이 빛을 발한 것이 아닙니다. 김태식 선수가 가진 스토리가 매력적이었던 덕분입니다."

더 마음에 들었던 것은 데이비드 오가 자신의 능력을 앞세우지 않았다는 점이었다.

어쨌든.

<인생도 야구도 알 수 없다는 말을 증명한 김태식 선수의 메이저리그 진출>

계약이 합의된 후, 태식의 메이저리그 진출 소식을 가장 먼저 기사로 낸 것은 당연히 송나영이었다.

"제목, 마음에 드네."

그 기사를 접한 태식이 희미한 웃음을 머금었다.

삼십 대 후반의 나이에도 꿈을 포기하지 않은 끝에 메이저리그에 진출했다는 논조로 적힌 기사 덕분일까.

아니면, 저니맨 김태식에 대한 동정심이 밑바탕에 깔려 있어서일까.

기사 아래 달린 댓글들은 대부분 호의적이었다.

—대박. 이번 월드 베이스볼 클래식의 최대 수혜자.

—KBO에서 이렇게 푸대접받느니 차라리 메이저리그 가는 게 낫다.

—기왕 간 것, 꼭 성공하삼.

—야구가 아니라 인생 성공 스토리다.

물론 일부 댓글들은 호의적이지만은 않았다.

—KBO에서도 성공 못 한 애가 메이저리그에서 퍽도 성공하겠음.
—마이너리그에서 일이 년 버티다 소리 소문 없이 은퇴할 듯.
—KBO 리그 망신만 시키지 마라.

부정적인 댓글들은 확인했음에도 태식은 미간을 찌푸리지 않았다. 대신 각오를 단단히 다졌을 때였다.

"형!"

용덕수가 급히 뛰어 들어왔다.

"축하드려요."

기사를 통해 태식의 메이저리그 진출 소식을 접한 용덕수가 축하의 말을 건넸다.

"그래. 고맙다."

"그리고 감독님이 찾으세요."

"감독님이?"

"네."

"알았다."

태식이 고개를 끄덕이며 방을 나섰다. 그리고 감독실로 찾아간 태식의 눈에 짐을 정리하는 이철승 감독이 보였다.

"찾으셨습니까?"

"그래."

"무슨 일로?"

"작별 인사는 해야 할 것 같아서."

이철승 감독이 꺼낸 대답을 들은 태식이 고개를 끄덕였다.

여러모로 이철승 감독에게는 많은 신세를 진 셈이었다. 그래서 인사를 하기 위한 자리를 따로 마련할 생각이었다.

"감독님. 식사라도 대접할 수 있는 기회를 주십시오."

"다음에."

"하지만……."

"겨우 밥 한 끼로 퉁 치려고?"

"……?"

"거기서 꼭 성공하는 걸로 보답해."

이철승 감독은 태식이 메이저리그에 진출해서 성공하는 것으로 보답하라고 말했다.

그러나 태식은 고개를 흔들었다.

이전과는 상황이 백팔십도 달라져 있었다.

이철승 감독에게 큰 빚을 졌으니, 꼭 갚고 싶었다.

"감독님."

"왜? 자신 없어?"

"그게 아니라……."

"그럼 뭐야?"

"언젠가 빚을 갚을 수 있는 기회를 주십시오."

"빚을 갚을 기회를 달라?"

"네."

"어떻게 갚을 거야?"

"야구 선수가 빚을 갚을 수 있는 방법이야 하나뿐이지 않겠습니까?"

"밥 한 번 사는 것보다는 훨씬 낫군."

이철승 감독의 입가로 희미한 미소가 떠올랐을 때, 태식이 힘주어 말했다.

"감독님과 함께했던 야구. 즐거웠습니다."

"…나도 즐거웠다. 다시 함께하자."

이철승 감독이 앞으로 손을 내밀었다.

"물론입니다."

태식이 그 손을 맞잡으며 힘주어 답했을 때였다.

"기왕이면 이 팀에서 하자."

"네?"

"다시 함께할 때는 심원 패롯스에서 하자고."

예상치 못했던 제안.

해서 이번에는 태식이 바로 대답하지 못하고 망설일 때였다.

"저주!"

"저주… 라고 하셨습니까?"

"이제 메이저리그에서 뛸 테니 메이저리그의 4대 저주에 대해서는 알지?"

"네, 들어본 적 있습니다."

태식이 고개를 끄덕였다.

일종의 징크스라 부를 수 있는 것들이 메이저리그에서는 저주라는 이름으로 불리고 있었다.

그중 가장 유명한 것은 크게 네 가지.

밤비노의 저주, 염소의 저주, 검은 양말의 저주, 와후 추장의 저주였다.

"물론 이제 깨지기는 했지만, 밤비노의 저주의 내용에 대해서는 알고 있지?"

"네."

밤비노의 저주는 보스턴 레드삭스의 투수였던 베이브 루스와 관련된 것이었다.

1920년에 보스턴 레드삭스 프런트는 팬들의 강한 반대를 무릅쓰고 베이브 루스를 뉴욕 양키스로 이적시켰다.

그 후 2004년에 월드 시리즈 우승을 차지하면서 밤비노의 저주를 풀 때까지 보스턴 레드삭스는 무려 86년간 단 한 번도 월드 시리즈 우승을 차지하지 못했다.

반면 베이브 루스를 영입한 뉴욕 양키스는 그 후 무려 30여 차례에 가깝게 월드 시리즈 우승을 차지하면서 메이저리그 최고의 팀으로 승승장구했다.

밤비노는 베이브 루스의 애칭.

그래서 밤비노의 저주라고 불리우는 것이었다.

밤비노의 저주에 대한 내용을 떠올리던 태식이 물었다.

"갑자기 밤비노의 저주에 대한 이야기를 꺼내시는 이유가 있습니까?"

"이유? 당연히 있지."

"무엇입니까?"

"비록 메이저리그에 비할 바는 안 되지만, 이제 KBO 리그도 역사가 꽤 쌓였잖아."

"……?"

"우리도 저주가 하나쯤 생길 때가 된 것 같아서 말이지. '김태식의 저주', 어때? 그럴듯하지 않아?"

'김태식의 저주라……'

태식이 그 말을 속으로 되뇌며 쓰게 웃었다.

비록 겉으로 내색하지 않았지만, 이철승 감독은 심원 패롯스의 단장인 박순길 단장에게 불만이 많았다.

그것은 태식도 마찬가지였다.

그리고.

방금 이철승 감독이 입에 올린 김태식의 저주는 현실에서 이뤄질 가능성이 높았다.

"심원 패롯스는 올 시즌에 최하위를 기록할 거야. 내가 심원 패롯스가 올 시즌 최하위를 기록할 것이라고 예측한 이유가 무엇 때문인지 궁금하지 않나? 아주 좋은 선수를 내칠 거거든. 김태식. 너 말이야. 그리고 꽤 쓸 만한 감독도 내칠 거거든."

지난 번 이철승 감독이 꺼냈던 이야기가 태식의 귓가에 되살아났다.

박순길 단장은 아주 좋은 선수인 자신과 꽤 쓸 만한 감독이 아닌 리그 톱클래스 수준인 이철승 감독을 내쳤다.

대신 프로 감독 경험이 일천하다시피한 장원우 감독을 데려왔다.

거기에 더해 현장에 대해 무지한 박순길 단장의 독단적인 팀

운영까지 더해진다면, 심원 패롯스는 한동안 암흑기를 맞이할 확률이 높았다.

"김태식의 저주로 인해 심원 패롯스는 한국 시리즈 우승을 차지하지 못할 거야. 아니, 우승이 문제가 아니라, 꽤 오랫동안 하위권을 전전할 거야. 그럼 어떻게 될까? 팬들의 원성은 점점 커질 테고, 박순길 단장도 오래 버티지는 못할 거야. 그때, 네가 심원 패롯스로 돌아와서 김태식의 저주를 깨뜨리고 한국 시리즈 우승을 차지한다? 어때? 꽤 그럴듯한 시나리오가 아닌가?"

이철승 감독이 두 눈을 빛내며 말을 마친 순간, 태식이 고개를 끄덕였다.

그의 표현처럼 꽤 그럴듯한 시나리오였기 때문이다.

그렇지만 태식은 이철승 감독이 그린 시나리오에서 딱 하나 부족한 부분을 놓치지 않고 캐치해 냈다.

"한 가지가 빠졌습니다."

"뭐가 빠졌지?"

"감독님이 빠졌습니다."

"……?"

"김태식과 함께 팀을 떠났던 꽤 쓸 만한 감독님이 복귀해서 함께 한국 시리즈 우승을 차지해야 더 완벽한 시나리오가 될 것 같습니다."

"그것도 나쁘지 않군."

"꼭 기다려 주십시오."

태식이 힘주어 부탁한 순간, 이철승 감독이 고개를 끄덕였다.

"기대하지."

"네."

"김태식. 우리가 오늘 준비한 시나리오를 위해서라도 꼭 메이저리그에서 성공해라."

3. 폭풍 전의 고요

마이크 프록터.

샌디에이고 파드리스의 단장이었다. 그리고 발 빠르게 태식의 영입을 주도했던 장본인이기도 했다.

단장 2년차.

마이크 프록터가 단장으로 부임한 후 첫 시즌이었던 지난 시즌, 샌디에이고 파드리스는 지구 5위인 최하위로 마감했다.

그렇지만 샌디에이고 파드리스의 팬들은 마이크 프록터가 단장으로 부임한 후 보낸 첫 시즌에 비난만 보내지 않았다.

절반의 성공이라고 평가했다.

그 이유는 연봉이 높음에도 팀에 도움이 되지 않던 노장 선수들을 발 빠르게 정리하고 젊은 선수들 위주로 팀을 개편하는데 성공했기 때문이다.

"만나서 반갑습니다."

밤색 슈트를 입은 40대 초반의 마이크 프록터를 태식이 유심히 바라보았다.

한 올의 머리카락도 흘러내리지 않도록 머리를 단정하게 뒤로 빗어 넘긴 마이크 프록터는 차가운 이미지의 소유자였다.

메이저리그 야구팀의 단장보다는 월가의 은행원이 더 어울린다는 생각을 태식이 내심 했을 때, 마이크 프록터가 손을 앞으로 내밀었다.

"우리 팀 선수가 된 것을 환영합니다. 막연하게 생각했던 것보다 직접 만나 보니 체구가 더 크군요."

"웨이트 트레이닝을 꾸준하게 해서일 겁니다. 언젠가 메이저리그에서 뛸 기회가 찾아올 수도 있다고 판단해서 제 나름대로 준비를 했습니다."

"그랬나요?"

"먼저 꿈을 이룰 수 있는 기회를 선사해 주셔서 감사합니다."

그 손을 가볍게 맞잡으며 태식이 인사를 건네자, 마이크 프록터가 두 눈을 크게 떴다.

"영어를 유창하게 구사하는군요."

"이럴 때가 찾아올 것을 대비해서 영어 공부를 열심히 했습니다."

이건 거짓말이었다.

태식의 메이저리그 진출은 갑작스럽게 이뤄진 편이었다.

따로 영어 공부를 할 시간까지는 없었다.

그럼에도 불구하고 태식이 영어를 비교적 능숙하게 구사할 수 있는 데는 나름의 이유가 있었다.

'너클볼이 이런 식으로 도움이 될 줄이야!'

태식이 쓰게 웃었다.

어깨 수술 이후 구속이 떨어졌을 때, 태식은 투수로서 살아남기 위해서 너클볼을 익히려 했었다.

그 과정에서 용병으로 합류했던 너클볼러 맷 부쉬를 만났다. 그리고 맷 부쉬에서 너클볼을 구사하는 노하우를 배우기 위해서 필사적으로 그를 찾아가 친분을 쌓고 대화를 나누려고 애썼다.

덕분에 태식은 맷 부쉬에게서 너클볼을 던지는 노하우를 전수받을 수 있었고, 덤으로 얻은 것이 영어 구사 능력이었다.

맷 부쉬와 조금이라도 더 많은 대화를 나누기 위해서 영어 공부를 했고, 자주 만나서 대화를 나누다 보니 자연스레 영어가 늘었던 것이다.

어쨌든.

마이크 프록터는 이런 속사정까지는 알지 못했다.

대신 처음으로 환한 웃음을 지었다.

태식의 준비성이 마음에 들었기 때문이리라.

"훌륭하네요."

"천만에요."

"덕분에 통역을 구할 돈은 아낄 수 있겠군요."

마이크 프록터가 농담을 던졌다.

'농담이… 아닌가?'

픽 하고 실소를 터뜨렸던 태식은 진지하기 짝이 없는 마이크 프록터의 표정을 확인하고서 머리를 긁적였다.

'스몰 마켓!'

그런 마이크 프록터의 반응을 통해 새삼 샌디에이고 파드리스가 스몰 마켓이란 것을 깨달았을 때였다.

"큰 결단이자 투자였습니다."

"……?"

"김태식 선수를 영입한 것 말입니다."

"그랬… 습니까?"

"구단의 자금 상황이 열악하기도 하지만, 제가 추구했던 팀 리빌딩 방향과는 맞지 않은 영입이었으니까요."

"무슨 뜻입니까?"

"가성비가 뛰어난 젊은 선수들 위주로 팀을 개편해서 좋은 성적을 거두는 것이 제가 추구하던 팀 리빌딩 방향이었습니다. 그런데 김태식 선수를 영입한 것은 분명히 팀 리빌딩 방향과 다른 부분이지요."

태식이 고개를 끄덕였다.

KBO 리그는 물론이고 메이저리그에서도 태식은 노장 축에 드는 편이었다.

그러니 마이크 프록터가 자신을 영입한 것은 그가 추구하고 있었던 팀 리빌딩 방향과 맞지 않았다.

"그런데 왜 저를 영입하셨습니까?"

"매력적이었으니까요."

"어떤 부분이 매력적이었습니까?"

"기량, 그리고 스토리!"

지체 없이 대답한 마이크 프록터가 덧붙였다.

"특히 스토리에 반했습니다. 저는 김태식 선수가 메이저리그에서도 기적을 써내기를 바라고 있습니다."

"기대에 부응하도록 노력하겠습니다."

"저는 김태식 선수가 메이저리그에서 성공하도록 가능한 편의를 봐 드리고 싶습니다. 혹시 제게 바라는 것이 있습니까?"

마이크 프록터의 말이 끝난 순간, 태식이 망설이지 않고 대답했다.

"선입견을 버려주십시오."

"선입견을 버려달라?"

"한마디로 공정한 기회를 달라는 말입니다."

*　　　　　*　　　　　*

선입견을 버리고 공정한 기회를 달라는 부탁.

특혜를 바란 것이 아니었다.

마이너리그에서 태식이 두각을 드러내면, 실력에 걸맞는 기회를 보장해 달라는 원론적인 부탁이었다.

문제는 시간.

태식이 샌디에이고 파드리스와 계약을 맺은 시기는 무척 늦었던 편이었다. 게다가 취업 비자를 발급받고 여러 준비를 하는 과정에서 또 시간이 지체됐다.

그래서 태식이 샌디에이고 파드리스 산하 터그손 파드리스 훈련장에 도착했을 때는 이미 시범 경기는 막바지에 접어들어 있었다.

이런 상황에서 시범 경기 출전 기회를 부여받는 것은 무리한 바람이었다.

일단은 터그손 파드리스가 속한 트리플 A 리그에서 태식이 가진 실력을 보이는 것이 우선이었다.

'야구는 어디서 하나 똑같다!'

태식이 각오를 되뇌며 새로운 팀에 합류했다.

터그손 파드리스 팀 훈련에 합류한 태식이 받은 첫인상은 무척 어수선하다는 것이었다.

한창 메이저리그 시범 경기가 진행되고 있는 상황.

그로 인해 터그손 파드리스의 선수들은 이동이 잦았다.

첫날 보였던 선수가 다음 날에는 보이지 않을 때도 있었고, 처음 보는 선수가 갑자기 태식의 옆에서 훈련을 하는 경우도 잦았다.

어쨌든.

'혹시 텃세나 인종차별이 있지 않을까?'

이런 우려가 자꾸 드는 것은 어쩔 수 없었다.

그러나 태식은 애써 마음을 다잡았다.

모든 것을 극복할 수 있는 것은 결국 실력이라는 믿음이 있었기 때문이다.

그리고 실제로 부딪혀 본 마이너리그의 선수들은 우려했던 것과 달랐다.

워낙 다양한 국적의 선수들이 모여 있는 곳이기 때문일까.

드물게 만나는 동양인이기 때문에 호기심이 섞인 시선을 간간히 던지긴 했지만, 그들은 아직 텃세를 부리지는 않았다.

폭풍 전의 고요!

터그손 파드리스에 합류한 태식의 며칠이 빠르게 흘러갔다.

"어떻습니까?"

데이비드 오의 질문을 받은 태식이 바로 대답하지 못하고 두 눈을 크게 떴다.

"여긴……."

"김태식 선수가 당분간 머물 숙소입니다."

"이건 너무……."

너른 정원이 딸린 회갈색의 이층 주택은 외화 속에서 자주 봤던 백만장자들의 저택과는 거리가 있었다.

그렇지만 태식이 막연히 예상했던 것보다는 훨씬 좋은 숙소였다.

태식을 놀라게 만들기에 충분할 정도로.

"별로인가요?"

"그런 뜻이 아니라……."

"그럼 너무 과하다고 생각하시는 거로군요."

그런 태식의 반응을 살피던 데이비드 오가 웃으며 말했다.

"네."

태식이 순순히 인정하자, 데이비드 오가 고개를 흔들었다.

"저는 과하다고 생각하지 않습니다."

"왜 그렇게 생각하십니까?"

"김태식 선수가 머잖아 메이저리그에서 성공할 것을 믿으니까요."

"그렇지만……."

"제가 투자한 것보다 수십 배, 아니 수백 배 이상으로 돌려주실 것을 믿습니다. 그래주실 거죠?"

"노력하겠습니다."

'과연 이렇게 좋은 집에서 살아도 될까?'

메이저리그에 승격한 것도 아닌 상황.

트리플 A에서 뛰고 있는, 성공 가능성도 확신할 수 없는 태식에게 데이비드 오가 너무 과한 투자를 하는 것이 아닌가 하는 생각을 하고 있을 때였다.

"일단 식사부터 하시죠."

"식사요?"

"새 숙소를 구한 기념으로 바비큐 파티를 준비했습니다."

데이비드 오가 태식의 손을 이끌고 미리 준비한 바비큐장으로 향했다.

손수 불을 피우고 고기를 구우려는 데이비드 오를 돕기 위해서 태식이 나섰다.

"고기는 제가 굽겠습니다."

"노!"

"……?"

"절대 안 됩니다."

"왜입니까?"

"고기는 제가 잘 굽습니다."

"저도 고기 정도는……."

"그 이유가 다가 아닙니다. 김태식 선수는 투수입니다. 만약 고기를 굽다가 화상을 입어서 손가락에 물집이라도 잡힌다면 투구 시에 큰 영향을 받을 수 있습니다. 그건 제가 절대 허락할 수 없습니다."

데이비드 오가 단호하게 이유를 밝힌 순간, 태식이 머리를 긁적였다.

존중받는 느낌이랄까.

이런 상황이 무척 낯설었기 때문이다.

"김태식 선수는 앞으로 야구에만 집중하시면 됩니다. 그렇게 할 수 있도록 제가 최선을 다해 보좌하겠습니다."

태식이 더 버티지 못하고 작게 고개를 끄덕였을 때였다.

"어떻습니까?"

데이비드 오가 다시 물었다.

"아까도 말씀드렸듯이 제가 살기에는 너무 좋은 집이라는⋯⋯."

"오해하고 계시군요."

"네?"

"제가 물었던 것은 마이너리그의 생활을 물은 겁니다."

"그거라면⋯ 모르겠습니다."

태식이 솔직하게 대답했다.

아직 팀에 합류한지 얼마 지나지 않은 상황.

새로운 팀의 분위기를 파악하기에는 일렀기 때문이다.

"다만 신경이 쓰이는 것은 있습니다."

"어떤 부분입니까?"

"저에게 관심을 드러내는 선수가 없더군요."

"그런가요?"

"네. 아무래도……."

태식이 말을 잇지 못하고 잠시 머뭇거리자, 데이비드 오가 웃으며 말했다.

"도청 장치는 없습니다."

"네?"

"저희끼리는 편히 말씀하셔도 된다는 뜻입니다."

데이비드 오가 던진 농담을 듣고 난 후에야 태식이 부담 없이 말했다.

"아무래도 저를 무시하거나 의도적으로 따돌리는 게 아닌가 하는 우려가 듭니다."

이미 KBO 리그에서 저니맨으로서 여러 팀을 전전한 경험이 있는 태식이었다.

당시의 태식은 무시를 비롯한 여러 텃세를 경험했던 적이 있었다. 그래서 우려를 표했지만, 데이비드 오는 대수롭지 않게 대꾸했다.

"텃세는 아닙니다."

"어떻게 그리 확신합니까?"

"마이너리그니까요."

"……?"

"현재 김태식 선수가 속해 있는 샌디에이고 파드리스 산하 터크손 파드리스에서 뛰고 있는 선수들은 모두 하나의 목표를 가지고 있습니다. 바로 메이저리그로 승격되는 것입니다. 그들이 메이저리그로 승격되기 위해서 필요한 것은 본인들의 실력을 증명하는 것뿐이죠."

"그렇지만……."

"설령 김태식 선수에게 텃세를 부려서 곤경에 처하게 만든다고 해서 그들에게 달라질 것은 없습니다. 본인의 실력을 증명하지 못한다면 어차피 메이저리그에 승격하지 못하니까요. 그들이 김태식 선수에게 관심을 드러내지 않는 이유는 아직 김태식 선수에 대해서 아는 것이 없기 때문입니다. 즉, 김태식 선수가 실력을 드러낸다면 그들은 본격적으로 관심을 드러낼 것입니다. 어쩌면… 그때는 귀찮아질 수도 있습니다."

"귀찮아질지도 모른다는 것이 무슨 뜻입니까?"

"말 그대로입니다. 수시로 김태식 선수를 찾아와서 이것저것 묻기 시작하면 귀찮아질 수도 있다는 뜻입니다."

태식이 데이비드 오를 빤히 바라보았다.

선수로 뛴 경험이 없기 때문에 이렇게 대수롭지 않게 반응하는 것이 아닐까 하는 생각을 했었는데.

데이비드 오의 표정에는 확신이 가득 들어차 있었다.

'내가… 틀린 것이 아닐까?'

그런 데이비드 오의 표정을 확인한 순간, 태식이 문득 떠올린 생각이었다. 그리고 태식의 마음속을 꿰뚫어 보기라도 한 것처럼 데이비드 오가 한마디를 덧붙였다.

"한국과 미국의 문화 차이일 수도 있습니다."

그가 덧붙인 말을 들은 순간, 태식이 부지불식간에 고개를 끄덕였다.

문화 차이라는 표현을 듣는 순간, 정신이 번쩍 들었다.

KBO 리그는 오롯이 실력만으로 살아남을 수 있는 곳이 아니었다.

때론 학연과 지연이 실력보다 더 중요할 때도 존재했다.

반면 메이저리그는 달랐다.

전 세계에서 야구를 잘하는 선수들이 모두 모여 있는 곳이 바로 메이저리그.

학연이나 지연 같은 인맥이 작용할 여지가 없었다.

오직 가진바 실력만으로 성공과 실패가 가늠되는 곳.

'잊고 있었어!'

태식이 스스로를 자책했다.

익숙한 KBO 리그를 떠나서 낯선 메이저리그에서 뛰는 모험을 선택한 이유.

바로 실력만 있으면 그에 걸맞는 대접을 받을 수 있다는 공정함이 모험을 선택한 가장 큰 원인이었는데.

그 사실을 깜박 잊고 있었던 것이다.

그때였다.

데이비드 오가 다시 질문을 던졌다.

"조바심은 생기지 않습니까?"

"조바심이 들지 않는다면… 거짓말이겠죠."

태식이 쓰게 웃으며 솔직하게 대답했다.

마이너리그에서 훈련을 시작한 지 아직 며칠 흐르지 않은 시점이었다.

그렇지만 어서 메이저리그에 승격하고 싶다는 욕심이 드는 것이 사실이었고, 아직 보여준 것이 아무것도 없다는 것으로 인해 초조함도 서서히 깃들기 시작했다.

"머잖아 기회가 올 겁니다."

"언제쯤 기회가 올까요?"

"제 판단이 틀리지 않다면… 곧 기회가 찾아올 겁니다."

"그걸… 어떻게 아십니까?"

태식이 데이비드 오에게 의아한 시선을 던졌다.

"샌디에이고 파드리스의 올 시즌 전력에 대해 어떻게 생각하십니까?"

데이비드 오는 그 질문에 답하는 대신 되레 질문을 던졌다.

"지난 시즌보다는 낫다고 생각합니다."

태식이 잠시 고민한 후 대답한 순간, 데이비드 오가 고개를 끄덕였다.

"저도 같은 생각입니다. 비록 지난 시즌에 지구 최하위를 기록했지만, 마이크 프록터 단장은 뚝심 있게 젊은 선수들 위주로 경기를 치러 나가면서 경험을 쌓게 만들었습니다. 그 과정에서 특히 젊은 야수들의 성장이 눈에 띄었습니다. 그리고… 방금 제가 말씀드린 것에 힌트가 숨어 있습니다."

무슨 힌트가 숨어 있다는 걸까?

태식이 영문을 파악하지 못하고 재차 의아한 시선을 던질 때, 데이비드 오가 신중한 눈길로 고기를 구우며 말을 이었다.

"KBO 리그와 메이저리그의 가장 큰 차이점 중 하나가 무엇인지 아십니까? 바로 단장의 역할입니다."

'단장의 역할?'

태식이 의아한 시선을 던진 순간, 데이비드 오가 설명을 더했다.

"굳이 표현을 하자면 KBO 리그는 감독 중심의 야구, 메이저리그는 단장 중심의 야구라고 할 수 있습니다."

그 설명을 들은 태식이 슬쩍 눈살을 찌푸렸다.

박순길 단장이 퍼뜩 떠올랐기 때문이다.

힐끗 고개를 돌려서 태식의 표정 변화를 확인한 데이비드 오가 웃으며 덧붙였다.

"심원 패롯츠의 박순길 단장에게 좋지 않은 감정을 갖고 있다는 것은 알고 있습니다. 아, 물론 김태식 선수를 탓하는 것은 아닙니다. 제가 똑같은 상황이었다고 해도 마찬가지였을 테니까요. 그렇지만 박순길 단장의 케이스와는 많이 다르니까 신경 쓰실 필요가 없습니다."

"어떤 부분이 다르다는 것입니까?"

"전문성이 다릅니다."

"……?"

"메이저리그는 이미 단장 중심의 야구로 체계가 잡혔기 때문에 단장과 감독, 그리고 선수 간의 관계가 명확하게 정립되어 있습니다. 그리고 단장으로 선임된 인물은 그만한 능력과 전문성을 갖춘 편입니다."

"그렇군요."

"즉, 단장은 큰 그림을 그리고 감독은 단장이 그린 큰 그림을 세부적으로 완성하는 역할을 맡습니다. 현재 마이크 프록터 단장은 자신의 야구를 펼치려 하고 있고, 지금까지 그에 대한 평가는 나쁘지 않습니다. 그리고 마이크 프록터 단장이 올 시즌을 앞두고 야심차게 영입한 선수가 바로 김태식 선수입니다."

"제가요?"

"믿기지 않으시나 보군요. 그렇지만 사실입니다. 마이크 프록터 단장에게 있어 올 시즌은 무척 중요합니다. 단장 2년 차, 가시적인 성과를 내야 할 시기이니까요."

"성적을 말씀하시는 겁니까?"

"맞습니다."

태식이 고개를 끄덕였다.

단장으로 부임한 첫 시즌에는 성적이 부진하더라도 팬들이 인내심을 갖고 기다려 주는 편이었다.

그렇지만 팬들의 인내심은 그리 깊지 않았다.

단장 부임 2년차인 올 시즌에는 마이크 프록터도 성적이라는 가시적인 성과를 내는 것이 필요했다.

"위험한 모험을 했군요."

그 구상에서 태식이 중추적인 역할을 맡은 상황이니, 마이크 프록터의 선택은 무척 위험하다는 생각이 들었다.

그러나 데이비드 오는 고개를 흔들었다.

"제가 판단하는 마이크 프록터는 능력을 갖춘 단장입니다. 김태식 선수의 실력을 빠르게 캐치하고 영입전에 뛰어들었으니까요."

"저를 너무 높이 평가……."

"그리고 마이크 프록터 단장의 입장에서 김태식 선수는 무척 중요합니다. 아시다시피 샌디에이고 파드리스는 스몰 마켓인데 이름조차 생소한 동양 선수에게 250만 달러를 투자한 것은 큰 모험인 만큼 과감한 결단이 필요했을 겁니다. 그만큼 김태식 선수에 대한 기대가 크다는 뜻입니다."

재차 고개를 끄덕이던 태식이 물었다.

"그런데 이것과 제게 곧 기회가 찾아올 것이라는 말씀에 어떤 상관관계가 있는 겁니까?"

"나름 거액(?)을 들여서 샌디에이고 파드리스로 영입한 김태식 선수에게 마이크 프록터 단장은 가능한 많은 기회를 주려고 할 겁니다. 단장의 의지와 입김이 큰 메이저리그인 만큼, 곧 김태식 선수는 실력을 증명할 기회를 부여받게 될 것입니다. 이것이 제가 확신을 가졌던 첫 번째 이유입니다."

"다른 이유도 있습니까?"

"네."

"뭡니까?"

"샌디에이고 파드리스의 올 시즌 전력입니다. 이제 곧 메이저리그 정규 시즌이 개막합니다. 그리고 마이크 프록터 단장은 지금 불안할 겁니다."

"왜 불안하다는 겁니까?"

아까 나누었던 대화에서 데이비드 오는 샌디에이고 파드리스의 전력이 지난 시즌에 비해 상승했다는 태식의 의견에 동의했다.

그런데 지금 데이비드 오는 마이크 프록터가 샌디에이고 파드리스의 올 시즌 전력에 불안감을 갖고 있다고 확신에 찬 어조로 말했다.

앞뒤가 맞지 않는다는 생각이 들어서 태식이 두 눈을 가늘게 좁혔을 때였다.

"팀의 중심을 잡아줄 선수가 없으니까요."

"중심을 잡아줄 선수가 없다?"

"마이크 프록터 단장이 추진한 팀 리빌딩은 팬들에게서 지지를 받았습니다. 젊은 선수들 위주로 팀이 개편되었으니까요. 그렇지만 젊은 선수들 위주의 팀이 무조건 좋은 것은 아닙니다."

"…분위기에 휩쓸릴 수도 있다는 것을 말씀하시는 거로군요."

"정확합니다. 노장에게는 노장의 역할이 있는 거죠. 바로 젊은 선수들을 다독이면서 팀의 중심을 잡아주는 것이죠."

"그런데 그런 노장 선수가 없다?"

"맞습니다. 너무 급하게 팀 리빌딩을 추진한 탓에 이런 부작용이 발생한 겁니다. 만약 정규 시즌 초반에 연패에 빠지게 된다면, 샌디에이고 파드리스는 걷잡을 수 없이 와르르 무너질 수도 있습니다."

데이비드 오의 진단이 옳았다.

젊은 선수들일수록 분위기에 민감했다.

만약 분위기를 탄다면 가진바 실력 이상을 끌어내면서 가파른 상승세를 타지만, 한번 분위기가 가라앉으면 부진의 늪에 빠져서 끝없이 추락할 가능성이 높았다.

"그리고 샌디에이고 파드리스는 정규 시즌 초반에 연패에 빠질 가능성이 높습니다."

"왜 그렇게 판단하시는 겁니까?"

"에이스의 부재 때문입니다."

데이비드 오가 꺼낸 대답을 들은 태식이 고개를 끄덕였다.

지난 시즌에 경험이 쌓인 젊은 야수들이 성장한 것은 분명한 사실이었지만, 선발투수들의 면면은 크게 보강된 것이 없었다.

오히려 지난 시즌 4선발을 맡았던 노장 투수 패트릭 바에사를 트레이드로 이적시키면서 더욱 약화되어 있었다.

1선발부터 3선발을 조셉 바우먼과 파넬슨 레이먼, 팻 메이튼으로 구축했지만, 이들 가운데 베테랑은 없었다.

아직 젊은 투수들이었고, 타 팀이 구축한 1선발부터 3선발까지 투수들의 면면과 비교한다면 한 수 아래라고 표현하는 편이 옳았다.

'이들이 초반에 무너진다면?'

4선발인 카일 맥그리스와 5선발 미구엘 디아즈가 버티고 있었지만, 이들은 믿음을 주기에는 역부족이었다.

특이한 투구 폼으로 주목받는 카일 맥그리스는 지난 시즌 부상과 부진에 시달리며 3승을 거두는 데 그쳤고, 미구엘 디아즈는 지난 시즌 후반기에 네 차례 등판해서 1승 1패를 거둔 것이 메이저리그 커리어의 전부였기 때문이다.

'스스로에 대한 믿음이 무너지면, 와르르 무너질 확률이 높다!'

연패를 확실히 끊어줄 에이스의 부재는 팀에게 있어서 커다란 악재였다.

"그래서 김태식 선수에게 최대한 빠른 시간에 기회를 주려고 할 겁니다."

"왜… 입니까?"

"마이크 프록터 단장은 김태식 선수를 선발투수로 활용할 계획을 갖고 있으니까요."

"아직 그 부분은 확실치가 않은……."

"제가 직접 대화를 나누며 마이크 프록터 단장의 의중을 확인했습니다. 마이크 프록터 단장은 김태식 선수를 선발투수로 활용하기 위해서 영입을 강행했습니다. 그리고… 선발진의 한 축을 맡아주길 바랄 뿐만 아니라 팀의 중심을 잡아주기를 바라고 있습니다."

"제가… 노장이기 때문입니까?"

"김태식 선수의 경험에 기대를 걸고 있는 거죠."

비로소 의문이 풀린 태식이 고개를 끄덕였을 때였다.

"고기가 다 구워졌습니다. 드시죠."

"네."

태식이 젓가락으로 집은 고기를 입으로 가져갔다.

"맛있네요."

"제가 고기 굽는 솜씨가 뛰어나다고 말씀드렸지 않습니까?"

자신만만한 표정을 짓고 있던 데이비드 오가 말을 더했다.

"많이 드십시오. 한동안은 이렇게 맛있는 고기를 맛볼 수 없을지도 모르니까요."

*　　　　　*　　　　　*

"맛없네."

딸기잼을 바른 텁텁한 식빵을 한 입 베어 문 태식이 고개를 절레절레 흔들었다.

데이비드 오의 말대로 마이너리그 생활을 만만치 않았다.

눈물 젖은 빵이란 표현이 딱 어울린다는 느낌이 들었다.

물론 태식의 새로운 숙소 냉장고에는 어머니가 직접 담궈주신 김치를 비롯해서 여러 밑반찬들이 보관되어 있었다.

태식이 조금만 부지런해진다면 직접 요리를 해서 맛있는 음식을 먹을 수도 있었다. 그렇지만 태식은 그리하지 않았다.

귀찮아서가 아니었다.

태식이 구단에서 제공한 음식 위주로 먹는 이유는 크게 두 가지.

우선 다른 선수들과 다르지 않은 생활을 경험하고 싶어서였다.

또 하나의 이유는 그 시간을 아껴서 차라리 훈련에 투자라는 편이 낫다고 판단했기 때문이다.

어쨌든.

그나마 다행인 것은 텃세나 인종차별은 없다는 점이었다.

먼저 태식에게 다가와서 말을 걸거나 관심을 표명하는 선수도 드물었고, 태식도 먼저 다가가려고 애쓰지 않았다.

그저 묵묵히 훈련을 하고 숙소로 퇴근하는 단조로운 생활이 이어졌다.

그사이, 메이저리그가 개막했다.

샌디에이고 파드리스와 샌프란시스코 자이언츠의 개막전.

각각 에이스들을 내세우며 펼친 진검승부에서 웃은 쪽은 샌프란시스코 자이언츠였다.

최종스코어 2 : 9.

샌프란시스코 자이언츠의 강타선은 경기 초반부터 샌디에이고 파드리스의 1선발인 조셉 바우먼을 공략하며 맹폭했다.

그로 인해 일찌감치 승부의 추는 기울었고, 샌디에이고 파드리스 타자들은 2점을 추격하는 데 그쳤다.

그리고.

개막전 패배가 시작이었다.

샌디에이고 파드리스는 2선발인 파넬슨 레이먼과 3선발인 팻 메이튼마저 경기 초반에 무너지면서 샌프란시스코 자이언츠와의 개막 3연전에서 스윕을 당했다.

그게 다가 아니었다.

바로 이어진 LA 다저스와의 3연전 가운데 두 경기를 먼저 내주면서 개막 5연패의 부진에 빠졌다.

샌디에이고 파드리스와 LA 다저스의 3연전 마지막 경기.

샌디에이고 파드리스에게는 연패를 끊어내는 것이 절실했다.

선발로 등판한 팀의 1선발 조셉 바우먼의 활약이 꼭 필요한 상황.

그러나 문제는 상대 선발투수도 막강하다는 것이었다.

지난 시즌 사이영상을 수상한 LA 다저스의 에이스인 클라이튼 커쇼는 오늘 경기에서도 최고의 피칭을 했다.

0 : 0.

팽팽한 투수전의 양상으로 경기가 흐르는 가운데 5회 말이 마무리됐다.

직접 경기를 관전하고 있던 마이크 프록터가 한숨을 내쉬었다.

"오늘 경기도… 어렵겠군!"

샌프란시스코 자이언츠와의 개막전에서 첫 등판을 했을 때와 달리 조셉 바우먼은 두 번째 등판에서 팀의 에이스다운 빼어난 피칭을 선보이고 있었다.

그러나 상대팀 선발투수인 클라이튼 커쇼 역시 난공불락에 가까울 정도로 완벽한 투구를 펼친다는 게 아쉬운 점이었다.

"전혀 공략이 안 되고 있어!"

마이크 프록터의 한숨이 깊어졌다.

물론 5회까지 단 하나의 안타만 허용한 클라이튼 커쇼의 구위가 압도적일 정도로 빼어난 것은 사실이었다. 그러나 샌디에이고 파드리스의 타자들은 답답하게 느껴질 정도로 무기력했다.

"이름값에 눌렸어!"

인간계 최고의 투수로 손꼽히는 클라이튼 커쇼의 명성에 주눅이 든 탓에 타자들은 본래 기량을 전혀 발휘하지 못하고 있었다.

"스트라이크아웃!"

침통한 표정으로 6회 초 경기를 지켜보던 마이크 프록터가 눈살을 찌푸리며 혼잣말을 중얼거렸다.

"그게… 다가 아니로군!"

삼자범퇴.

6회에 타석에 등장한 세 타자들은 모두 클라이튼 커쇼의 유인구에 속아서 헛스윙 삼진으로 물러났다.

"조급해!"

타자들이 타석에서 서두르고 있다는 것이 마이크 프록터의 눈에 보였다. 그리고 그 이유를 마이크 프록터는 짐작할 수 있었다.

개막과 함께 5연패에 빠져 있는 상황.

에이스인 조셉 바우먼이 호투하고 있는 동안, 클라이튼 커쇼를 최대한 빨리 공략해서 득점을 올려야 한다는 생각이 타자들의 머릿속을 지배하고 있었다. 그래서 자꾸 서두르다 보니 유인구에 속는 것이었다. 그리고 조급한 마음은 타석에서뿐만 아니라 수비에서도 문제가 되었다.

따악!

6회 말, LA 다저스의 선두 타자로 나선 애론 저지는 배트 중심에 잘 맞은 타구를 만들어냈다.

좌익수 앞에 뚝 떨어지며 안타가 될 것처럼 보이는 타구.

그런데 좌익수는 기다리는 대신 타구의 낙하지점을 향해 몸을 날렸다.

라인 드라이브 아웃을 노린 과감한 수비였지만, 결과가 좋지 않았다.

슬라이딩을 하며 쭉 뻗은 좌익수의 글러브는 타구에 미치지 못했고, 바운드를 일으킨 타구는 좌익수의 뒤로 빠지면서 굴러 갔다.

중견수가 빠르게 달려가서 펜스 앞에서 타구를 잡아냈지만, 타자 주자인 애론 저지가 3루에 도착하는 것을 막기에는 역부족이었다.

무사 3루.

좌익수의 수비 실책으로 실점 위기에 처하자, 호투하고 있던 조셉 바우먼이 흔들리기 시작했다.

후속 타자에게 볼넷을 허용해서 무사 1, 3루로 바뀐 상황에서

5번 타자인 애드리안 곤잘레스에게 실투를 던졌다.

따악!

맞는 순간, 홈런임을 직감할 수 있는 큰 타구였다.

와아!

와아아!

LA 다저스 홈팬들이 쏟아내는 환호성을 듣던 마이크 프록터가 미지근하게 변해 버린 캔 맥주를 들이켰다.

"졌군!"

0 : 3.

아직 세 차례의 공격 기회가 남아 있었지만, 마이크 프록터는 오늘 경기의 패배를 직감했다.

인간계 최강의 투수 중 한 명인 클라인트 커쇼를 상대로 석 점을 만회하는 것은 어렵다고 판단했기 때문이다.

후우.

재차 한숨을 내쉰 마이크 프록터가 원정 팀 벤치에 앉아 있는 팀 셔우드 감독을 바라보았다.

경기가 뜻대로 풀리지 않으면서 팀이 연패에 빠져 있기 때문일까.

답답한 표정을 짓고 있는 팀 셔우드 감독을 바라보던 마이크 프록터가 참지 못하고 자리에서 일어났다.

"얘기를 나눌 때가 됐군."

4. 제가 틀렸습니다

마이크 프록터의 예상은 적중했다.

최종 스코어 0 : 4.

샌디에이고 파드리스는 LA 다저스와의 3연전 마지막 경기마저 패하면서 또 한 차례 스윕을 당했다.

개막 6연패.

이런 상황을 예상하지 못했기 때문일까.

팀 셔우드 감독은 당황한 기색이 역력했다.

와인을 한 모금 마신 후, 마이크 프록터가 먼저 말문을 열었다.

"어떤 대책을 갖고 계십니까?"

"아직 개막 후 여섯 경기밖에 치르지 않았습니다. 시즌은 무척 깁니다. 곧 반등할 수 있을 겁니다."

팀 서우드 감독이 애써 느긋하게 대꾸한 순간, 마이크 프록터가 쏘아붙였다.

"그 말씀은… 이런 상황을 예상치 못했다는 뜻이로군요."

"조금… 뜻밖이긴 합니다."

팀 서우드 감독이 희끗한 머리를 쓸어 올리며 대답했다.

"예상을 못 했으니 마땅한 대책도 수립하지 못했겠군요."

"곧 계기가 찾아올 겁니다."

"어떤 계기요?"

"팀이 반등할 수 있는 계기 말입니다."

"그 계기가 대체 뭡니까? 그리고 감독님이 방금 말씀하신 그 계기라는 것이 대체 언제 찾아옵니까?"

"……."

"개막 최다 연패 신기록을 수립하고 난 후쯤에 계기가 찾아올까요?"

마이크 프록터가 비꼬듯 말한 순간, 팀 서우드 감독이 다시 와인 잔을 들어 올리며 변명을 꺼냈다.

"리빌딩이 너무 급하게 이루어졌습니다."

"감독님도 리빌딩에 동의하지 않으셨습니까?"

"그렇긴 하지만… 패트릭 바에사는 내보내지 말았어야 했습니다."

노장 투수 패트릭 바에사.

지난 시즌 샌디에이고 파드리스 팀의 4선발을 맡았던 패트릭 바에사는 전성기가 지났다는 평가를 받는 투수였다.

실제로 지난 시즌 패트릭 바에사의 성적도 7승 9패, 방어율

4.65에 그쳤다.

해서 마이크 프록터는 트레이드를 통해 패트릭 바에사를 팀에서 내보냈다.

그렇지만 팀 서우드 감독은 패트릭 바에사의 트레이드를 강하게 반대했다.

팀의 정신적 지주가 되어 줄 구심점이 필요하다는 이유 때문이었다.

"패트릭 바에사가 없기 때문에 우리 팀이 연패에 빠졌다는 뜻입니까?"

"패트릭 바에사가 우리 팀에 남아 있었다면, 상황이 달라졌을 수도 있습니다."

"결국 가정일 뿐이지 않습니까?"

"그러니까 그 가정이 현실이 되도록 단장님이 제 말을 귀담아들어 주었으면 상황이 이렇게 최악으로 흐르진 않았을 겁니다."

서로 한 치도 물러서지 않는 치열한 설전이 오갔다.

먼저 흥분을 가라앉힌 것은 마이크 프록터였다.

"감독님."

"말씀하시죠."

"패트릭 바에사는 이미 우리 팀을 떠났습니다. 그리고 패트릭 바에사를 다시 데리고 올 수는 없습니다. 감독님도 그건 알고 계시죠?"

"알고… 있습니다.

"제가 감독님을 만나자고 한 것은 지금 우리 팀이 처해 있는 상황에 대해서 누구의 탓을 하자는 것이 아닙니다. 이 난국을 타개할 방법을 찾고자 만난 것입니다."

"흠, 알겠습니다."

팀 셔우드 감독도 빠르게 흥분을 가라앉혔다.

그것을 확인한 마이크 프록터가 다시 질문을 던졌다.

"감독님은 현재 우리 팀의 가장 큰 문제가 무엇이라고 생각하십니까?"

"그게… 워낙 문제가 많아서 하나만 고르는 것이 쉽지가 않습니다."

"그래도 하나를 꼽는다면… 무엇 같습니까?"

"흐음!"

잠시 고민에 잠겼던 팀 셔우드 감독이 입을 뗐다.

"확실한 에이스의 부재!"

어느 정도 예상했던 대답이었다. 그리고 팀 셔우드 감독이 이런 대답을 꺼낸 이유를 마이크 프록터는 짐작할 수 있었다.

클라이튼 커쇼.

오늘 경기에서 피안타 2개만 허용하면서 무사사구 완봉승을 거둔 클라이튼 커쇼의 구위는 압도적이었다.

개막 후 5연승을 거두고 있던 LA 다저스는 클라이튼 커쇼의 완벽한 투구를 앞세워 개막 6연승을 내달렸다.

팀의 연패를 끊어주고 연승을 이어나갈 수 있게 만드는 것이 에이스의 역할.

올 시즌 샌디에이고 파드리스의 에이스인 조셉 바우먼과의 맞대결에서 완승을 거두면서 팀의 연승 행진을 이어나간 클라이튼 커쇼의 인상적인 활약이 팀 셔우드 감독에게 강렬하게 남아 있기 때문이리라.

"그리고 팀의 중심을 잡아줄 경험 많은 선수의 부재입니다."

그때, 팀 셔우드 감독이 덧붙였다.

그 이야기를 들은 마이크 프록터가 정색했다.

"저는 한 가지만 꼽아달라고 부탁했습니다."

"알고 있습니다."

"그런데요?"

"하나만 꼽기에는 너무 아쉬워서요."

팀 셔우드 감독이 백발을 쓸어 올리며 꺼낸 대답을 들은 마이크 프록터가 참지 못하고 웃음을 터뜨렸다.

"왜 웃으십니까?"

"다행이란 생각이 들어서요."

"뭐가 다행이란 것입니까?"

샌디에이고 파드리스가 개막 후 6연패에 빠져 있는 상황.

게다가 반전의 계기도 마땅치 않은 상황인데 지금 웃음이 나오느냐?

이런 의미가 담겨 있는 팀 셔우드 감독의 의아한 시선을 확인한 마이크 프록터가 대답을 꺼냈다.

"방금 감독님께서 말씀하셨던 두 가지 문제를 한꺼번에 해결할 수 있는 방법이 제게 있기 때문입니다."

"그 방법이 대체 뭡니까?"

"김태식 선수입니다."

"김태식이라면… 이번에 단장님이 영입하신 동양인 선수 말입니까?"

"감독님도 알고 계시죠?"

"물론 알고는 있습니다. 그런데……."

"그런데 뭡니까?"

"김태식 선수가 제가 언급했던 두 가지 문제를 모두 해결할 수 있는 치트키 같은 존재라는 말씀이십니까?"

"그렇습니다."

"대체 왜 그렇게 확신하십니까?"

"경험과 실력을 제 눈으로 직접 확인했기 때문입니다."

마이크 프록터가 힘주어 말했다.

그렇지만 팀 셔우드 감독의 표정은 밝아지지 않았다.

여전히 불신 어린 표정을 짓고 있었다.

"제 안목을 못 믿으시는군요."

"그런 게 아니라……."

"그럼 뭐가 문제입니까?"

"시간이 필요하다고 생각합니다."

"시간이 필요하다?"

"김태식이라는 동양인 선수가 뛰었던 리그와 메이저리그는 여러 면에서 다릅니다. 그런 만큼 적응할 시간이 필요하다는 말씀을 드리는 겁니다."

마이크 프록터가 반박하는 대신 고개를 끄덕였다.

팀 셔우드 감독의 지적이 충분히 일리가 있었기 때문이다.

"저도 인정합니다. 그런데… 상황이 급합니다."

"무엇이 급하다는 겁니까?"

"일단 연패부터 끊어내야 하지 않겠습니까?"

"그렇지만……."

여전히 난색을 표하고 있는 팀 셔우드 감독을 확인한 마이크 프록터가 다시 말했다.

"선입견입니다."

"선입견?"

"김태식 선수가 선입견을 버리고 바라봐 달라고 제게 부탁하더군요."

"자신감이 넘치는군요."

"실력이 있으니까요."

"하지만……."

"감독님."

"네."

"제가 여기서 더 떠들어봐야 무슨 소용이 있겠습니까?"

"그 말씀은… 단장님이 직권으로 김태식 선수를 승격시키겠다는 뜻입니까?"

팀 셔우드 감독이 미간을 찡그린 채 꺼낸 말을 들은 마이크 프록터가 고개를 흔들었다.

"그건 월권이죠."

"다행이 알고 계시는군요."

"그래서 이걸 준비했습니다."

마이크 프록터가 미리 준비해 온 이동식 디스크를 꺼내 탁자 위에 올려놓았다.

"직접 보고 나서 말씀하시죠."

"……?"

"혹시 유대훈 감독에 대해 알고 있습니까?"

"유대훈 감독이라면… 저도 알고 있습니다. 지난 올림픽에서 한국 야구 대표팀을 이끌고 은메달을 차지했던 감독이지 않습니까? 당시에 귀신같은 용병술을 펼쳤던 것이 무척 인상 깊어서 기억하고 있습니다."

"다행히 알고 계시네요. 덕분에 이야기하기가 더 쉽겠습니다."

마이크 프록터가 고개를 끄덕인 순간, 팀 서우드 감독이 재차 의아한 시선을 던졌다.

"그런데 갑자기 유대훈 감독의 이야기는 왜 꺼내시는 겁니까?"

"유대훈 감독이 얼마 전에 끝난 월드 베이스볼 클래식에 한국 대표팀을 이끌고 참가했습니다."

"그랬습니까?"

그 사실을 전혀 알지 못했던 팀 서우드 감독이 놀란 표정을 드러냈다.

"그런데 왜 그 사실을 제가 몰랐을까요?"

"미국 대표팀과 다른 조에 속해 있었던 데다가 한국 대표팀이 일찌감치 예선 탈락을 했기 때문일 겁니다."

"그렇군요."

"어쨌든 이 영상을 보고 나서 내일 아침을 함께하시죠."

"만나서 뭘 하시려는 겁니까?"

이동식 디스크와 자신의 얼굴을 번갈아 바라보는 팀 서우드 감독에게 마이크 프록터가 덧붙였다.

"이번 월드 베이스볼 클래식에서 예선 탈락을 경험한 유대훈 감독이 남겼던 후회의 말을 알려드리겠습니다."

"모두 사실이었네!"

태식의 마이너리그 첫 등판은 자체 청백전이었다.

청팀 소속 선발투수로 마운드에 오른 태식은 3이닝 동안 마운드를 지켰다.

투구 수는 28개에 불과했고, 단 하나의 안타와 사사구도 허용하지 않는 완벽한 피칭을 선보이고 마운드에서 내려왔다.

짧지만 강렬했던 데뷔전.

그 데뷔전 이후 많은 것이 달라졌다.

"김, 슬라이더가 왜 그렇게 빨라?"

"그립이 일반적인 형태와 달라서 그럴 거야."

"어떻게 다르지?"

"일반적인 슬라이더 그립과 달리 난 이렇게 잡고 던지거든."

"왜 이렇게 던지지?"

"내 경우에는 이렇게 그립을 잡고 던지면 구속이 더 빨라지더라고."

"그건 슬라이더가 아니라 커터 아냐?"

"커터처럼 보일 수도 있지만 조금 달라. 난 이걸 고속 슬라이더라고 불러."

"고속 슬라이더라. 딱 어울리네. 다음에 내가 던지는 걸 한번 봐줄 수 있어?"

"그건 어렵지 않은데……."

"왜? 무슨 문제가 있어?"

"한국 속담 중에 이런 게 있어. 공짜 좋아하면 대머리 된다."

"대머리?"

"머리가 벗겨진다는 뜻이야!"

"아하!"

"밥 한번 사면 봐주지."

"노 프라블럼!"

터크손 파드리스에 속해 있던 투수들이 우르르 몰려들어서 태식에게 꼬치꼬치 캐묻기 시작했다.

투수들만이 아니었다.

타자들도 태식을 수시로 찾아왔다.

"식! 다음에 라이브 피칭을 한번 부탁해도 될까?"

"김! 나도. 난 직구 위주로."

"난 유인구 위주로."

앞다투어 태식에게 찾아와서 부탁을 하는 바람에 태식은 말 그대로 비싼 몸이 됐다.

"김태식 선수가 실력을 보여주면 상황은 금세 달라질 겁니다. 그리고 그때는 무척 귀찮아질 수도 있습니다."

일전에 데이비드 오가 말했던 대로였다.

태식이 짧지만 강렬했던 데뷔전을 통해 가진바 실력을 보여준 후, 무관심으로 일관하던 팀 동료들의 반응은 백팔십도 달라졌다.

그리고 데이비드 오의 예측은 다른 부분에서도 적중했다.

6연패.

샌디에이고 파드리스는 메이저리그 개막과 함께 6연패의 늪에 빠졌다.

총체적인 난국이랄까.

젊은 선수들은 연패에 빠지자 조급증을 드러내며 자멸하고 있었다. 게다가 연패를 끊어줄 확실한 에이스도, 또 경험 많은 선수도 없다는 것이 연패가 이어지고 있는 이유였다.

'이대로라면 연패가 더 길어질 수도 있어!'

딱히 돌파구나 해법이 보이지 않는 상황.

어떤 계기가 없다면 샌디에이고 파드리스의 연패가 더 길어질 것이라고 태식은 예상하고 있었다.

그리고.

"나쁘지 않네!"

태식이 희미한 웃음을 머금었다.

지난 시즌 KBO 리그에서 뛸 때 태식은 2군 무대에서 출발했다. 그마저도 주전이 아니라 은퇴를 종용받던 신세였다.

2군 무대에서 주전을 꿰차고 1군 무대에 올라온 후 트레이드를 성사시킬 때까지.

태식은 무척 전략적으로 움직였다.

그 과정에서 야구 외적인 부분까지 신경을 많이 쓸 수밖에 없었다.

그러나 지금은 상황이 달라졌다.

바로 데이비드 오의 존재 때문이었다.

데이비드 오가 야구 외적인 부분에 대해 신경을 기울이며 조언을 해주는 덕분에 야구 외의 다른 것에는 신경을 쓸 필요가 없었다.

덕분에 부담을 한결 덜 수 있었다.

"보름 후… 정도가 아닐까?"

데이비드 오가 했던 예측은 대부분 적중했다. 그리고 데이비드 오는 샌디에이고 파드리스가 연패에 빠지면 태식에게 메이저 리그에 승격할 기회가 찾아올 것이라고 장담했다.

태식이 그 시기를 속으로 가늠하고 있을 때, 데이비드 오가 찾아왔다.

"무슨 일로 찾아왔습니까?"

예고조차 없었던 갑작스러운 방문이었다. 그래서 태식이 의아한 시선을 던질 때, 데이비드 오가 사과했다.

"죄송합니다. 제가 틀렸습니다."

5. 교훈

　호텔 레스토랑에 도착한 마이크 프록터가 미리 도착해서 기다리고 있던 팀 셔우드 감독의 맞은편에 앉았다.

　"왜 이렇게 일찍 나오셨습니까?"

　"일찍 잠에서 깼습니다."

　팀 셔우드가 대답했다.

　그 대답을 들은 마이크 프록터가 쓴웃음을 머금었다.

　벌겋게 충혈되어 있는 팀 셔우드 감독의 두 눈을 통해서 그가 거짓말을 했다는 것을 짐작했기 때문이다.

　아마 팀 셔우드 감독은 밤새 뜬눈으로 지샜으리라.

　그리고 마이크 프록터가 이렇게 유추한 이유는 자신도 같은 경험을 했기 때문이다.

　스카우트 팀에서 보내주었던 김태식 선수의 영상을 별 기대

없이 무심코 틀었던 마이크 프록터는 이내 집중하기 시작했다.

그리고 스카우트 팀이 보내주었던 영상에 만족하지 못하고, 인터넷으로 김태식 선수가 KBO 리그에서 활약한 영상까지 찾아보다가 결국 밤을 꼬박 새우고 말았었다.

"식사는?"

"됐습니다. 이 커피로 대신하죠."

"그럼 바로 본론으로 돌입할까요?"

"바라던 바입니다."

팀 셔우드 감독이 재빨리 대답했다.

이런 팀 셔우드 감독의 반응이 무척 낯설게 느껴졌다.

평소 팀 셔우드 감독은 느긋한 성격이었는데.

오늘은 달랐다.

어서 김태식 선수에 대한 이야기를 나누고 싶어서 안달이 난 것처럼 보였다.

"제가 드렸던 영상은 보셨습니까?"

"봤습니다."

"어땠습니까?"

"무척 흥미롭더군요."

팀 셔우드 감독이 두 눈을 빛내며 대답한 순간, 마이크 프록터가 희미한 웃음을 머금었다.

자신이 예상했던 반응이 돌아왔기 때문이다.

"어떤 점이 흥미로웠습니까?"

"투타 겸업이라는 점이 무척 흥미로웠습니다."

"김태식 선수가 가진 매력 중 하나죠. 저는 그중 투수 김태식에 주목했습니다."

"좋은 투수더군요."

"감독님도 그렇게 느끼셨습니까?"

"좌완 파이어볼러는 모든 감독이 탐내는 선수이니까요."

구속 160㎞에 육박하는 빠른 공을 던지는 좌완 파이어볼러.

이것만으로도 김태식은 충분히 매력적인 선수였다. 그러나 아직 끝이 아니었다.

김태식은 제구 능력도 갖추고 있었고, 구종도 다양했다.

특히 결정구를 장착했다는 것이 중요했다.

"게다가 너클볼은 환상적이더군요."

팀 셔우드 감독의 평가도 마이크 프록터의 평가와 비슷했다. 그래서 마이크 프록터가 재차 웃음을 머금었을 때였다.

"더 환상적인 것이 뭔지 아십니까?"

"무엇입니까?"

"단장님입니다."

"저… 요?"

뜻밖의 대답으로 인해 마이크 프록터가 의아한 시선을 던지자, 팀 셔우드 감독이 씩 웃으며 설명을 더했다.

"이런 투수를 헐값에 영입했으니까요."

그제야 말뜻을 이해한 마이크 프록터도 화답했다.

"이제야 제 안목을 인정해 주시는군요."

"이것만큼은 인정하지 않을 수 없군요. 그렇지만 계약 과정에서 아주 큰 실수를 범하셨습니다."

"실수요?"

"네."

"제가 어떤 실수를 했다는 겁니까?"

"계약 기간입니다."

"……?"

"1년 계약을 맺었던 것. 분명히 후회하실 겁니다."

"그건 실수가 아닙니다."

마이크 프록터가 변명을 꺼냈다.

"두 가지 측면을 고려해서 내렸던 결정입니다. 일단 삼십 대 후반이라는 김태식 선수의 나이가 고려되었습니다."

"나이는 나이일 뿐입니다. 늦게 기량을 꽃피우는 선수도 있는 법이죠. 사십 대 초중반에도 좋은 기량을 선보이는 선수들이 많지 않습니까?"

"또 하나의 이유가 있었습니다."

"무엇입니까?"

"김태식 선수가 원했습니다."

"단기 계약을 원했다는 겁니까?"

"네."

"그렇군요."

팀 셔우드 감독이 납득했다는 듯이 고개를 끄덕였다.

"김태식 선수는 자신이 있었군요."

"무슨 자신 말입니까?"

"짧은 시간 안에 메이저리그에서 자신의 기량을 선보일 수 있다는 자신감 말입니다. 그래서 올 시즌이 끝나고 지금보다 훨씬 더 좋은 조건으로 계약할 수 있다는 확신이 있었기 때문에 먼저 단기 계약을 요구했을 겁니다."

'그런⋯ 이유가 있었던가?'

팀 서우드 감독이 확신에 찬 어조로 꺼낸 말을 들은 마이크 프록터의 표정이 굳어졌다.

월드 베이스볼 클래식을 통해 자신의 기량을 뽐냈지만, 김태식 선수가 활약했던 것은 KBO 리그였다.

메이저리그에 비해 수준이 한참 떨어지는 KBO 리그의 활약만으로 메이저리그에서 성공 여부를 장담할 수 없었다.

더구나 김태식 선수의 나이는 삼십 대 후반이었다.

김태식 선수의 기량과 스토리에 반해서 계약을 추진했지만, 실패 위험에 대한 부담이 있었던 것은 사실이었다.

그 위험부담을 최소화하기 위해서 1년 계약을 맺었는데.

팀 서우드 감독은 그 결정이 실수라고 지적하고 있었다.

"김태식 선수가 메이저리그에서 성공할까요?"

"아마 성공할 겁니다. 아니, 틀림없이 성공할 겁니다. 그리고 그때는 우리 팀을 떠날 가능성이 높습니다."

"왜 그렇게 생각하시는 겁니까?"

"몸값이 치솟을 테니까요."

"저희도⋯⋯."

"LA 다저스나 뉴욕 양키스 같은 빅 마켓 클럽들이 거액을 앞세워 러브콜을 쏟아낼 겁니다. 그 영입 경쟁에서 우리가 이길 수 있을까요?"

팀 서우드 감독은 어느 누구보다 스몰 마켓인 샌디에이고 파드리스의 처지에 대해 정확히 알고 있는 사람이었다.

해서 마이크 프록터도 솔직히 인정했다.

"만약 그런 경우라면… 김태식 선수를 지켜내기 어렵겠죠."

그 대답을 들은 팀 서우드 감독이 충고했다.

"미리 대비를 하는 것이 좋을 겁니다."

"어떻게 대비를 하라는 것입니까?"

"저는 감독입니다."

"……?"

"주어진 선수들을 이끌고 최상의 경기력을 펼치도록 하는 것이 감독인 제 역할, 계약과 관련한 문제는 단장님의 역할이죠."

마이크 프록터가 한숨을 내쉬었다.

팀 서우드 감독의 지적은 정곡을 찔렀다.

계약 문제는 어디까지나 단장인 자신이 맡아야 할 역할이었다.

'예상치 못한 고민을 떠안았군!'

난감한 표정을 짓고 있던 마이크 프록터가 쓴웃음을 머금었다.

상황이 정반대가 됐다는 사실을 뒤늦게 깨달았기 때문이다.

'천천히 고민하자!'

김태식 선수의 재계약까지는 아직 시간이 남아 있었다.

반면 현재 샌디에이고 파드리스가 처해 있는 상황은 무척 급했다.

'어쩌면… 쓸데없는 고민일 수도 있어!'

개막 후 6연패.

샌디에이고 파드리스는 연패에 빠져 있었다.

물론 시즌을 치르다 보면 연패에 빠질 수는 있었다. 그렇지만 더 큰 문제는 연패에서 빠져나올 마땅한 해법이 보이지 않는다는 것이었다. 그리고 연패가 길어지면 팀 셔우드 감독은 물론이고, 마이크 프록터도 해고될 가능성이 충분했다.

그 전에 해법을 찾아야 했다.

"제가 드렸던 말씀에 대해 고민해 보셨습니까?"

"김태식 선수의 조기 투입 말씀입니까?"

"그렇습니다. 감독님은 적응 기간이 필요하다는 이유로 난색을 표하지 않으셨습니까? 그 생각이 여전히 변화가 없는지 묻는 것입니다."

"그 전에… 유대훈 감독이 어떤 후회의 말을 남겼는지 듣고 싶습니다."

팀 셔우드 감독이 대답을 미루고 되레 질문을 던졌다.

그 질문을 받은 마이크 프록터가 답을 알려주었다.

"유대훈 감독은 선입견 때문에 김태식 선수를 좀 더 일찍, 그리고 많이 출전시키지 못한 것을 후회한다고 밝혔습니다."

팀 셔우드 감독이 천천히 고개를 끄덕였다.

"제 짐작이 맞았군요."

"같은 생각을 하셨습니까?"

"네, 같은 감독 입장에서 김태식 선수를 빠르게 투입하는 것은 어려웠을 겁니다. 그간 보여준 것이 많지 않았고, 많은 나이라는 선입견이 작용했을 테니까요. 그렇지만 그게 실패의 원인이었던 것도 틀림없습니다. 만약 김태식 선수를 더 일찍 투입해서 더 많은 기회를 부여했다면 한국 야구 대표팀의 성적은 분명히 달라졌을 겁니다. 그게 유대훈 감독이 후회를 한 이유겠죠."

팀 셔우드 감독이 솔직하게 의견을 밝힌 순간, 마이크 프록터가 다시 물었다.

"그래서요?"

"단장님이 주신 영상을 보고 생각이 바뀌었습니다."

"……?"

"유대훈 감독과 똑같은 후회를 하고 싶지는 않으니까요."

*   *   *

"죄송합니다. 제가 틀렸습니다."

데이비드 오는 태식에게 사과를 했다. 그렇지만 태식에게는 호재였다.

메이저리그 승격.

머잖아 메이저리그에 승격해서 기회를 부여받을 수 있을 거라 예상했는데.

그 시기가 예상보다 훨씬 더 빠르게 찾아왔다.

최종스코어 0 : 6.

샌디에이고 파드리스가 또 한 번 무기력하게 패하면서 개막 8연패의 늪에 빠진 날, 태식은 메이저리그 승격 통보를 받았다. 그리고 승격이 다가 아니었다.

애리조나 다이아몬드 백스와의 3연전 마지막 경기에 선발투수로 출전할 것이라는 통보를 받았다.

"제가 짐작했던 것보다 너무 빠릅니다. 적응 기간도 없이 기회가 주어진 셈이니까요. 게다가 샌디에이고 파드리스의 현재 상황은 최악에 가깝습니다. 너무 큰 부담을 안고 마운드에 오르게 됐습니다."

데이비드 오가 우려한 것은 두 가지.

우선 새로운 리그에 대한 적응 기간도 제대로 거치지 않은 채로 메이저리그에 승격된 것으로 모자라 선발투수로 낙점됐다는 점이었다.

또 하나는 개막 8연패에 빠지면서 팀 분위기가 최악인 상황에서 선발투수로 나서는 것은 부담이 너무 크다는 것이었다.

태식 역시 당혹스러운 것은 사실이었다.

그렇지만 내심 바랐던 것이기도 했다.

'경기에 나설 준비는 이미 마쳤다. 그리고 기왕이면 중간 계투가 아닌 선발로 시작하는 편이 낫다!'

수많은 사람들의 우려 속에 태식이 경기에 나설 준비를 마쳤다.

적응 기간 없이 마운드에 올랐다는 점과 8연패에 빠져 있는 최악의 팀 분위기 등등.

여러 악재들이 둘러싸고 있었지만, 호재도 존재했다.

우선 태식의 첫 등판이 샌디에이고 파드리스의 홈구장인 펫코 파크에서 이루어졌다는 점이었다.

팬들의 응원을 받으면서 투구를 펼치는 것이 아무래도 원정 경기에서 마운드에 오르는 것보다는 편했다.

또 하나의 호재는 애리조나 다이아몬드 백스의 선발투수가 에이스인 잭 그랭키라는 점이었다.

잭 그랭키는 올 시즌 월드 시리즈 우승을 노리는 애리조나 다이아몬드 백스가 거액을 들여 영입한 새로운 팀의 에이스.

데이비드 오를 비롯한 많은 사람들은 태식의 선발 맞상대가 잭 그랭키라는 점에 우려의 시선을 보냈다.

그렇지만 태식의 생각은 달랐다.

상대가 메이저리그에서도 손꼽히는 선발투수인 잭 그랭키라는 점이 태식의 승부욕을 자극했다.

'만약 잭 그랭키를 상대로 승리를 거둔다면?'

태식의 메이저리그 데뷔전은 더욱 강한 인상을 남길 수 있을 터였다. 게다가 8연패에 빠져 있는 팀의 첫 승리를 견인한다면 더욱 그러하리라.

"야구는… 어디서나 똑같다!"

각오를 다지며 태식이 마운드로 천천히 걸어 올라갔다.

개인적으로는 기념비적인 메이저리그 데뷔였다. 그렇지만 태식을 향해 홈 팬들의 환호성은 흘러나오지 않았다.

생소한 동양인 투수의 갑작스러운 등판에 홈 팬들은 호기심과 불신이 섞인 시선을 던질 뿐이었다. 그리고 홈 팬들만이 아니었다.

태식은 아직 팀 동료들과 제대로 인사조차 나누지 못한 상황.

그로 인해 팀 동료들도 호기심과 불신이 섞여 있는 시선을 던지고 있었다.

그러니 상대팀인 에리조나 다이아몬드 백스의 선수들은 오죽할까.

'애리조나 다이아몬드 백스의 타자들을 제대로 분석할 시간은 없었다.'

워낙 갑작스레 선발 등판이 결정됐던 만큼 상대팀인 애리조나 다이아몬드 백스의 타자들을 제대로 분석할 시간까지는 없었다.

'그렇지만 나에 대해 분석할 시간이 없었던 것은 타자들도 마찬가지야!'

유불리를 따지기 어려울 정도로 엇비슷한 상황.

그러나 굳이 유불리를 따진다면 태식에게 좀 더 유리한 상황이었다.

그 이유는 포수의 존재였다.

메이저리그 경험이 있는 포수 이안 드레이크는 애리조나 다이아몬드 백스 타선에 포진한 타자들의 장단점을 대부분 꿰고 있었다.

포수가 요구하는 볼 배합을 따른다면 태식은 우위에 설 수 있었다.

"플레이볼!"

주심이 마침내 경기 시작을 선언한 순간, 태식이 크게 심호흡을 했다.

낯선 무대, 낯선 마운드, 낯선 타자, 낯선 포수, 낯선 주심까지.

모든 것이 낯선 상황에서 가장 중요한 것은 첫 타자와의 승부였다.

첫 타자와의 승부 결과에 따라서 극과 극의 경기 진행이 나올 수 있었기 때문이다. 그리고 첫 타자와의 승부 결과 못지않게 중요한 것은 과정이었다.

바깥쪽 슬라이더.

이안 드레이크가 초구로 요구한 공이었다.

태식이 고개를 흔들었다.

이안 드레이크의 볼 배합을 믿지 못해서가 아니었다.

메이저리그에서 첫 공은 꼭 직구를 던지고 싶다는 욕심 때문이었다.

바깥쪽 직구.

이안 드레이크가 사인을 바꾸고 난 후에야 태식이 와인드업을 했다.

슈아악!

태식이 던진 초구가 홈 플레이트를 통과했다.

애리조나 다이아몬드백스의 리드오프인 그레고리 플랑코는 타석에서 초구를 그대로 지켜보았다.

'판정은?'

투구를 마친 태식이 주심을 살폈다.

바깥쪽 낮은 스트라이크존을 살짝 걸치며 통과한 직구를 지켜본 주심은 망설이지 않고 팔을 들어올렸다.

"스트라이크!"

주심이 선언한 순간, 태식이 두 눈을 빛냈다.

KBO 리그와 메이저리그.

─야구는 어디서 하나 똑같다!

이것이 태식이 가진 기본 생각이었다. 그렇지만 경기를 뛰는 무대가 바뀌었으니 바뀐 환경에 적응하는 것은 분명히 필요했다.

그리고.

태식이 지금 확인하려고 한 것은 스트라이크존의 너비였다.

비디오를 통해서 보았던 메이저리그 심판들의 스트라이크존은 KBO 리그 심판들의 스트라이크존에 비해 더 넓었다.

태식은 방금 던진 바깥쪽 낮은 코스의 직구를 통해서 그것을 직접 확인했다.

똑같은 코스의 공을 던졌을 경우, KBO 리그의 심판들은 외면하거나 한참 망설인 끝에 스트라이크를 선언했으리라.

그런데 메이저리그의 심판은 달랐다.

일말의 망설임도 없이 팔을 들어 올리며 스트라이크를 선언했다.

바깥쪽 슬라이더.

이안 드레이크가 사인을 냈지만, 태식은 이번에도 고개를 흔들었다.

지금은 타자와의 승부보다 메이저리그 심판의 성향을 파악하는 것이 우선이라고 판단했기 때문이다.

슈아악!

태식이 2구째로 선택한 공 역시 바깥쪽 직구.

아까보다 공 반개 정도 낮은 코스로 직구가 파고들었다.

타석에 선 그레고리 플랑코는 내밀던 배트를 도중에 멈추었다.

낮았다고 판단했기 때문이리라.

그리고 주심의 반응도 초구 때와는 달랐다.

바로 스트라이크 판정을 내리지 않고 잠시 망설이다가 팔을 들어올렸다.

"스트라이크!"

주심이 선언한 순간, 태식이 두 눈을 빛냈다.

'확실히 넓어!'

바깥쪽 낮은 코스의 직구에 주심이 스트라이크를 선언했음에도 불구하고, 그레고리 플랑코는 크게 불만을 드러내지 않았다.

이것이 메이저리그의 스트라이크존이 KBO 리그에 비해 더 넓다는 또 하나의 증거였다. 그리고 메이저리그의 넓은 스트라이크존은 투수에게 유리한 것이 사실이었다.

특히 제구 능력을 갖춘 태식의 입장에서는 더욱 그러했다.

몸 쪽 직구.

이안 드레이크가 3구째로 요구한 공을 확인한 태식이 고개를 끄덕였다.

몸 쪽 높은 코스의 직구.

즉, 타자인 그레고리 플랑코의 헛스윙을 끌어내기 위해서 하이 패스트볼을 요구한 것이었다. 그렇기에 태식은 이번에는 고개를 흔들지 않았다.

이안 드레이크의 요구대로 공을 뿌렸다.

슈아악!

부우웅!

하이 패스트볼을 요구한 이안 드레이크가 바라던 대로 상황을 전개됐다.

태식의 손을 떠난 공이 몸 쪽 높은 코스로 파고들자, 그레고리 플랑코는 참지 못하고 스윙을 했다.

그러나 배트는 허공을 가르고 지나갔다.

"스트라이크아웃!"

메이저리그에서의 첫 등판.

첫 타자를 삼구 삼진으로 돌려세운 태식이 크게 숨을 내쉬었다.

단지 아웃 카운트 하나를 잡은 것이 아니었다.

그레고리 플랑코를 상대하는 과정에서 낯선 구장, 낯선 무대, 낯선 스트라이크존에 조금은 적응한 느낌이 들었다.

그리고 하나 더.

태식은 자신감을 얻었다.

158km.

마운드에서 힘을 아낄 생각은 애초부터 없었다.

1구와 2구로 던진 직구의 구속은 150km대 초반.

그렇지만 그레고리 플랑코의 헛스윙을 이끌어 낸 3구째 하이 패스트볼의 구속은 158km였다.

'뒤는 없다!'

메이저리그는 냉정했다.

태식이 첫 시험대인 오늘 경기에서 부진한 모습을 보인다면?

또, 언제 기회가 찾아올지 알 수 없었다.

예상보다 일찍 찾아온 기회인 오늘 경기에서 모든 것을 쏟아 부을 작정을 하고 태식은 경기에 나섰다.

절레절레.

예상보다 구속이 훨씬 더 빨랐기 때문일까?

삼구 삼진을 당한 그레고리 플랑코가 고개를 내저으면서 더그아웃으로 돌아가는 것이 보였다.

'직구에 포커스를 맞춘다!'

그레고리 플랑코에게 태식이 보여준 구종은 직구뿐이었다. 그리고 직구에 힘 한번 써보지 못하고 속수무책으로 당한 그레고리 플랑코의 모습을 지켜보았으니, 애리조나 다이아몬드백스의 타자들은 직구에 포커스를 맞추고 나올 확률이 높았다.

'감출 필요는 없다!'

그렇지만 태식에게는 직구만 있는 것이 아니었다.

낙차 큰 커브와 슬라이더, 그리고 너클볼까지.

다양한 구종을 구사할 능력이 있었다.

바깥쪽 슬라이더.

이안 드레이크도 태식과 생각이 비슷한 듯 보였다.

슈아악!

직구가 아닌 슬라이더를 요구하는 이안 드레이크에게 고개를 끄덕인 태식이 와인드업을 마치고 공을 던졌다.

0 : 0.

0의 균형을 이룬 채 경기는 3회 말로 접어들었다.

태식은 단 하나의 안타와 볼넷도 허용하지 않고 3이닝을 막아냈다.

기대 이상의 호투.

그러나 애리조나 다이아몬드백스의 에이스인 잭 그랭키도 태식에 못지않은 훌륭한 피칭을 보이고 있었다.

"스트라이크아웃!"

3회 말의 두 번째 타자인 이안 드레이크가 유인구에 속아 헛스윙 삼진을 당하며 맥없이 물러났다.

2사 주자 없는 상황에서 태식이 타석으로 들어섰다.

오늘 경기, 여덟 개의 아웃 카운트 가운데 네 개의 아웃 카운트를 삼진으로 잡았을 정도로 잭 그랭키의 구위는 위력적이었다.

그렇지만 잭 그랭키가 펼치는 호투에는 샌디에이고 파드리그의 타자들이 무기력한 것도 일조하고 있다는 것을 부인할 수 없었다.

연패에 빠지면서 침체된 팀 분위기가 타자들의 타격 컨디션에도 영향을 미쳤으리라.

'첫 타석이다!'

태식이 메이저리그 첫 타석에 들어섰음에도 딱히 기대를 하는 팬이나 동료들은 없었다.

아직 태식의 타격 능력에 대해서 모르기 때문이었다.

착 가라앉은 분위기의 경기장.

그렇지만 태식은 타석에서 집중하기 위해 최대한 애썼다.

'흔들자!'

메이저리그에서 활약하는 투수들의 멘탈이 가장 크게 흔들리는 경우는 타석에 들어선 투수에게 안타를 허용했을 때였다.

현재까지 잭 그랭키는 완벽에 가까운 투수를 펼치고 있는 상황.

잭 그랭키의 멘탈을 흔들어놓기 위해서라도 태식은 타석에서 집중하려 노력했다.

그리고.

복잡하게 생각할 것은 없었다.

태식은 직구 하나만 노리고 타석에 들어섰다.

투수 김태식은 물론이고 타자 김태식도 베일에 가려져 있는 상황.

잭 그랭키는 태식의 타순을 쉬어 가는 타순이라고 판단하고 있을 가능성이 높았다. 그런 만큼 방심한 채 직구를 던질 확률이 높았다.

슈아악!

그런 태식의 예상은 적중했다.

잭 그랭키가 선택한 초구의 구종은 직구였다.

바깥쪽 꽉 찬 코스의 직구라는 사실을 확인한 순간, 태식이 망설이지 않고 배트를 휘둘렀다.

따악!

힘들이지 않고 가볍게 밀어 친 타구는 좌중간으로 향했다.

평소 수비 위치보다 서너 걸음 전진해서 수비를 펼치고 있던 중견수와 좌익수가 열심히 타구를 쫓아가는 것이 보였다.

그렇지만 타구를 잡아내기에는 역부족이었다.

바운드를 일으킨 타구는 좌중간을 가르면서 펜스까지 굴러 갔다.

타다다닷.

열심히 달린 태식이 2루에서 멈추지 않고 3루까지 내달렸다.

그리고 슬라이딩을 할 필요는 없었다.

태식이 여유 있게 3루에 도착한 순간, 관중석이 술렁였다.

전혀 기대하지 않고 있었던 타자 김태식이 잭 그랭키를 상대로 첫 안타를 터뜨렸기 때문이다.

게다가 단타가 아니라 장타였다.

무려 3루타.

비록 외야진이 전진 수비를 펼쳤던 것이 태식에게 3루까지 허용한 결정적인 원인이었기는 했지만, 잭 그랭키를 상대로 처음으로 정타를 만들었다는 것은 부인할 수 없었다.

예상치 못한 장타를 허용했기 때문일까.

모자를 벗었다가 다시 눌러쓰는 잭 그랭키의 낯빛이 상기되어 있는 것이 태식의 눈에 들어왔다.

'아직 안 끝났어!'

3루 주자인 태식이 집중력을 잃지 않기 위해 애썼다.

잭 그랭키의 빼어난 구위와 깊은 슬럼프에 빠져 있는 샌디에이고 파드리스의 타자들의 타격 컨디션을 감안하면 적시타를 기대하기는 쉽지 않았다.

그렇지만 투수인 태식이 잭 그랭키를 상대로 3루타를 터뜨리면서 상황은 조금 바뀌었다.

잭 그랭키 역시 멘탈이 흔들린 상황.

예상치 못한 변수가 만들어질 가능성은 충분했다.

슈악!

원 볼 원 스트라이크 상황에서 잭 그랭키가 3구째로 던진 공은 포크볼이었다.

부우웅.

1번 타자 에릭 아이바가 포크볼에 속아 크게 헛스윙을 한 순간이었다.

탁!

홈 플레이트 근처에서 바운드를 일으키면서 바깥쪽으로 휘어져 나가는 포크볼을 잡기 위해 제프 마티스가 필사적으로 볼로킹을 시도했다. 그러나 가슴보호대를 맞고 튕긴 공은 옆으로 굴러갔다.

데구르르.

타다다닷.

공이 구르는 것을 확인한 태식이 지체 없이 홈으로 쇄도했다.

가슴 보호대를 맞고 튕겨 나간 공이 멀리 굴러가지 않은 데다가, 3루 주자가 선발투수인 태식이기 때문일까.

여유를 부리던 제프 마티스가 태식의 홈 쇄도를 확인하고 당황한 기색을 드러냈다. 그리고 당황한 것은 잭 그랭키도 마찬가지였다.

바닥을 구르는 공을 낚아챈 제프 마티스가 공을 잡아서 홈 플레이트로 달려온 잭 그랭키에게 정확히 송구했다.

그 순간, 태식이 슬라이딩을 시도했다.

툭.

잭 그랭키가 글러브로 태그를 한 후, 태식의 발이 홈베이스에 닿았다.

명백한 아웃 타이밍.

그러나 잭 그랭키의 포구가 완벽하지 않았다.

태식이 슬라이딩을 하며 밀고 들어온 다리에 글러브가 부딪힌 순간, 글러브 속에 넣어두었던 공이 빠져나왔다.

데구르르.

"세이프!"

바닥에 떨어져 있는 공을 확인한 주심이 세이프를 선언했다.

1 : 0.

선취점을 올리는 데 성공한 태식이 안도의 한숨을 내쉬었다.

'빨라!'

득점을 올리는 데 성공하긴 했지만, 아웃 타이밍이었다.

제프 매티스의 후속 동작과 잭 그랭키가 홈 플레이트로 들어오는 속도는 태식의 예상보다 훨씬 더 빨랐다.

그리고 태식의 과감한 홈 쇄도로 인해 분명히 당황했음에도 불구하고, 제프 매티스와 잭 그랭키의 수비는 매끄러웠다.

이와 비슷한 상황을 가정하고 수백 번의 반복 훈련을 거쳤기에 이런 훌륭한 수비가 나온 것이었다.

'이게… 메이저리그구나!'

새삼 감탄한 태식이 더그아웃으로 돌아갔다.

아직 팀 동료들과 제대로 인사조차 나누지 못한 상황.

그러나 선수들은 진심으로 기뻐하며 축하해 주었다.

'이것도… 다르구나!'

새삼스러운 표정을 짓고 있던 태식의 눈에 카일 맥그리스가 다가오는 것이 보였다.

"나이스 슬라이딩."

카일 맥그리스가 앞으로 내밀고 있는 주먹을 확인한 태식이 주먹을 들어 부딪치며 두 눈을 빛냈다.

카일 맥그리스는 올 시즌 팀의 4선발로 시즌을 시작했다. 그러나 첫 선발 등판에서는 3과 1/3이닝 6실점으로 부진한 모습을 보였고, 그로 인해 두 번째 선발 등판 기회는 태식에게 빼앗긴 셈이었다.

엄밀히 말하면 포지션 경쟁자.

그런 카일 맥그리스가 환하게 웃으며 다가와서 축하의 말을 건네는 모습은 태식에게 무척 낯설었다.

'진심으로 축하하는 걸까?'

태식이 의구심을 떨치지 못하고 있을 때, 감독인 팀 서우드가 다가왔다. 그리고 그는 태식에게 축하와 격려를 하는 대신, 질책했다.

"무모했어!"

6. 슬라이딩 금지

'무모했다?'

팀 셔우드 감독이 정색한 채 꺼낸 말한 순간, 태식이 순순히 수긍했다.

비록 득점을 올리는 데 성공하긴 했지만, 타이밍 상으로는 분명한 아웃이었다.

"인정합니다. 너무 무모한 주루 플레이였습니다."

해서 태식이 순순히 인정했을 때, 팀 셔우드 감독이 고개를 흔들었다.

"잘못 알아들었군."

"네?"

"내가 무모하다고 했던 것은 슬라이딩이었어."

'슬라이딩?'

태식이 의아한 시선을 던졌다.

조금 전, 홈으로 파고드는 과정에서 벌어졌던 승부.

아슬아슬한 타이밍이었다.

그런 만큼 슬라이딩을 하는 것이 당연히 필요했다.

'혹시 헤드 퍼스트 슬라이딩을 시도하지 않았기 때문에 탓하는 건가?'

태식의 생각이 거기까지 미쳤을 때였다.

"앞으로 슬라이딩을 하지 마."

팀 서우드 감독이 덧붙인 말을 예상치 못했던 태식이 의아한 표정으로 반문했다.

"슬라이딩을 하지 말라고 하셨습니까?"

"그래. 슬라이딩은 무조건 금지야."

"대체 왜입니까?"

"투수니까."

"……?"

"오늘 경기에서는 타자 김태식이 아니라 투수 김태식의 역할이 훨씬 더 중요해. 무슨 말인지 알아들었어?"

팀 서우드 감독이 덧붙인 말을 듣고서야 태식이 말뜻을 이해했다.

타자 김태식의 잠재력에 대해서는 알고 있다. 그렇지만 오늘 경기에서의 김태식은 타자가 아닌 선발투수의 임무를 부여받고 나왔다.

그런데 지나치게 과감한 주루 플레이와 무모한 슬라이딩을 하는 것을 부상의 위험이 존재한다.

팀 셔우드 감독이 걱정하고 있는 부분이었다.

"무슨 말씀인지 알겠습니다."

태식이 고개를 끄덕였다.

메이저리그의 내셔널 리그 경기에서 타석에 등장한 투수들 가운데는 스윙조차 하지 않고 가만히 서 있다가 삼구 삼진을 당하고 돌아가는 경우가 간혹 존재했다.

그들이 스윙을 할 줄 몰라서?

그건 아니었다.

내셔널 리그의 특성상 투수들도 타석에 들어서기 때문에 훈련 과정에서 타격 훈련도 병행하고 있었으니까.

그럼에도 불구하고 타석에 들어서서 타격을 하려는 시늉만 하고 있다가 더그아웃으로 돌아오는 이유는 마운드 위에서 투구에 더 집중하기 위함이었다.

또, 타격 중에 혹시 모를 부상을 당할 위험도 방지하기 위함이었고.

그리고 그런 투수에게 비난을 가하는 감독이나 동료, 팬들은 없었다.

투수에게 가장 중요한 것은 타격이 아니라 마운드에서 공을 던지는 것.

이런 사실을 이미 알고 있었고, 또 인정하고 있었기 때문이다.

방금 팀 셔우드 감독이 건넨 질책과 당부도 이런 부분의 연장 선상이었다.

"진짜 알아들었지?"

"알아들었습니다."

태식이 재차 대답하고 나서야 팀 셔우드 감독이 비로소 굳었던 표정을 풀었다.

"어서 가서 숨부터 골라. 곧 다시 마운드에 올라가야 할 테니까."

"알겠습니다."

태식이 몸을 돌리려 했을 때였다.

"좋은 스윙이었다."

팀 셔우드 감독이 한마디를 덧붙였다. 그리고 팀 셔우드 감독의 예언은 적중했다.

에릭 아이바가 내야 뜬공으로 물러나면서 태식은 더그아웃에 앉아서 호흡을 고를 틈도 없이 바로 마운드로 올라갔다.

그리고.

태식이 그레고리 플랑코를 상대로 던진 초구는 가운데로 몰렸다.

따악!

묵직한 타격음이 울려 퍼진 순간, 태식의 표정이 굳어졌다.

'넘어가지 마라!'

태식이 속으로 외치면서 고개를 돌려 타구의 궤적을 눈으로 쫓았다.

타격이 이루어진 순간, 우익수인 맷 부쉬가 몸을 돌려 열심히 타구를 쫓고 있는 모습이 태식의 눈에 들어왔다.

'넘어가진 않아!'

타구가 마지막까지 뻗지 못하는 것을 확인하고 안도했던 태식이 눈살을 찌푸렸다.

"멈춰!"

맷 부쉬는 타구를 잡아내기 위해 끝까지 포기하지 않고 쫓고 있었다. 그러나 의욕이 과한 플레이였다.

현실적으로 타구를 잡아내는 것은 불가능했다.

차라리 도중에 멈추고 펜스 플레이에 집중하는 편이 옳았다.

그러나 태식의 외침은 맷 부쉬에게 전해지지 않았다.

그레고리 플랑코가 때린 타구는 맷 부쉬가 점프하며 들어 올린 글러브를 넘기고 펜스를 직격했다.

쾅!

펜스를 직격한 타구는 빠른 속도로 다시 튕겨져 나왔다.

쿵!

펜스에 부딪혔던 맷 부쉬가 쓰러졌다가 벌떡 일어나 타구를 쫓았다. 그러나 시간이 너무 지체됐다.

중계 플레이가 이뤄지는 사이, 발 빠른 그레고리 플랑코는 여유 있게 3루에 안착했다.

후우.

결과만 놓고 보자면, 아쉬운 마음이 드는 것은 어쩔 수 없었다.

충분히 2루타로 막을 수 있는 타구였는데, 맷 부쉬의 의욕이 과한 수비로 인해 타자 주자에게 3루까지 허용한 셈이었으니까.

자신의 실수를 알기 때문일까.

툭. 툭

맷 부쉬도 고개를 떨군 채 발로 애꿎은 그라운드를 찼다가 다시 꾹꾹 누르기를 반복하고 있었다.

잠시 뒤 맷 부쉬가 고개를 든 순간, 태식이 괜찮다는 의미로 손을 들었다.

일부러 괜찮은 척한 것이 아니었다.

'내 탓이야!'

태식이 자책했다.

이 모든 사단은 태식이 실투를 던졌기 때문에 벌어졌다.

원래는 바깥쪽으로 휘어져 나가는 슬라이더를 던지려고 했다. 그렇지만 제구가 뜻대로 되지 않으면서 공이 가운데로 몰렸다. 그리고 그레고리 플랑코는 태식이 오늘 경기에서 처음으로 던진 실투를 놓치지 않았다.

'이게 메이저리거구나!'

단 하나의 실투도 용납하지 않는 그레고리 플랑코의 집중력과 타격 능력은 태식의 감탄을 자아내기에 충분했다.

그러나 계속 감탄을 하고 있을 때가 아니었다.

더 시급한 일이 있었다.

'왜… 실투가 나왔지?'

갑자기 제구가 뜻대로 되지 않으면서 공이 가운데로 몰렸던 원인을 찾아내는 것이 우선이었다.

해서 고민하던 태식이 흠칫했다.

하아. 하아.

호흡이 가빠졌다는 사실을 뒤늦게 알아챘기 때문이다.

메이저리그 무대에서의 첫 등판이 주는 긴장감은 대단했다.

가능한 침착함을 유지하기 위해 애썼지만, 감정을 완벽하게 컨

트롤하는 것은 불가능했다.

경기가 중반으로 흐르는 과정에서 자신도 모르는 사이 흥분했고, 그래서 호흡이 가빠졌다는 사실도 알아채지 못했을 정도였다.

'투구 밸런스가 무너졌어!'

호흡이 가빠진 채, 너무 투구를 서둘렀다.

그로 인해 제구가 뜻대로 되지 않으면서 실투가 나왔던 것이다.

'감독님의 우려가 옳았어!'

태식이 더그아웃으로 고개를 돌렸다.

마치 이런 상황을 예상이라도 한 듯 답답한 한숨을 내쉬고 있는 팀 셔우드 감독을 확인한 태식이 마운드에서 발을 풀고 호흡을 골랐다.

신입생!

비록 나이가 많지만, 태식은 엄밀히 말하면 메이저리그 무대의 신인이었다.

당연히 적응에는 시간이 필요했다.

'너무… 자책할 필요 없어!'

적응 과정에는 시간이 필요했다.

또, 적응 과정에서 실수를 범하는 것도 당연했다.

중요한 것은 똑같은 실수를 반복하지 않는 것이었다.

게다가 아직 실점을 허용한 것도 아니었다.

'막을 수 있어!'

태식이 각오를 다졌다.

무사 3루 상황에서 타석에 들어선 2번 타자 브랜든 루니와 태식의 승부가 이어졌다.

하이 패스트볼.

이안 드레이크의 사인대로 태식이 몸 쪽 높은 코스로 파고드는 직구를 던졌다.

슈아악!

공격적인 성향이 강한 브랜든 루니의 배트를 끌어내기 위한 유인구.

그리고 그 의도는 적중했다.

딱!

브랜든 루니가 때린 타구는 배트 상단을 맞고 높이 솟구쳤다. 그렇지만 멀리 뻗지는 못했다.

내야를 벗어나지 못한 타구는 유격수가 여유 있게 잡아냈다.

1사 3루로 바뀐 상황에서 태식은 3번 타자인 앤드류 폴락과 승부를 이어나갔다.

풀카운트까지 이어진 승부.

몸 쪽 커브.

이안 드레이크가 승부구로 요구한 공이었다.

외야플라이를 허용하지 않기 위해서 계속 바깥쪽 승부를 펼친 상황.

앤드류 폴락의 허를 찌르기 위한 볼 배합이었다.

슈악!

가볍게 고개를 끄덕인 태식이 던진 커브는 낮게 형성됐다.

딱!

앤드류 폴락이 잡아당긴 타구가 2루수 앞으로 굴러가는 내야 땅볼이 된 순간, 3루 주자였던 그레고리 플랑코가 과감하게 홈으로 파고드는 것이 보였다.

'잡을 수 있다!'

타구의 속도가 빨랐다.

만약 2루수인 에릭 아이바의 송구만 정확하다면 충분히 홈에서 3루 주자를 잡을 수 있다고 태식이 판단한 순간이었다.

에릭 아이바가 평범한 땅볼을 포구하는 과정에서 한 차례 공을 더듬었다. 그리고 홈으로 던진 에릭 아이바의 송구는 높았다.

포수인 이안 드레이크가 송구를 받아 바로 태그플레이를 시도했지만, 헤드 퍼스트 슬라이딩을 한 그레고리 플랑코의 손이 베이스에 닿는 것이 조금 더 빨랐다.

"세이프!"

주심이 선언한 순간, 태식이 한숨을 내쉬었다.

에릭 아이바는 포구 과정에서 공을 한 번 더듬었다. 게다가 3루 주자였던 그레고리 플랑코는 발이 빠르고 주루 플레이에 능했다.

그 사실을 잘 알고 있기에 마음이 급해진 에릭 아이바가 송구를 너무 서둘렀던 것이 실점을 허용한 원인이었다.

'여유가 없어!'

태식이 모자를 벗었다가 눌러썼다.

1 : 1.

메이저리그에서 첫 실점을 허용하는 과정은 아쉽기 짝이 없었다.

야수들의 실책성 수비가 잇따라 나왔기 때문이다. 그리고 태식은 실책성 수비가 쏟아지는 이유를 짐작할 수 있었다.

어서 연패에서 빠져나와야 한다는 생각이 너무 강해서 젊은 선수들의 의욕이 과한 수비를 펼치기 때문이었다.

'악순환!'

실책성 수비가 자꾸 나오다 보면 마운드에 서 있는 투수에게 영향을 미치는 것은 물론이고, 타석에서도 수비 실책을 만회하기 위해서 서두르느라 타격 슬럼프에 빠지게 되는 것이었다.

2사 1루가 되어야 할 상황이, 1실점을 허용하고 1사 1루로 바뀌어 있었다.

'지금부터가 중요해!'

동점을 허용하면서 다시 팀 분위기가 가라앉은 순간, 태식이 각오를 다지며 다음 타자인 폴 골드슈미트와의 대결을 준비했다.

"후우."

팀 셔우드가 답답한 표정으로 한숨을 내쉬었다.

방금 실점을 허용하는 과정에서 샌디에이고 파드리는 약점을 잇따라 노출했다.

"너무… 급해!"

아직 시즌 초반일 뿐이다. 시즌은 무척 길고, 언제든지 반등할 수 있다. 그러니 서두를 필요 없다.

팀 셔우드가 선수들에게 계속 주문하는 부분이었다.

그러나 그 주문은 먹혀들지 않았다.

젊은 선수들이 주축이기 때문일까.

팀이 연패에 빠지자 선수들은 점점 더 조급해졌다. 그리고 연패가 길어지자, 팀 분위기도 가라앉은 상태였다.

구심점이 없는 상황에서 악순환이 반복되는 과정이랄까.

그래서 오늘 경기가 중요했고, 또 기대가 컸다.

"방금 감독님께서 말씀하셨던 두 가지 문제를 한꺼번에 해결할 수 있는 방법이 제게 있기 때문입니다. 바로 김태식 선수입니다."

팀의 연패를 끊어주고 연승을 이어나갈 발판을 만들어 줄 수 있는 확실한 에이스의 부재.

경험이 일천한 어린 선수들을 다독이며 팀의 분위기를 이끌어 나갈 수 있는 경험 많은 노장의 부재.

마이크 프록터 단장과의 대화 중에 팀 서우드가 꺼냈던 현재 샌디에이고 파드리스의 부족한 부분들이었다.

그리고.

마이크 프록터는 이 두 가지 문제를 동시에 해결할 수 있는 존재가 바로 새로 영입한 김태식이라고 단언했다.

해서 김태식을 선발투수로 내보낸 오늘 경기에 대한 기대가 무척 컸었는데.

"아직은… 부족해!"

팀 서우드가 미간을 찌푸렸다.

4와 1/3이닝 1실점.

분명히 나쁘지는 않았다.

그렇지만 에이스가 되기에는 조금 부족했다.

"적응 시간이 필요해!"

KBO 리그와 메이저리그.

팀 서우드가 우려했던 대로였다.

경기를 뛰는 무대가 바뀐 만큼 적응하는 과정에는 시간이 필요했다.

비록 김태식이 KBO 리그에서 경험을 많이 쌓은 백전노장이라고 해도, 메이저리그는 낯선 무대였다.

적응하는 과정에는 분명히 시간이 필요했다.

그리고 본인이 적응하기 급급한 상황이니, 젊은 야수들을 다독이면서 팀의 구심점 역할을 맡기에는 역부족이라는 판단을 팀 서우드가 내렸다.

'무너지지 않을까?'

팀 서우드가 착 가라앉은 눈으로 그라운드를 살폈다.

아직 적응을 마치지 못한 상태.

야수들의 잇따른 실책이 이어지며 실점을 허용한 상황이니, 마운드에 서 있는 김태식의 멘탈이 흔들렸을 가능성은 농후했다.

더구나 1사 1루에서 타석에 들어선 것은 애리조나 다이아몬드백스의 4번 타자인 폴 골드슈미트였다.

폴 골드슈미트는 애리조나 다이아몬드백스의 프랜차이즈 스타이자, 팀의 구심점 역할을 맡고 있는 리그 최고의 타자 중 일인.

김태식이 상대하기에는 벅찬 상대였다.

'교체… 할까?'

팀 서우드가 모자를 벗었다가 다시 쓰기를 반복했다.

이미 개막 8연패에 빠져 있는 상황.

1승이 절실했다. 그리고 지금이 승부처라는 것을 팀 서우드는 잘 알고 있었다.

만약의 상황을 대비해서 일찌감치 불펜 투수들을 준비해 둔 만큼, 투수 교체를 하는 것이 옳은 선택이 아닐까 하는 생각이 들었다.

거기까지 생각이 미친 순간, 팀 서우드가 더 버티지 못하고 자리에서 일어났다. 그리고 더그아웃을 박차고 나가려 했던 팀 서우드가 마지막 순간 멈칫했다.

"유대훈 감독은 선입견 때문에 김태식 선수를 좀 더 일찍, 그리고 많이 출전시키지 못한 것을 후회한다고 밝혔습니다."

마이크 프록터 단장이 알려주었던 유대훈 감독이 했던 후회의 말이 귓가에 되살아났기 때문이다.

'선입견이… 아닐까?'

그 말이 되살아난 순간, 팀 서우드가 불쑥 떠올린 생각이었다.

김태식이 주로 활약했던 무대는 KBO 리그다.

KBO 리그와 메이저리그는 수준 차가 현격하다.

김태식이 최고의 타자들이 즐비한 메이저리그에서 더 버티는 것은 어렵다.

이런 선입견을 내심 갖고 있었던 것이 아닐까 하는 생각이 퍼

뚝 들었다.

그리고 하나 더.

'정작 조급한 것은… 내가 아닐까?'

아직 시즌 초반일 뿐이니 연패에 빠져 있다고 해서 너무 조급해할 필요가 없다고 선수들에게 강조했었다.

그렇지만 정작 가장 조급한 것은 자신이 아닐까 하는 생각도 들었다.

"1패를 더한다고 해서 당장 어떻게 되는 것은 아니다."

시즌은 길었다.

8연패나 9연패나 다를 것은 별로 없었다.

한 경기를 더 패하는 한이 있더라도 선발투수로서 가능성을 보여주고 있는 김태식을 믿고 더 기다려 주는 편이 낫다는 생각이 들었다.

털썩.

결국 다시 감독석에 앉은 팀 셔우드가 경기를 주시했다.

7. 괜찮은 데뷔전과 환상적인 데뷔전

'승부처!'

KBO 리그와 메이저리그.

여러 부분에서 다른 면이 존재했지만, 결국 야구는 흐름의 경기였다.

지금이 오늘 경기의 승부처라는 것을 태식이 모를 리 없었다.

애리조나 다이아몬드백스의 중심 타선을 이끄는 강타자인 폴 골드슈미트와의 이번 승부가 오늘 경기의 승패를 가를 확률이 높았다.

스윽!

태식이 투구를 하기 전, 2루수인 에릭 아이바를 힐끗 살폈다.

본인의 실책성 플레이로 실점을 허용했다고 판단하기 때문일까.

에릭 아이바의 표정은 무척 어두웠다.

'여기서 막아낸다!'

경기의 흐름상 태식이 폴 골드슈미트를 상대로 안타를 허용하지 않고 이번 이닝을 막아낸다면, 흐름은 다시 샌디에이고 파드리스로 돌아올 가능성이 높았다.

슈악!

태식이 폴 골드슈미트를 상대로 던진 초구는 너클볼이었다.

메이저리그 마운드에서 처음으로 던진 너클볼의 궤적은 변화가 심했다.

딱!

폴 골드슈미트가 스윙을 했지만, 그의 배트는 변화가 심한 너클볼의 궤적을 따라가지 못했다.

배트 하단에 맞은 타구는 1루측 더그아웃으로 향하는 파울이 됐다.

전혀 예상치 못했던 너클볼이 들어왔기 때문일까?

아니면, 너클볼의 궤적 변화가 심했기 때문일까?

타석에서 벗어났던 폴 골드슈미트가 고개를 갸웃하는 것이 보였다.

그리고 2구째.

슈아악!

태식이 선택한 공은 직구였다.

파앙!

"스트라이크!"

158㎞의 구속이 전광판에 찍힌 직구가 포수의 미트로 파고든

순간, 폴 골드슈미트의 표정이 딱딱하게 굳어졌다.

아까 던진 너클볼의 구속은 129㎞.

무려 30㎞ 가까이 구속차가 나는 직구가 몸 쪽으로 완벽하게 제구된 채 날아들자, 폴 골드슈미트도 당황한 것이었다.

노 볼 투 스트라이크.

투수에게 유리한 볼카운트를 잡은 순간, 태식이 3구째 공을 뿌렸다.

슈악!

다시 너클볼이 들어온 순간, 폴 골드슈미트가 배트를 휘둘렀다.

딱!

직구를 의식하고 있었기 때문일까.

폴 골드슈미트는 공을 맞추는 데 급급했다.

2루수 쪽으로 굴러가는 평범한 내야 땅볼.

에릭 아이바는 실수를 반복하지 않았다.

안전하게 포구한 에릭 아이바는 유격수에게 정확히 송구했고, 4-6-3으로 이어지는 병살이 만들어졌다.

"됐다!"

폴 골드슈미트를 상대로 병살을 유도해 낸 태식이 주먹을 움켜쥐었다. 그리고 2루수 에릭 아이바를 손으로 가리켰다.

마음의 짐을 덜었기 때문일까.

에릭 아이바가 하얀 이를 드러내며 환하게 웃었다.

1 : 1.

팽팽한 균형을 이룬 채 경기는 6회 말로 접어들었다.

잭 그랭키는 5회까지 안타 하나와 볼넷 하나만 허용하는 눈부신 호투를 펼쳤다. 그리고 6회 말의 선두 타자로 나선 것은 태식이었다.

오늘 경기에서 유일한 안타를 허용했던 태식이 타석에 들어서자, 잭 그랭키가 매서운 시선을 던졌다.

'이번에는 당하지 않는다!'

이런 각오를 드러내고 있는 잭 그랭키의 강렬한 시선을 피하지 않은 채, 태식이 가볍게 체크 스윙을 했다.

'직구 승부는 없다!'

방심한 상황에서 직구 승부를 펼치다가 태식에게 이미 장타를 허용한 경험이 있는 잭 그랭키였다.

잭 그랭키가 구겨진 자존심을 회복하기 위해서 다시 직구 승부를 펼칠 가능성.

아주 없는 것은 아니었다.

그렇지만 태식은 직구를 과감하게 배제했다.

그리고.

태식이 직구를 배제한 데는 이유가 있었다.

지난 월드 베이스볼 클래식에서 태식은 네덜란드 대표팀 선수로 출전했던 톰 베르겐과 승부를 펼쳤던 경험이 있었다.

톰 베르겐은 메이저리그에서도 정상급 투수로 활약하던 선수.

당시 태식은 첫 타석에서 퍼펙트 행진을 이어나가던 톰 베르겐을 상대로 홈런을 빼앗아냈었다.

그리고 두 번째 대결에서 태식은 톰 베르겐이 구겨진 자존심을 회복하기 위해서 홈런을 허용했던 직구 승부를 펼칠 것이라 확신했었다.

그러나 그 확신은 보기 좋게 빗나갔었다.

톰 베르겐은 당시에 직구가 아닌 유인구를 던졌었다.

당시에 톰 베르겐과 승부를 펼쳤던 태식은 신선한 충격을 받았었다.

본인의 구겨진 자존심보다 팀의 상황을 더 우선시하는 톰 베르겐의 평정심에 놀랐기 때문이다.

그리고.

지금의 상황도 마찬가지였다.

1 : 1.

큰 것 하나면 팽팽하던 승부의 추가 기울어질 수 있는 상황이었다.

잭 그랭키 역시 톰 베르겐과 마찬가지로 메이저리그 정상급 선발투수.

비슷한 상황인 만큼, 잭 그랭키 역시 팀의 승리를 위해서 직구 승부가 아닌 유인구 승부를 할 가능성이 높다고 판단한 것이었다.

슈악!

그런 태식의 예상은 적중했다.

'커브!'

몸 쪽 꽉 찬 코스로 날아드는 커브를 태식이 받아쳤다.

따악!

경쾌한 타격음과 함께 타구는 1루 방향으로 날아갔다.

1루수가 점프하며 글러브를 들어 올렸지만, 타구는 1루수의 키를 훌쩍 넘기고 라인선상 안쪽에 떨어졌다.

타다다닷!

전력 질주를 한 태식이 2루로 서서 들어갔다.

3루타에 이어 2루타까지.

투수인 태식이 두 타석에서 연속으로 장타를 터뜨리자, 조용하던 관중석이 다시 술렁이기 시작했다.

그리고 이번에는 태식이 3루타를 때려냈을 때보다 술렁임이 훨씬 컸다.

"나이스 배팅!"

"야수들보다 훨씬 타격이 나은데!"

"저 동양인 선수는 대체 누구야?"

"우리 팀에 투수 부문 실버슬러거 상 후보가 나타났다!"

관중석에서 쏟아진 환호성을 듣던 태식이 희미한 웃음을 머금었다.

실버슬러거 상은 메이저리그 각 포지션에서 최고의 공격력을 보여준 선수에게 수여되는 상이었다.

골든 글러브 상이 수비력까지 감안하여 시상하는 것과 달리 실버슬러거 상은 오직 공격력만을 평가의 지표로 삼았다.

그리고 지난해 내셔널 리그 투수 부문 실버슬러거 상을 수상한 선수는 샌프란시스코 자이언츠의 강타자(?) 메디슨 범거너였다.

메디슨 범거너가 타석에서 거둔 성적은 77타수 19안타로 타율이 2할 5푼에 육박했다.

게다가 5홈런을 기록했으며 타점도 9개나 올렸다.

투수들 가운데서는 경쟁자가 거의 없다시피 했을 정도로 독보적인 타격 성적.

그렇지만 올 시즌에는 상황이 달랐다.

태식이 투수 부문 실버슬러거 상 후보로 출사표를 던졌기 때문이다.

'내심 노렸던 상이야!'

기회만 꾸준히 주어진다면 태식은 메디슨 범거너를 제치고 투수 부문 실버슬러거 상을 수상할 자신이 있었다.

두 타석에서 모두 장타를 때려내며 단숨에 실버슬러거 상 후보로 추대된 태식이 입가에 머금고 있던 미소를 지웠다.

아직 이닝이 끝난 것이 아니었다.

2사 2루.

오랜만에 찾아온 득점 찬스에서 타석에 들어선 것은 1번 타자 에릭 아이바였다.

'최대한 거리를 벌린다!'

짧은 안타 하나만 나와도 득점을 올릴 수 있는 상황.

태식은 주루 플레이에 자신이 있었다.

그렇지만 문제는 태식이 슬라이딩을 하는 것을 팀 셔우드 감독이 내켜하지 않는다는 것이다.

해서 태식은 최대한 2루 베이스와의 거리를 벌렸다.

신경이 쓰이기 때문일까.

슈악!

잭 그랭키가 몸을 돌리며 2루로 견제구를 던졌다.

'나쁘지 않아!'

투수인 태식과의 두 차례 승부에서 모두 장타를 허용한 상황.

잭 그랭키는 흔들리고 있었다.

게다가 태식이 리드 폭을 크게 가져가는 것에 신경이 쓰인 탓에 잭 그랭키는 타자와의 승부에 집중하지 못하고 있었다.

반면 타석에 들어서 있는 에릭 아이바는 잔뜩 승부에 집중하고 있었다.

본인의 수비 실수로 인해 실점을 허용했다고 생각하는 에릭 아이바는 이번 타석에서 만회하려고 하고 있었다.

'실투가 나온다면?'

슈악!

잭 그랭키가 초구를 던진 순간, 2사 후였기에 태식이 바로 스타트를 끊었다.

따악!

에릭 아이바가 때린 타구는 배트 중심에 걸렸다.

3루 간을 꿰뚫는 에릭 아이바의 빠른 땅볼 타구가 내야를 빠져나간 순간, 태식이 3루 베이스를 통과했다.

"스탑! 스탑!"

3루 주루 코치가 양팔을 들어 올려 막아 세우는 것을 뒤늦게 발견한 태식의 두 눈에 잠시 갈등의 빛이 어렸다.

그러나 갈등도 잠시.

태식이 도중에 멈추지 않고 그대로 홈으로 파고들었다.

타다다닷!

쐐애액!

전력 질주를 펼치는 사이, 타구를 잡은 조니 페랄타가 홈으로 강한 송구를 뿌렸다.

헤드 퍼스트 슬라이딩을 한 태식의 손이 베이스에 닿은 것과 포수의 태그가 등에 이뤄진 것은 거의 동시였다.

"세이프!"

그러나 주심은 태식이 손이 조금 빨랐다고 판단했다.

2 : 1.

에릭 아이바의 적시타가 터지면서 경기가 역전된 순간, 관중석에서 환호성이 터져 나왔다.

그렇지만 더그아웃으로 걸어 돌아가는 태식의 표정은 밝지 않았다.

'깜박했어!'

이미 오늘 경기에서 한 차례 슬라이딩을 시도했다가 팀 셔우드 감독에게 질책을 받은 상황이었다. 그런데 재차 슬라이딩을 감행했다.

그것도 부상 위험이 훨씬 큰 헤드 퍼스트 슬라이딩을 시도했으니, 팀 셔우드 감독이 노발대발할 가능성이 높았다.

후우.

태식이 한숨을 내쉬었다.

몸에 밴 습관은 무서웠다.

홈에서의 승부가 박빙일 거라는 생각이 든 순간, 머리로 생각하기 전에 몸이 먼저 반응하며 슬라이딩을 시도했던 것이다.

그뿐이 아니었다.

태식은 3루 주루 코치의 멈추라는 지시도 무시했다.

"죄송합니다."

더그아웃으로 돌아간 태식이 먼저 팀 셔우드 감독에게 사과
했다. 그리고 태식의 예상대로였다.

태식의 득점으로 인해 다시 한 점차로 앞서나가기 시작했지
만, 팀 셔우드 감독의 표정은 딱딱하게 굳어져 있었다.

"김태식!"

"네, 감독님."

"마지막 경고다."

"......?"

"한 번 더 슬라이딩을 하면… 타석에서 스윙을 못 하게 할 거
야."

"그렇지만……."

"불만 있어?"

"아닙니다."

태식이 더 맞서지 않고 물러섰다.

팀 셔우드 감독의 입장이 이해가 가지 않는 것도 아니었기 때
문이다.

'다음 타석이… 돌아올까?'

태식이 더그아웃에 앉아서 다시 마운드에 오를 준비를 시작했
다.

8이닝 1실점.

태식이 남긴 기록이었다.

투구 수는 107개.

샌디에이고 파드리스가 2 : 1로 앞선 상황에서 8회 말 공격이 진행됐다.

8회 말 애리조나 다이아몬드백스의 투수는 톰 힉슨으로 교체되어 있었다. 그리고 잭 그랭키의 호투에 눌려 있던 샌디에이고 파드리스 타선은 톰 힉슨으로 교체되자마자 살아나기 시작했다.

맷 부쉬와 하비에르 게레로의 연속 안타에 이어 미구엘 마콧의 볼넷으로 무사 만루의 찬스를 만들었다.

무사 만루의 찬스에서 타석에 들어선 것은 8번 타자 이안 드레이크.

그러나 그는 득점 찬스를 살리지 못했다.

포수 파울플라이로 물러나면서 상황은 1사 만루로 바뀌었다.

이제 태식이 타석에 들어설 차례였다. 그러나 대기 타석에 서 있던 태식의 표정이 이내 어두워졌다.

타격 코치가 다가오는 것을 확인했기 때문이다.

'교체!'

한 점차의 불안한 리드 상황.

8연패에 빠져 있는 팀의 상황.

100개가 넘은 투구 수를 기록한 태식의 상황.

이런 여러 가지 정황을 고려하면 지금은 대타자를 활용하는 것이 맞았다.

그렇지만 못내 아쉬움이 남았다.

메이저리그에서 첫 선발 경기.

8이닝 1실점은 충분히 좋은 기록이었고, 첫 번째 시험 무대를 통과하기에 차고 넘쳤다. 그럼에도 아쉬움이 남는 이유는 아직 더 보여줄 수 있는 것이 남아 있었기 때문이다.

괜찮은 데뷔전과 환상적인 데뷔전.

둘 사이의 차이는 컸다.

메이저리그는 실력으로 자신을 증명하는 무대.

기왕이면 팬들의 기억 속에 더욱 강렬하게 남을 데뷔전을 치르고 싶다는 욕심을 가지고 있었기 때문이다.

'완투승! 그리고 타격 능력의 증명!'

이것이 태식이 내심 바라는 마침표였는데.

아쉽게도 다음으로 미뤄야 할 듯했다.

"김태식!"

"교체입니까?"

"아냐."

"교체가 아니라고 하셨습니까?"

당연히 교체 통보를 받을 거라 예상했는데.

그것이 아님을 알아챈 태식이 의아한 시선을 던졌다.

"감독님의 말씀을 전해주려고 찾아왔다."

"……?"

"슬라이딩을 할 필요 없게 외야플라이를 치고 빨리 들어와서 9회에도 마운드에 오를 준비를 하라고 말씀하시더군."

타격 코치가 희미한 웃음을 머금은 채 전한 말을 들은 태식이 재빨리 더그아웃으로 고개를 돌렸다.

팔짱을 끼고 있는 팀 셔우드 감독을 힐끗 살핀 태식이 입을 뗐다.

"감독님의 당부대로 이번엔 슬라이딩을 하지 않겠습니다."

1사 만루.

태식이 타석에 들어서자 관중석이 술렁였다.

여전히 한 점차의 박빙의 승부가 이어지고 있는 시점.

샌디에이고 파드리스로서는 추가점이 꼭 필요한 상황이었다.

해서 모든 관중이 투수인 태식의 타석에서 팀 셔우드 감독이 대타 카드를 활용할 것이라고 예상했는데.

예상과 달리 대타자가 들어서지 않고 선발투수인 태식이 그대로 타석에 들어서자 당황한 것이었다.

물론 태식이 지난 두 번의 타석에서 모두 장타를 터뜨리며 빼어난 타격 능력을 선보였지만, 그래도 투수였다.

또, 고작 두 타석에 불과했다.

아직 타격 능력이 충분히 검증됐다고 보기에는 일렀다.

이미 이런 상황에 익숙한 관중들의 입장에서는 선발투수인 태식이 타석에 들어선 것으로 인해 당황하는 게 당연했다.

'기회는 왔다!'

그렇지만 태식은 그런 관중들의 반응에 부담을 느끼지 않았다.

오히려 내심 원하고 있었던 기회가 찾아온 것을 즐기기 위해서 노력했다.

'강렬한 인상을 남기자!'

태식이 각오를 다졌다.

그리고 하나 더.

아직 팀 셔우드 감독의 의중을 파악하기는 어려웠다. 그렇지만 자신을 믿고 타석에 설 수 있는 기회를 준만큼 그 믿음에 부응할 생각이었다.

태식이 타석으로 들어선 순간, 톰 힉슨이 긴장을 늦추지 않고 강렬한 시선을 쏘아냈다.

애리조나 다이아몬드백스의 에이스인 잭 그랭키를 상대로 두 타석에서 모두 장타를 때려내는 모습을 더그아웃에서 지켜보았기 때문이리라.

투수와 타자.

모두 서로에 대한 파악이 거의 되어 있지 않은 상황인 만큼, 톰 힉슨은 가장 자신 있는 공을 던질 확률이 높았다. 그리고 태식은 이미 톰 힉슨의 주 무기가 싱커임을 알고 있었다.

'몸 쪽 싱커!'

대기 타석에서 지켜보았던 톰 힉슨의 싱커는 낮게 형성됐다.

슈악!

톰 힉슨이 초구를 던진 순간, 태식이 망설이지 않고 스윙을 가져갔다.

따악!

어퍼 스윙에 걸린 타구가 높이 떠올랐다.

타격음이 심상치 않다고 판단한 우익수가 바로 몸을 돌려 뒤로 달려가는 모습을 지켜보던 태식이 배트를 던지고 1루로 달려나갔다.

그렇지만 이전 두 타석과는 달랐다.

전력 질주를 하는 대신, 타구의 궤적을 눈으로 좇으면서 천천히 1루를 향해 달려 나갔다.

펜스 앞에 미리 도착해서 등을 기댄 채 기다리고 있던 우익수가 높이 점프하며 글러브를 들어 올렸다. 그러나 태식이 때린 타구는 우익수가 높이 들어 올리고 있던 글러브를 훌쩍 넘기고 떨어졌다.

와아!

와아아!

그랜드슬램이 터졌다는 것을 확인한 관중들이 일제히 자리에서 일어나며 환호성을 내질렀다.

환호성이 끊이지 않고 이어지는 가운데 태식이 천천히 그라운드를 돌아서 홈으로 들어왔다.

'지시대로 이행했군!'

만루 홈런을 터뜨린 상황.

슬라이딩을 시도할 필요는 없었다.

태식이 천천히 뛰어 들어와 홈 플레이트를 통과한 순간, 미리 도착해서 기다리고 있던 주자들이 태식과 포옹하면서 축하를 건넸다.

더그아웃으로 돌아가는 태식과 팀 셔우드 감독의 시선이 부딪혔다.

약속을 지켰다고 생각해서일까.

조금 전까지만 해도 딱딱하게 굳어 있던 팀 셔우드 감독의 입가에 희미한 웃음이 떠올라 있었다.

찰칵. 찰칵.

경기 MVP로 뽑힌 태식은 기자들에게 둘러싸인 채 인터뷰를 진행했다.

카메라의 플래시 세례가 쉬지 않고 터져 나왔다.

뜨겁게 달아올라 있는 취재 열기가 태식의 오늘 활약이 얼마나 대단했는가를 알려주는 증거였다.

"데뷔전에서 완투승을 거둔 것을 축하합니다. 애리조나 다이아몬드백스의 강타선을 상대로 완투승을 거둘 것을 예상했습니까?"

태식에게 첫 질문이 던져졌다.

아직 낯선 인터뷰인 만큼, 태식으로서는 자신을 둘러싸고 있는 기자들이 어느 매체 소속인지는 알 수 없었다.

'한국 기자는… 아무도 없군!'

스윽.

기자들의 면면을 둘러보던 태식이 쓰게 웃었다.

기대치가 워낙 낮았기 때문일까.

태식을 취재하기 위해 찾아와 있는 한국 기자들은 없었다.

"선발투수로 마운드에 오른 이상 끝까지 경기를 마무리하고 싶은 것은 당연한 것입니다. 그리고 오늘 경기에서 완투승을 거둘 수 있었던 요인은 감독님이 믿음을 보내주셨던 덕분인 것 같습니다."

태식이 대답을 마친 순간, 턱수염을 기른 기자가 다시 질문했다.

"자기소개를 부탁합니다!"

그 질문을 받은 태식이 웃으며 입을 뗐다.

"그건 당신이 해야 할 일이 아닙니까?"

"인정합니다. 미리 김태식 선수에 대한 조사를 하고 난 후에 인터뷰를 하기 위해서 찾아왔어야 했는데, 그렇게 하지 못했던 것은 명백한 내 실수입니다. 그렇지만 이런 상황에는 김태식 선수의 탓도 있습니다."

"제가 무슨 잘못을 했습니까?"

"경기 MVP에 뽑힐 정도로 맹활약을 펼칠 줄은 몰랐습니다."

"메이저리그에서는 야구를 잘해도 잘못이 되는 겁니까?"

태식이 반문한 순간, 기자들이 일제히 웃음을 터뜨렸다.

왁자지껄하던 기자들의 웃음소리가 조금 사그라든 순간, 태식이 다시 입을 뗐다.

"지난 시즌까지 KBO 리그 심원 패롯스에서 뛰었던 김태식입니다. 그리고 KBO 리그에서는 저니맨으로 유명했습니다."

"저니맨이라고 했습니까?"

"왜 저니맨이 됐습니까?"

태식이 KBO 리그에서 저니맨으로 유명했었다는 이야기를 꺼내자, 기자들이 앞다투어 질문을 던졌다.

"제 의지로 저니맨이 됐던 것은 아닙니다. 야구 실력이 뛰어나지 않았기 때문에 본의 아니게 저니맨이 됐던 거죠."

"KBO 리그의 수준은 메이저리그에 비해 한참 떨어진다고 알고 있는데요."

"그런 KBO 리그에서도 저니맨으로 유명했다는 것이 제 야구 실력이 한참 모자랐다는 증거가 아니겠습니까?"

"그런데 어떻게 메이저리그에 진출했습니까?"

"저니맨으로서 이 팀, 저 팀 옮기면서 많은 설움을 겪으며 힘든 시간을 보냈습니다. 그 시간과 경험들이 저를 강하게 만든 것 같습니다. 그 덕분에 세계 최고의 무대라 할 수 있는 메이저 리그까지 진출할 수 있었고요."

태식이 대답을 마치자, 기자들이 고개를 끄덕였다.

잠시 뒤, 또 다른 기자가 질문을 던졌다.

"혹시 실버슬러거 상에 대해 알고 있습니까?"

"물론 알고 있습니다."

"오늘 경기에서 마운드에서뿐만 아니라 타석에서도 대단한 활약을 펼쳤는데요. 우연입니까? 아니면, 다음 경기에서도 타격 솜씨를 기대해도 될까요?"

"그 대답은 다음 경기를 마치고 하겠습니다. 그렇지만 이 말씀은 드리고 싶네요."

"어떤 말입니까?"

"범거너 선수도 긴장해야 할 겁니다. 투수 부문 실버슬러거 상을 노리고 있는 강력한 후보가 등장했으니까요."

태식이 말을 마치자, 또 한 번 기자들이 웃음을 터뜨렸다.

"강타자인 범거너 선수를 밀어내고 투수 부문 실버슬러거 상을 차지할 자신이 있습니까?"

"최선을 다하겠습니다."

"마지막으로 하나만 더요. 올 시즌이 메이저리그 첫 시즌인데 김태식 선수가 원하는 목표가 무엇입니까?"

그 질문을 받은 태식이 망설이지 않고 대답했다.

"제 목표는 크게 두 가지입니다. 우선 주전 자리를 확보하면서 꾸준히 선발 로테이션을 소화하고 싶습니다. 그리고 나머지 하나는… 팀의 우승입니다."

하핫!

하하핫!

기자들 사이에서 다시 커다란 웃음이 터져 나왔다.

"예상보다 인터뷰를 훨씬 잘하시네요."

태식이 인터뷰를 마치자, 한켠에서 지켜보고 있던 데이비드 오가 엄지를 추켜올린 채 다가왔다.

"긴장되지 않았습니까?"

"이런 인터뷰가 처음이니, 긴장되지 않았다면 거짓말이겠죠."

"제가 보기엔 너무 능숙해서 전혀 긴장하지 않았던 것 같던데요. 꼭 인터뷰에 익숙한 베테랑처럼 느껴졌습니다."

데이비드 오가 감상평을 꺼낸 순간, 태식이 웃으며 대답했다.

"일부러 그렇게 보이려고 노력한 면도 있습니다."

"왜요?"

"그것도 제게 주어진 역할이라고 생각했습니다."

"……?"

"현재로서는 팀에서 제가 가장 베테랑이니까요."

샌디에이고 파드리스의 선수 가운데 태식은 최연장자였다. 또, 비록 활약한 리그가 달랐다고 하나, 선수 경험이 가장 풍부한 선수이기도 했다.

그런 만큼 태식으로서는 팀의 구심점 역할을 해야 할 베테랑으로서의 책임감도 느끼고 있었다.

"제가 놓치고 있었던 부분이네요."

희미하게 고개를 끄덕이던 데이비드 오가 다시 말했다.

"그나저나 농담도 잘하시던데요. 기자들의 웃음이 끊이질 않았어요."

"좀 의외인 부분이 있었습니다."

"어떤 부분을 말씀하시는 겁니까?"

"제 목표를 밝혔던 순간 말입니다."

"아까 주전 확보와 팀을 우승시키는 것이 목표라고 밝히셨지요?"

"네."

"그런데 어느 부분이 의외였습니까?"

"제가 목표를 밝힌 순간, 기자들이 웃더군요."

태식이 조금 전 기억을 떠올리며 씁쓸히 웃었다. 그러자 데이비드 오도 의아한 표정을 지었다.

"저도 웃었습니다."

"네?"

"팀의 우승이 목표라는 말, 농담이 아니었습니까?"

데이비드 오가 두 눈을 껌벅이며 물은 순간, 태식이 대답했다.

"농담이 아니었습니다."

* * *

완투승.

3타수 3안타, 1홈런 5타점.

태식이 내심 바라고 있던 환상적인 데뷔전이었다. 그렇지만 미국 언론은 태식의 데뷔전에 다른 수식어를 붙였다.

  <충격적인 김태식의 데뷔전 활약. 펫코 파크가 경악에 빠지다>
  <37세 루키가 샌디에이고 파드리스를 연패의 수렁에서 구해
내다!>
  <마이크 프록터 단장이 성사시켰던 의외의 계약. 물음표를 느
낌표로 바꾸다!>
  <코리안 오타니 쇼에이. 펫코 파크를 들썩이게 만들다>

  환상적인 데뷔전이 아니라, 충격적인 데뷔전이라는 수식어를
사용했다. 또, '코리안 오타니 쇼에이'라는 수식어를 붙였다.
  "별로 마음에 드는 수식어는 아니야!"
  오타니 쇼에이가 좋은 선수인 것은 사실이었다. 그렇지만 태
식은 한국의 오타니 쇼에이라는 수식어를 원하지 않았다.
  "서서히 바꿔 나가야지."
  태식이 경기가 펼쳐지는 그라운드를 지켜보았다.
  눈부셨던 태식의 활약 덕분에 샌디에이고 파드리스는 지긋지
긋한 개막 8연패에서 간신히 벗어났다.
  그렇지만 극적 반등을 이끌어내기에는 역부족이었다.
  애리조나 다이아몬드백스와의 3연전 마지막 경기에 나섰던 팀
의 5선발 미구엘 디아즈는 경험 부족을 드러내며 경기 초반 위
기를 넘기지 못했다.
  일찌감치 선발투수인 미구엘 디아즈가 무너지면서, 샌디에이
고 파드리스는 연승을 거두는 데 실패했다.

다행이라면 팀의 1선발 역할을 맡고 있는 조셉 바우먼이 올 시즌 첫 퀄리티 스타트를 기록하면서 콜로라도 로키스와의 3연전 첫 경기를 잡아냈다는 것이다.

그러나 콜로라도 로키스와의 3연전 두 번째 경기에서 패하며 시리즈 전적은 1승 1패로 바뀌었다.

그리고 3연전 마지막 경기는 팽팽하게 흘러갔다.

8 : 9.

8회 말이 끝났을 때의 스코어였다.

일찌감치 선발투수들이 마운드에서 내려간 가운데 경기는 열띤 타격전의 양상을 띠었다.

그리고 9회 초, 샌디에이고 파드리스의 마지막 공격이 시작됐다.

8. 통계의 오류와 리빌딩

"타순은 나쁘지 않아!"

비록 한 점 뒤진 채 9회 초로 접어들었지만, 팀 셔우드는 아직 경기를 포기하지 않았다.

샌디에이고 파드리스의 9회 초 공격은 2번 타자 호세 론돈부터 시작이었고, 중심 타선으로 이어지는 타순이 나쁘지 않았기 때문이다.

한 점차의 리드를 지키며 경기를 끝내기 위해서 콜로라도 로키스의 감독인 바드 블랙은 마무리 투수인 후안 곤잘레스를 마운드에 올렸다.

그렇지만 오늘 경기에서 한껏 달아올라 있는 샌디에이고 파드리스의 타자들을 잠재우기는 역부족이었다.

따악!

9회 초, 선두 타자로 나선 호세 론돈은 좌익수 앞에 떨어지는 깔끔한 안타를 때려내며 찬스를 만들어내는 데 성공했다.

'일단 동점을 만드는 게 급선무가 아닐까?'

무사 1루의 찬스가 찾아온 순간, 팀 셔우드의 머릿속으로 희생번트가 떠올랐다. 그러나 이내 고개를 흔들었다.

3번 타자인 코리 스프링어가 희생번트에 능하지 않았기 때문이다.

'강공으로 밀어붙인다!'

최소 진루타를 쳐내길 바랐는데.

코리 스프링어는 후안 곤잘레스를 상대로 내야플라이를 때리는 데 그쳤다.

작전을 펼칠 기회를 날려 버린 팀 셔우드가 미간을 찌푸린 채 경기를 지켜보았다. 그리고 4번 타자인 티나 코르도바는 팀 셔우드의 기대에 부응했다.

따악!

경쾌한 타격음과 함께, 티나 코르도바가 때려낸 총알 같은 타구는 3루수의 키를 넘기고 라인선상 안쪽에 떨어지는 2루타가 됐다.

1사 2, 3루.

계속 끌려가던 경기를 역전시킬 수 있는 절호의 찬스가 찾아왔음에도 팀 셔우드의 표정은 밝아지지 않았다.

'만약 진루타가 나왔다면?'

이미 동점을 만들었을 상황이었기 때문이다.

그렇지만 후회해 봐야 소용없는 상황이었다. 그리고 아직 동점 내지 역전을 만들 수 있는 기회는 남아 있었다.

1사 2, 3루 상황에서 타석에는 5번 타자 맷 부쉬가 들어섰다.

4타수 2안타, 3타점.

오늘 경기에서 쾌조의 타격감을 선보이는 맷 부쉬를 상대로 후안 곤잘레스는 신중한 승부를 펼친 끝에 볼넷을 허용했다.

1사 만루로 바뀐 상황에서 타석에는 하비에르 게레로가 타석에 들어섰다.

깊숙한 외야플라이 하나만 쳐내도 3루 주자를 불러들이면서 경기의 균형을 맞출 수 있는 찬스.

그러나 하비에르 게레로는 찬스를 살리지 못했다.

딱!

배트 스피드가 후안 곤잘레스의 직구 구속을 따라가지 못하고 밀린 탓에 타구는 멀리 뻗지 못했다.

우익수가 앞으로 전진하면서 타구를 잡아냈고, 비거리가 짧았기에 3루 주자는 태그 업을 시도하지 못했다.

그리고 2사 만루로 바뀌자, 팀 셔우드는 미구엘 마못의 타석에서 대타자를 내세웠다.

그렇지만 대타자로 나선 라이언 피어밴드는 마지막 찬스를 살리지 못했다.

슈악!

부우웅.

"스트라이크아웃."

후안 곤잘레스의 유인구에 속아 라이언 피어밴드가 헛스윙을 한 순간, 팀 셔우드가 긴 한숨을 내쉬었다.

엇박자랄까.

뜻대로 풀리지 않는 경기가 팀 셔우드의 고심을 깊어지게 만들었다.

와아!

와아아!

치열한 난타전 끝에 콜로라도 로키스가 위닝 시리즈를 완성하는데 성공한 순간, 홈 관중들이 환호성을 내질렀다.

경기가 이미 끝났음에도 더그아웃에 서 있던 태식은 그라운드로 향해 있던 시선을 떼지 못했다.

"확실히… 달라!"

8 : 9.

아직 샌디에이고 파드리스의 선수가 된 지 얼마 지나지 않아서일까.

9회 초에 찾아온 1사 만루의 절호의 찬스를 살리지 못하고 샌디에이고 파드리스가 패했지만, 태식은 크게 아쉬움을 느끼지는 않았다.

그럼에도 불구하고 태식이 더그아웃을 떠나지 못하는 이유는 생각을 정리할 시간이 필요했기 때문이다.

"지나치다 싶을 정도로 공격적이야!"

오늘 경기를 지켜보면서 태식이 느낀 점이었다.

멀리 갈 필요도 없었다.

아쉽게 찬스가 무산된 9회 초 샌디에이고 파드리스의 공격 상황만 봐도 KBO 리그와 확연히 다른 점이 느껴졌다.

9회 초의 선두 타자인 호세 론돈이 좌전 안타를 때리고 1루에 출루했을 때, KBO 리그에서라면 일단 동점을 만들기 위해서 희생번트를 시도했을 가능성이 높았다.

그리고 티나 코르도바의 2루타가 나오면서 1사 2, 3루로 상황이 바뀌었을 때, KBO 리그였다면 스퀴즈 작전을 펼쳐서라도 일단 동점을 만들려고 했을 터였다.

아직 끝이 아니었다.

맷 부쉬가 볼넷을 얻어내면서 1사 만루로 상황이 바뀌었을 때, 콜로라도 로키스의 마무리 투수인 후안 곤잘레스는 위기에 처한 탓에 제구가 흔들리고 있었다.

쓰리 볼 원 스트라이크.

볼 하나만 더 던져도 밀어내기로 동점을 허용하기 직전의 상황까지 몰려 있었다.

만약 KBO 리그에서라면 공 하나를 기다렸을 확률이 높았다. 그렇지만 하비에르 게레로의 선택은 달랐다.

공을 하나 기다리는 대신 과감하게 스윙을 하는 선택을 내렸다. 그리고 아쉽게도 결과는 좋지 않았다.

하비에르 게레로는 짧은 외야플라이를 때려낸 탓에, 3루 주자를 홈으로 불러들이지 못했으니까.

더 아쉬운 점은 하비에르 게레로가 때린 공이 볼이었다는 점이었다.

몸 쪽 높은 코스로 형성된 하이 패스트볼은 스트라이크존을 통과하지 않았다.

"타자들의 성향이 공격적이라는 것은 기억해 둬야 해!"

마운드에서 메이저리그 타자들을 상대해야 하는 태식의 입장에서 KBO 리그에 비해 메이저리그의 타자들이 더 공격적인 성향이라 기억하는 것은 중요했다.

그렇지만 의문도 남았다.

'모든 메이저리그 팀들이 비슷한가?'

태식이 고개를 돌려 패장인 팀 셔우드 감독을 힐끗 살폈다.

팀이 다시 연패에 빠졌기 때문일까.

답답한 표정으로 모자를 벗었다 쓰기를 반복하고 있는 팀 셔우드 감독을 확인한 태식이 혼잣말을 꺼냈다.

"이건 확인해 볼 필요가 있어!"

태식이 의문을 풀기 위해 데이비드 오를 찾아갔다.

데이비드 오는 태식에 비해 메이저리그에 대해 잘 알고 있는만큼, 이 질문에 대한 답을 해줄 수 있을 것이란 생각이 들었기 때문이다.

그리고 태식이 기대했던 대로였다.

데이비드 오는 해박한 이론에 근거해서 설명을 시작했다.

"김태식 선수의 예상대로 오늘 경기와 비슷한 상황에서 KBO 리그에서는 희생번트 작전이 나왔을 확률이 높습니다. 그렇지만 메이저리그는 희생번트를 시도하는 빈도가 크게 감소하는 추세입니다."

"왜입니까?"

"빌 제임스의 영향이 컸죠."

"빌 제임스라면… 세이버메트릭스의 대부라고 불리는 분이 아닙니까?"

세이버매트릭스(Sabermetrix)는 오랫동안 쌓인 통계를 이용해서 선수의 재능을 평가하고자 하는 작업이었다. 그리고 이 분야의 전문가들을 세이버메트리션이라 불렀다.

가장 유명한 세이버메트리션으로는 빌 제임스가 있었다. 실제로 브래드 피트가 주연으로 출연했던 유명한 야구 영화인 '머니볼'은 빌 제임스의 이론이 사용됐다. 그리고 빌 제임스에 따르면 세이버 메트릭스의 정의는 야구에 대한 객관적 지식을 쌓는 연구였다.

"빌 제임스는 저서에게 본인의 야구 십계명을 설파했습니다. 그 십계명 가운데 첫 번째에 올라 있는 것이 무엇인지 아십니까?"

"모르겠습니다. 무엇입니까?"

"번트하지 말라, 입니다."

"왜입니까?"

"희생번트는 득점 가능성을 오히려 감소시키기 때문이라고 빌 제임스는 주장했죠."

"그 주장에 근거가 있습니까?"

"네. 근거가 있습니다."

데이비드 오가 고개를 끄덕이며 덧붙였다.

"통계죠."

"통계?"

"쉽게 말해 확률입니다. 무사 1루일 경우의 기대 득점과 1사 2루의 기대 득점은 차이가 있었습니다. 1사 2루에 비해서 무사

1루일 경우에 비해 득점을 올릴 확률인 기대 득점이 높았던 거죠. 즉, 어렵게 작전을 성공했는데 정작 득점을 올릴 수 있는 확률은 더욱 낮아진 것이죠."

흥미로운 이야기였다. 그래서 태식이 귀를 쫑긋 세우고 있을 때, 데이비드 오가 다시 말을 이어나갔다.

"빌 제임스의 주장이 나온 후, 메이저리그 팀들은 희생번트를 줄이기 시작했습니다. 1990년대에 경기당 희생번트가 0.3개 정도였다면, 현재는 0.14개로 절반이나 희생번트 빈도가 뚝 떨어졌죠."

"그렇지만……."

"편히 말씀하시죠."

"정말 번트가 무용한 걸까요?"

"그건 아닙니다."

"……?"

"통계에는 오류가 있게 마련이니까요."

무슨 뜻일까.

태식이 의아한 시선을 던질 때, 데이비드 오가 다시 설명을 이어나갔다.

"환경에 따라서, 상황에 따라서 통계의 결과는 변했습니다."

"무슨 뜻입니까?"

"타고투저인 경우와 투고타저인 경우에 확률이 바뀌었습니다. 타자들이 다득점을 만들어내는 경기에서는 번트의 효율성이 낮지만, 투수들이 뛰어난 투구를 펼쳐서 득점 생산이 저조한 경우에서는 번트의 효율성이 오히려 높아졌습니다. 실제로 이런 경우에는 무사 1루에 비해 1사 2루인 경우 득점 확률이 더 높아졌죠. 즉, 희생번트의 필요성이 충분하다는 근거가 되는 셈이죠."

데이비드 오의 설명은 핵심을 짚고 있었다.

"야구에 정답은 없다는 뜻이군요."

"그렇습니다."

"그런데 왜 메이저리그에서는 번트의 빈도가 왜 계속 줄어들고 있는 추세입니까?"

"크게 세 가지 이유가 있다고 생각합니다. 우선 메이저리그도 타고투저의 추세가 이어지고 있는 편입니다. 그리고 또 하나의 이유는 습관이죠. 희생번트를 대는 빈도가 줄다 보니, 번트에 대한 훈련량도 줄었습니다. 그러다 보니 타자들이 번트를 대는 것에 익숙지 않아졌고, 감독들도 외면하게 된 거죠."

"세 번째 이유는 무엇입니까?"

"메이저리그의 타자들은 공격 성향이 강한 편이기 때문입니다. 타격에 관해서는 재능이 천부적인 선수들이 메이저리그에 다수 존재합니다. 천부적인 재능을 가진 선수들은 본인에 대한 확신이 있기에 타석에서 기다리는 대신 자신 있게 배트를 휘두르는 편입니다. 더구나 메이저리그는 자신의 가치를 스스로 증명해야 합니다. 타석에서 번트를 대는 것보다는 공격을 하고 싶어 하는 것이 당연하죠."

세계 최고의 선수들이 모여 있는 메이저리그.

메이저리그에서 살아남기 위해서는 기회가 찾아왔을 때 자신의 가치를 스스로 증명해야 한다는 것은 태식도 알고 있었다.

그렇지만 이것과 타자들의 공격 성향이 강한 것 사이에 연관이 있다는 데이비드 오의 말은 이해하기 어려웠다.

해서 태식이 고개를 갸웃하자, 데이비드 오가 부연을 덧붙였다.

"KBO 리그에서 살아남기 위해서는 좋은 타격 능력을 보이면 됩니다. 이건 메이저리그도 마찬가지죠. 그런데 그다음에는 차이가 발생합니다. KBO 리그에서 타격이 아주 뛰어난 편이 아니더라도 팀의 주전으로 활약하는 선수들은 대부분 작전 수행 능력이 좋은 편입니다. 즉, 감독이 원하는 야구에 부합하는 선수들이죠. 그러나 메이저리그는 조금 다릅니다. 감독이 작전을 펼치는 경우가 KBO 리그에 비해 적은 편입니다. 그러다 보니 메이저리그에서 살아남기 위해서는 타석에서 스스로의 능력을 증명해야 하고, 더 적극적인 공격 성향을 보이는 것입니다."

데이비드 오의 설명을 들은 태식이 비로소 고개를 끄덕였다.

기본적으로 메이저리그는 KBO 리그에 비해 경쟁이 훨씬 더 치열했다.

치열한 주전 경쟁에서 살아남기 위해서는 기회가 왔을 때 자신의 능력을 증명하는 수밖에 없었다.

타자들이 타석에서 서두르며 공격적인 성향을 보일 수밖에 없는 이유.

특히 신인급 타자들은 더욱 그러할 것이었다.

물론 팀별로 차이는 있었다.

인내심이 있는 감독이라면 선수가 가지고 있는 잠재력을 믿고 본인의 실력을 드러낼 때까지 기다릴 테니까.

'이거였어!'

태식이 두 눈을 빛냈다.

데이비드 오의 말처럼 메이저리그 무대에서 뛰는 타자들은 기본적으로 공격 성향이 강했다.

그렇지만 여러 경기들을 더그아웃에서 지켜본 결과, 샌디에이고 파드리스 타자들의 경우는 더욱 심한 편이라는 생각했다. 그리고 방금 데이비드 오와 대화를 나눈 덕분에 그 이유를 알 수 있었다.

'리빌딩이 이뤄지고 있는 과정이기 때문이야!'

마이크 프록터 단장과 팀 셔우드 감독이 새로 부임한 후, 샌디에이고 파드리스는 지난 시즌부터 팀 리빌딩을 시작했다.

가성비가 좋은 젊은 선수들 위주로 팀을 개편하는 리빌딩을 시작했고, 아직 리빌딩은 끝나지 않았다.

여전히 진행 중이었다.

프랜차이즈 스타도 없고, 고액 연봉자도 드문 상황.

현재 샌디에이고 파드리스 팀에서 주전으로 출전하고 있는 젊은 선수들 가운데 주전 자리를 꿰찼다고 확신할 수 있는 선수들은 드물었다.

경기력이 계속 부진하다면, 언제든지 주전 자리를 빼앗길 수 있다는 위기의식을 갖고 있었다.

그로 인해 타석에서 더 서두를 수밖에 없는 것이었다.

'팀 성적도 문제야!'

현재 샌디에이고 파드리스의 성적은 2승 11패.

비록 시즌 초반이긴 하지만, 서부 지구 최하위로 처져 있었다. 그리고 팀 성적이 부진한 경우에 감독이 가장 먼저 꺼내 들 수 있는 패가 주전으로 나서고 있던 선수들을 교체하는 것이었다.

이런 사실을 알고 있기 때문에 현재 주전으로 나서고 있는 선수들은 더 조급해질 수밖에 없는 것이었다.

'악순환의 연속!'

태식이 한숨을 내쉬었다.

이미 메이저리그에서도 자신의 공이, 또 자신의 야구가 통한다는 확신을 태식은 갖고 있었다. 그래서 주전 경쟁에서 밀려날 것이라는 우려나 조바심은 들지 않았다.

그렇지만 태식의 궁극적인 목표 중 하나는 우승이었다.

KBO 리그에서 결국 이루지 못했던 우승이라는 목표를 메이저리그에서는 꼭 이루고 싶었다.

그 목표를 이루기 위해서는 이대로는 어려웠다.

더 늦기 전에 악순환이 반복되는 고리를 끊어내야 했다.

'우선 연패를 끊자!'

내일부터 시작될 샌프란시스코 자이언츠와의 3연전 첫 경기 선발투수로 결정된 태식이 각오를 다졌다.

9. 스트라이크존을 넓혀라

샌디에이고 파드리스와 샌프란시스코 자이언츠의 3연전 첫 경기.

1차전 선발투수로 나선 태식의 맞상대는 메디슨 범거너였다.

"재밌네!"

메디슨 범거너와의 선발 맞대결이 성사된 것을 알고 난 후, 태식은 흥미를 느꼈다.

그 이유는 메디슨 범거너가 태식이 내심 노리고 있는 투수 부문 실버슬러거 상 지난해 수상자였기 때문이다.

태식은 이미 지난 인터뷰를 통해서 투수 부문 실버슬러거 상을 노리고 있다고 공공연히 밝힌 상황.

메디슨 범거너도 그 인터뷰 내용에 대해서 들었을 가능성이 높았다.

어쨌든.

잭 그랭키에 이어 메디슨 범거너까지.

잇따라 각 팀의 1선발을 맡고 있는 에이스들과 선발 맞대결을 펼치게 됐지만, 태식은 부담을 느끼지 않았다.

오히려 기회라는 생각이 들었다.

잭 그랭키에 이어 메디슨 범거너와의 맞대결에서까지 판정승을 거둔다면 메이저리그의 팬들과 관계자들에게 강렬한 인상을 심어줄 수 있을 터였다.

1회 초 샌디에이고 파드리스의 공격.

슈아악!

메디슨 범거너는 직구로 볼카운트를 유리하게 가져간 후, 결정구로 유인구를 던지는 볼 배합을 선보였다.

다시 연패에 빠졌기 때문일까.

태식이 내심 우려하던 대로 샌디에이고 파드리스의 타자들은 타석에서 여전히 승부를 서둘렀다.

그로 인해 유인구를 참아내지 못하고 잇따라 헛스윙 삼진을 당했다.

"스트라이크아웃!"

3번 타자인 코리 스프링어마저 삼진으로 물러나면서 1회 초에 등장한 세 타자 모두 삼진을 당했다.

"득점 지원을 기대하긴 어렵다!"

샌프란시스코 자이언츠의 선발투수는 백전노장인 메디슨 범거너.

연패에 빠진 샌디에이고 파드리스의 타자들은 타석에서 서두르고 있었다.

메디슨 범거너를 공략하기 어려운 상황.

"내가 버텨야 한다!"

태식이 각오를 다지며 마운드 위로 걸어 올라갔다.

샌프란시스코의 리드오프인 제프 파커와의 첫 대결.

태식이 초구로 선택한 공은 직구였다.

슈아악!

"스트라이크!"

제프 파커가 초구를 흘려보낸 순간, 주심이 스트라이크를 선언했다.

'다르지 않다!'

바깥쪽 낮은 코스를 통과한 직구를 주심이 스트라이크로 선언한 순간, 태식은 첫 경기와 다르지 않게 주심의 스트라이크존이 넓은 것을 확인했다.

그리고 2구째.

슈아악!

딱!

초구에 비해 공 반 개 정도 더 낮은 코스로 던진 직구를 제프 파커는 노려 쳤다.

3루 측 라인선상을 벗어나는 파울 타구.

노 볼 투 스트라이크.

유리한 볼카운트에서 태식이 선택한 공은 몸 쪽 직구였다.

슈아악!

바깥쪽 코스로 두 개의 직구를 던진 후 허를 찌르며 파고든 몸 쪽 직구를 확인한 제프 파커가 움찔했다.

"스트라이크아웃!"

잠시 머뭇거리던 주심이 스트라이크를 선언한 순간, 제프 파커가 주심에게 불만을 드러내며 항의했다.

그 모습을 지켜보던 태식이 고개를 끄덕였다.

제프 파커를 루킹 삼진으로 돌려세운 3구째 몸 쪽 직구.

스트라이크존 높은 코스로 형성된 공이었다.

만약 KBO 리그였다면 주심이 스트라이크를 잡아주지 않았으리라.

잠시 항의를 하던 제프 파커가 더그아웃으로 돌아가고, 타석에는 2번 타자인 미켈 고메스가 들어섰다.

슈아악!

태식이 미켈 고메스를 상대로 던진 초구는 몸 쪽 직구였다.

아까 제프 파커를 루킹 삼진으로 돌려세웠던 몸 쪽 직구와 거의 같은 높이로 들어간 직구였다.

"스트라이크!"

주심이 스트라이크를 선언하자, 미켈 고메스가 슬쩍 미간을 찌푸렸다.

그 역시 높다고 판단했기 때문이리라.

그렇지만 제프 파커가 항의를 했음에도 주심의 스트라이크존이 변하지 않았다는 것을 알기 때문일까.

미켈 고메스는 항의하는 대신 다시 타석에서 집중하기 시작했다.

그리고 2구째.

태식이 던진 공은 바깥쪽 직구였다.

바깥쪽 가장 낮은 스트라이크존을 통과하는 직구에 미켈 고메스는 배트를 내밀지 못하고 물끄러미 지켜보았다.

"스트라이크!"

주심이 재차 스트라이크 선언을 하며 볼카운트는 투수인 태식에게 유리하게 바뀌었다.

슈악!

부우웅!

3구째로 태식이 던진 바깥쪽으로 휘어져 나가는 슬라이더에 참지 못하고 미켈 고메스가 헛스윙을 하며 삼진으로 물러났다.

절레절레.

삼구 삼진을 당한 미켈 고메스가 고개를 흔들며 더그아웃으로 돌아갔다.

다음으로 타석에 들어선 것은 3번 타자 켈비 크로프드.

슈아악!

딱!

몸 쪽 높은 코스로 형성된 직구가 날아든 순간, 켈비 크로포드가 스윙을 했다. 그러나 배트 상단에 맞은 타구는 멀리 뻗지 않았다.

높게 뜬 타구를 2루수가 처리하며 1회 말은 삼자범퇴로 끝이 났다.

투구 수는 겨우 7개.

순식간에 세 타자를 상대로 아웃 카운트를 잡아내고 천천히 더그아웃으로 돌아가는 태식이 주먹을 움켜쥐었다.

메이저리그에서 두 번째 선발 등판을 앞두고 태식이 준비한 핵심은 두 가지.

우선 스트라이크존을 최대한 넓히는 것이었다.

지난 첫 등판을 통해서 메이저리그의 스트라이크존이 KBO 리그에 비해 넓다는 것을 확인했다.

스트라이크존의 좌우 너비만이 아니었다.

고하의 폭도 더 넓었다.

제구에 자신이 있었기에 태식은 넓은 스트라이크존을 최대한 활용하기로 결심하고 마운드에 올랐다. 그리고 경기 시작과 함께 몸 쪽과 바깥쪽 코스를 함께 공략한 것도 그 계획의 일환이었다.

또 하나는 하이 패스트볼을 적극적으로 이용하는 것이었다.

몸 쪽 공 승부에는 장단점이 존재했다.

장점은 타자에게 몸 쪽 공을 의식하게 만들어서 바깥쪽 승부까지 적극적으로 활용하면서 스트라이크존을 넓게 활용할 수 있다는 것이었다.

반면 단점은 자칫 제구 미스가 나오면 장타를 허용할 수 있다는 것이었다.

장타를 허용할 위험성을 감수하면서도 태식이 타자의 몸 쪽 높은 코스로 파고드는 하이 패스트볼을 적극적으로 활용하려는 이유는 둘.

제구에 대한 자신이 있었고, 메이저리그 타자들의 공격적인 성향을 최대한 이용하기 위함이었다.

그리고.

태식의 계획은 일단 성공을 거두었다.

스트라이크존을 넓히는 데 성공하면서 공격적인 피칭을 할 여지를 만들었고, 하이 패스트볼을 이용해서 빠른 승부를 가져가면서 투구 수를 줄였다.

'선취점을 만들어내는 쪽이 유리해!'

더그아웃으로 돌아온 태식이 그라운드로 시선을 던졌다.

샌디에이고 파드리스의 첫 출루는 3회 초에 이루어졌다.

3회 초의 선두 타자로 나선 7번 타자 미구엘 마못이 메디슨 범거너의 사구에 허벅지를 맞고 출루한 것이었다.

무사 1루에서 타석에 들어선 것은 8번 타자 이안 드레이크.

대기 타석으로 들어선 태식이 팀 셔우드 감독을 힐끗 살폈다.

선취점을 올리는 것이 필요한 상황.

수비에 강점을 갖고 있는 포수인 이안 드레이크는 현재까지 1할대 초반의 타율을 기록하고 있을 정도로 타격에 약점을 드러내고 있었다.

희생번트를 지시하기에 최적의 조건이 갖춰진 셈이었다.

그러나 팀 셔우드 감독은 움직이지 않았다.

'데이비드 오의 말이 맞았네.'

팀 셔우드 감독은 희생번트 작전을 지시하지 않았다.

기본적으로 팀 셔우드 감독은 희생번트 작전을 선호하지 않았다. 그리고 그 이유가 다가 아니었다.

'나 때문일 수도 있어!'

대기 타석에 들어선 태식은 투수였다.

선발투수로 첫 등장했던 경기에서 태식은 세 개의 안타를 기록했다. 특히 마지막 타석에서는 그랜드슬램까지 터뜨렸다.

그렇지만 태식이 타석에 들어선 것은 세 차례가 전부였다.

아직 팀 서우드 감독은 태식의 타격 능력에 대한 신뢰를 갖지 못하고 있었다.

그리고 하나 더.

팀 서우드 감독은 오늘 경기를 한 점 승부로 생각하지 않고 있었다.

선발투수로 나선 태식을 믿지 못하고 있기 때문이었다.

'시간이 필요해!'

서운한 감정은 들지 않았다.

오히려 팀 서우드 감독의 판단이 당연하다고 여겨졌다. 그리고 팀 서우드 감독의 생각을 바꾸는 데는 시간이 좀 더 필요했다.

딱!

타격음을 듣고 태식이 상념에서 깨어났다.

이안 드레이크가 때린 타구는 2루수 앞으로 굴러가는 내야 땅볼이었다.

'병살타!'

아쉽게 병살타가 됐다고 태식이 판단했을 때였다.

2루수인 미켈 고메스가 한 번에 타구를 잡지 못하고 한 차례 더듬었다. 그로 인해 2루로 던질 타이밍을 놓쳐 버린 미켈 고메스는 1루로 송구했다.

1사 2루.

미켈 고메스의 예상치 못한 수비실책으로 인해 득점 찬스가 만들어진 순간, 태식이 타석으로 들어섰다.

1루가 비어 있는 상황.

그렇지만 메디슨 범거너가 태식을 일부러 볼넷으로 내보낼 가능성은 거의 없었다.

그 이유는 투수의 타석이었기 때문이다.

'나쁘지 않네!'

타석에 선 태식이 희미한 웃음을 머금었다.

야수로 경기에 나섰을 때와 투수로 경기에 나섰을 때, 타석에서 전혀 다른 승부가 이루어졌다.

'무조건 승부할 거야!'

투수인 태식을 상대로 메디슨 범거너는 무조건 승부를 걸 터였다. 그 사실을 알고서 타격에 임하는 것은 그렇지 않을 때와 차이가 컸다.

그리고 하나 더.

승부에 임하는 메디슨 범거너의 집중력에도 차이가 있을 수밖에 없었다.

지금 타석에 들어서 있는 것은 태식이었지만, 메디슨 범거너는 태식의 다음으로 타석에 들어설 에릭 아이바와의 승부에 포커스를 맞추고 있을 가능성이 높았다.

슈아악!

메디슨 범거너가 선택한 초구는 직구.

바깥쪽 꽉 찬 코스로 파고든 직구를 확인한 태식은 움찔했을 뿐, 배트를 휘두르지 않았다.

"스트라이크!"

초구 스트라이크를 잡은 메디슨 범거너가 2구를 던졌다.

슈악!

그가 2구째로 선택한 공은 커브.

스트라이크존을 통과하는 커브는 가운데로 몰렸고, 태식은 놓치지 않고 가볍게 배트를 휘둘렀다.

따악!

경쾌한 타격음과 함께 잘 맞은 타구는 1, 2루 간을 꿰뚫었다.

적시타.

2루 주자였던 하비에르 게레로가 여유 있게 홈으로 파고들면서 샌디에이고 파드리스는 선취점을 올렸다.

내야 땅볼을 유도했음에도 수비 실책으로 병살 플레이를 만들어내는 데 실패한 데다가, 투수인 태식에게 적시타를 허용해서 선취점을 허용한 것으로 인해 기분이 상한 걸까.

거칠게 숨을 몰아쉬는 메디슨 범거너를 살피던 1루 주자 태식이 베이스와의 거리를 벌리기 시작했다.

도루 시도를 할 생각은 없었다.

팀 셔우드 감독에게서 슬라이딩을 하지 말라는 지시를 받은 상황이니, 부상 위험이 상존하는 도루를 시도하는 것은 불가능했다.

그렇지만 메디슨 범거너는 그 사실을 알지 못했다.

태식이 베이스와의 거리를 벌리면서 도루를 시도할 듯한 액션을 취하자, 메디슨 범거너가 신경을 쓰기 시작했다.

쉬익!

탁!

연거푸 견제구를 던지며 1루 주자인 태식에게 신경을 쓰느라, 메디슨 범거너는 타자와의 승부에 오롯이 집중하지 못했다. 그리고 에릭 아이바는 메디슨 범거너의 직구를 노리고 들어와 공략하는 데 성공했다.

따악!

풀카운트 승부 끝에 중견수 앞에 떨어지는 에릭 아이바의 연속 안타가 터지면서 1사 1, 2루로 상황이 바뀌었다.

'더 몰아붙이면 무너질 수도 있지 않을까?'

태식의 두 눈이 기대로 물들었다.

슈악!

메디슨 범거너가 구사한 포크볼이 홈 플레이트를 통과하는 순간, 아래로 뚝 떨어졌다.

부우웅.

호세 론돈이 크게 휘두른 배트는 허공을 가르고 지나갔다.

"스트라이크아웃!"

추가 득점 찬스를 놓친 호세 론돈이 더그아웃으로 돌아가자마자 분한 기색을 감추지 못하고 헬멧을 벗어 내동댕이쳤다.

2사 1, 2루로 바뀐 상황.

타석에는 3번 타자 코리 스프링어가 들어섰다. 그리고 코리 스프링어는 초구부터 과감하게 스윙을 휘둘렀다.

딱!

직구에 노림수를 갖고 타석에 섰던 코리 스프링어는 메디슨 범거너의 초구가 직구인 것을 확인하자마자 바로 스윙을 한 것이었다.

그렇지만 코리 스프링어가 때린 타구는 멀리 뻗지 못했다.

좌익수가 원래 수비 위치에서 두 걸음가량 앞으로 전진한 후 타구를 잡아내면서 이닝이 마무리됐다.

"155㎞!"

전광판에 찍힌 구속을 확인한 태식이 고개를 끄덕였다.

오늘 경기 메디슨 범거너의 평균 직구 구속은 150㎞ 근처였다. 그렇지만 방금 코리 스프링어를 상대로 외야플라이를 유도해 낸 직구의 구속은 평균 직구 구속보다 약 5㎞ 정도 더 빨랐다.

추가 실점을 허용할 수 있는 위기에 몰리자, 더욱 집중하며 힘을 아끼지 않고 전력투구를 한 증거.

노림수가 통했음에도 코리 스프링어의 타구가 뻗지 못했던 이유였다.

'좋은 투수야!'

더그아웃으로 돌아가고 있는 메디슨 범거너를 바라보던 태식이 마운드에 오를 준비를 시작했다.

1 : 0.

아직은 경기 초반이었다.

한 점차에 불과한 불안한 리드였지만, 팀 분위기가 침체되어 있는 샌디에이고 파드리스의 입장에서는 경기를 리드하고 있다는 것이 무척 중요했다.

'이번 이닝이 중요해!'

경기의 흐름상 득점을 올린 다음 이닝에서 실점하지 않는 게 가장 중요하다는 것을 태식은 잘 알고 있었다. 그래서 하위 타선을 상대함에도 태식은 신중하게 승부했다.

"스트라이크아웃!"

7번 타자 닉 페드로이치를 외야플라이로, 8번 타자 크리스 아로요를 헛스윙 삼진으로 돌려세우며 태식은 비교적 손쉽게 두 개의 아웃카운트를 잡아냈다.

2사 주자 없는 상황에서 타석에 들어선 것은 샌프란시스코 자이언츠의 선발투수로 출전한 메디슨 범거너.

비록 투수였지만, 태식은 타석에 들어서 있는 메디슨 범거너와의 승부에 신중하게 임했다.

이전 이닝에서 태식에게 선취점을 허용하는 적시타를 얻어맞았던 것이 기억에 강렬하게 남아 있기 때문일까.

타석에 들어서 있는 메디슨 범거너의 표정은 비장했다.

슈악!

태식이 선택한 초구는 슬라이더.

범타를 유도하기 위해서 유인구를 던졌지만, 메디슨 범거너는 속지 않았다.

원 볼 노 스트라이크.

슈아악!

스트라이크를 잡기 위해서 2구째로 바깥쪽 꽉 찬 코스의 직구를 던진 순간, 메디슨 범거너의 배트가 매섭게 돌아갔다.

따악!

메디슨 범거너가 밀어 친 타구는 1루수의 키를 넘기며 날아갔다.

재빨리 몸을 돌려서 타구의 궤적을 눈으로 좇던 태식이 타구가 라인선상을 살짝 벗어나면서 파울이 된 후에야 안도의 한숨을 내쉬었다.

'잘 친다!'

태식이 메디슨 범거너에게 새삼스러운 시선을 던졌다.

지난 시즌에 투수 부문 실버슬러거 상을 수상했던 것.

절대 우연이 아니었다.

메디슨 범거너의 스윙은 정교하고 날카로웠다.

원 볼 원 스트라이크 상황에서 태식이 선택한 공은 몸 쪽 하이 패스트볼.

그렇지만 메디슨 범거너가 스윙하지 않고 참아내면서 볼이 선언됐다.

'선구안도 좋아!'

재차 감탄한 태식이 와인드업을 마치고 공을 뿌렸다.

따악!

스트라이크를 잡기 위해서 던진 커브를 노려 친 메디슨 범거너의 타이밍은 완벽했다.

우익수 앞에 뚝 떨어지는 첫 안타를 허용한 태식이 모자를 벗었다가 다시 눌러썼다.

2사 후에 안타 하나를 허용한 것일 뿐이었다. 그렇지만 투수인 메디슨 범거너에게 안타를 허용했다는 것은 충격으로 다가왔다.

'이래서… 흔들리는 거구나!'

태식이 희미하게 고개를 끄덕였다.

야수에게 안타를 맞는 것과 투수에게 안타를 허용하는 것.

확실히 달랐다.

어떻게 표현하면 될까?

다 차려진 밥상 앞에 앉아서 막 숟가락을 들었는데 누군가 밥상 위에다가 재를 뿌린 느낌이랄까.

크게 손해를 봤다는 생각이 들어서 몸의 힘이 쭉 빠졌다.

그리고.

머릿속에서 메디슨 범거너에게 안타를 허용하던 장면이 좀처럼 떠나지 않았다. 그래서 다음 타자와의 승부에 제대로 집중하지 못했다.

투 볼 투 스트라이크.

슈아악!

1번 타자인 제프 파커를 상대로 태식이 몸 쪽 하이 패스트볼을 던졌다.

타자의 배트를 끌어내기 위해서 높은 공을 던지려 했는데.

제구가 뜻대로 되지 않으면서 원래 던지려 했던 패스트볼은 스트라이크존을 통과할 정도로 낮게 형성됐다. 그리고 제프 파커는 실투를 놓치지 않았다.

따악!

제프 파커가 힘차게 돌린 배트의 중심에 걸린 타구가 멀리 뻗어갔다.

투런 홈런을 얻어맞고 역전을 허용한 태식이 고개를 절레절레 흔들었다.

'확실히… 달라!'

메이저리그 데뷔 후 첫 피홈런을 허용한 순간, 태식이 느낀 것은 확실히 KBO 리그와는 다르다는 점이었다.

제프 파커에게 홈런을 허용했던 공은 실투가 맞았다.

원래 계획은 타자의 가슴 높이로 들어가는 하이 패스트볼을 던지려고 했는데.

의도와 달리 스트라이크존 높은 코스를 통과할 정도로 낮게 공이 들어갔다.

그러나 태식이 던진 직구의 구속은 152㎞였다.

또 가운데로 몰렸던 공도 아니었다.

그렇지만 제프 파커는 오늘 경기에서 태식이 던진 단 하나의 실투를 놓치지 않았다. 그것도 단타가 아닌 홈런으로 연결해 버렸다.

그리고 또 하나.

'좋은 투수였네!'

천천히 그라운드를 돌아서 홈 플레이트를 막 통과하고 있는 메디슨 범거너에게 태식이 새삼스러운 시선을 던졌다.

─메이저리그 투수들의 멘탈이 가장 크게 흔들리는 경우는 상대 투수와의 승부에서 좋지 않은 결과를 얻었을 때이다.

이런 이야기는 태식도 귀가 따갑도록 들었다. 그렇지만 말로 듣는 것과 직접 경험하는 것은 또 달랐다.

태식이 직접 그 상황을 경험해 보니, 막연히 예상했던 것보다 타격이 훨씬 컸다.

마운드에서 제대로 집중하기 힘들 정도로.

그로 인해 제프 파커와의 대결에서 실투가 나왔고, 그 실투는 역전 투런 홈런으로 연결됐던 것이다.

그리고.

직접 이런 상황을 경험하고 나니, 3회 초에 메디슨 범거너가 추가 실점을 허용하지 않고 위기를 넘겼던 것이 더욱 대단하게 느껴졌다.

수비가 실책을 범한 데다가 선발투수인 태식에게 적시타까지 허용했던 상황.

분명히 와르르 무너질 수도 있는 상황이었지만, 메디슨 범거너는 집중력을 되찾으면서 위기를 넘겼다.

'배울 건… 배워야지!'

전혀 다른 메이저리그라는 무대에서 경험을 쌓아가는 과정.

태식은 절망하는 대신, 메디슨 범거너를 보며 배우기로 했다.

쓰디쓴 경험을 통해서 한 차례 교훈을 얻었으니, 똑같은 실수를 반복하지 않으면 될 일이었다.

후우.

심기일전한 태식이 2사 주자 없는 상황에서 2번 타자 미켈 고메스를 상대하기 시작했다.

1 : 2.

경기는 팽팽한 투수전의 양상으로 흘러갔다.

8회 초 공격을 앞두고 대기 타석으로 들어선 태식이 한숨을 내쉬었다.

3회 말에 제프 파커에게 허용했던 불의의 역전 투런 홈런이 오늘 경기에 미친 영향은 컸다.

경기의 흐름상 어떻게든 실점을 막았어야 했는데.

태식은 득점을 올린 바로 다음 이닝에 역전을 허용했고, 그것이 경기 양상에 악영향을 미쳤다.

샌디에이고 파드리스의 타자들은 그 후 메디슨 범거너에게 꽁꽁 묶였다.

6회 초 2사 후에 안타 하나를 뽑아낸 것이 전부.

타석에서 너무 서두르는 탓에 제대로 공격이 이루어지지 않고 있었다.

다행이라면 태식 역시 제프 파커에게 역전 투런 홈런을 허용한 후에 무실점으로 틀어막고 있다는 점이었다.

여전히 한 점차.

두 번의 공격 기회가 남았으니, 역전을 할 기회는 분명히 있었다.

8회 초의 선두 타자는 8번 타자 이안 드레이크.

팀 셔우드 감독은 대타 작전을 꺼내 들었다.

이안 드레이크 대신 라이언 피어밴드를 대타자로 기용했다.

'승부수!'

동점 혹은 역전을 만들어내기 위해서 팀 셔우드 감독이 고심 끝에 꺼내 든 승부수였다. 그리고 팀 셔우드 감독이 던진 승부수는 적중했다.

슈악!

딱!

팀 셔우드 감독의 지시를 받고 나온 라이언 피어밴드는 풀카운트 승부 끝에 메디슨 범거너의 포크볼을 공략해서 중전 안타를 터뜨렸다.

무사 1루.

이제 태식이 타석에 들어설 차례였다. 그렇지만 태식은 바로 타석을 향해 걸어가는 대신, 더그아웃을 바라보았다.

이안 드레이크의 타석에서 라이언 피어밴드를 대타자로 기용한 상황.

팀 셔우드 감독이 투수인 태식의 타석에서도 대타자를 기용할 확률이 높다고 판단했기 때문이다.

그렇지만 더그아웃에서는 아무런 움직임도 없었다.

'나를… 그냥 타석에 내보낸다?'

뜻밖의 선택을 내린 팀 셔우드 감독에게 의아한 시선을 던지며 타석에 들어섰던 태식은 더욱 놀랐다.

무사 1루 상황.

그래서 희생번트 지시가 나올 확률이 높다고 판단했다.

물론 데이비드 오의 설명처럼 메이저리그에서 희생번트 작전 지시를 내는 빈도가 줄어드는 것은 분명한 사실이었다.

그렇지만 예외도 존재했다.

바로 투수의 타석일 때였다.

야수들에 비해 타격 능력이 떨어지는 투수의 타석에서는 찬스를 이어나가기 위해서 희생번트를 지시하는 것이 일반적이었다.

그렇지만 팀 셔우드 감독은 희생번트 작전 지시를 내리지 않았다.

'날… 믿는다?'

팀 셔우드 감독의 의중을 뒤늦게 파악한 태식이 두 눈을 빛내며 타석에서 집중하기 시작했다.

오늘 경기 세 번째 타석.

태식은 2타수 1안타를 기록했다.

첫 타석에서는 선취점을 올리는 적시타를 때려냈지만, 두 번째 타석에서는 삼진으로 물러났다.

그렇지만 두 번째 타석에서도 맥없이 물러났던 것은 아니었다.

메디슨 범거너와 풀카운트 승부를 펼친 끝에 아쉽게 삼진을 당했었다.

당시 태식이 삼진을 허용했던 공은 직구였다.

몸 쪽 높은 코스로 형성됐던 직구.

메디슨 범거너가 결정구로 포크볼을 주로 사용한다는 것을 이미 알고 타석에 들어섰던 상황이었다. 그래서 포크볼을 대비하고 있었는데, 메디슨 범거너는 몸 쪽 직구를 결정구로 던져서 태식의 허를 찔렀다.

당시의 볼 배합에 허를 찔렸던 태식이 커트조차 시도하지 않았던 이유는 높다고 판단했기 때문이다. 그러나 주심은 몸 쪽 높은 코스의 스트라이크존을 통과했다고 판단해서 스트라이크를 선언했었다.

'155㎞였어!'

두 번째 타석에 태식이 들어섰을 때는 루상에 주자가 없는 상황. 그렇지만 메디슨 범거너가 던졌던 직구의 구속은 155㎞였다.

전력투구를 했다는 증거.

'그만큼 내게 안타를 맞고 싶지 않았다는 증거!'

8회에도 여전히 마운드를 지키고 있는 메디슨 범거너와 태식의 오늘 경기 세 번째 대결이 시작됐다.

10. 도장 깨기

슈악!

메디슨 범거너가 던진 초구는 포크볼.

그렇지만 태식은 잘 참아냈다.

'어렵게 승부한다!'

직구가 아닌 유인구를 초구로 던졌다는 것이 메디슨 범거너가 태식을 상대로 신중하게 승부한다는 증거였다.

슈악!

따악!

2구는 바깥쪽 커브.

태식이 이번에는 기다리지 않고 매섭게 배트를 휘둘렀다. 배트 중심에 걸렸지만, 타구는 라인선상을 살짝 벗어난 곳에 떨어졌다.

후우!

하마터면 안타를 허용한 뻔했던 메디슨 범거너가 크게 숨을 내쉬는 모습이 보였다.

슈아악!

3구째.

메디슨 범거너는 처음으로 직구를 던졌다. 바깥쪽 낮은 코스로 파고드는 직구를 확인한 태식이 움찔했다.

"스트라이크!"

주심이 스트라이크를 선언하면서 원 볼 투 스트라이크로 볼카운트가 바뀌었다.

슈악!

4구는 다시 포크볼.

태식은 이번에도 속지 않고 참아냈다.

투 볼 투 스트라이크.

'승부할 거야!'

태식이 배트를 고쳐 쥐었다.

풀카운트까지 끌고 간다면 메디슨 범거너도 부담을 느낄 터.

투수에게 유리한 볼카운트인 지금, 결정구를 던지면서 승부를 걸 확률이 높았다.

슈아악!

메이슨 범거너의 손에서 공이 떠난 순간, 태식이 두 눈을 빛냈다.

'적중했다!'

노림수가 통했다는 것을 확인한 태식이 힘껏 배트를 돌렸다.

따악!

배트를 움켜쥔 양손에 묵직한 감각이 전해진 순간, 태식은 타구의 궤적을 눈으로 좇지 않았다.

완벽한 타이밍에 배트 중심에 걸렸기에 이번 타구가 홈런이 될 것이라는 확신을 가졌기 때문이다.

대신 태식은 메디슨 범거너를 살폈다.

타격음이 흘러나온 순간, 깜짝 놀라며 몸을 돌려 타구의 궤적을 눈으로 좇는 메디슨 범거너의 모습이 보였다.

잠시 뒤, 외야 펜스 하단에 떨어지는 홈런을 허용했다는 것을 깨달은 메디슨 범거너의 표정이 일그러지는 것이 보였다.

3 : 2.

극적인 투런포가 터지며 경기는 역전됐다.

라커룸으로 돌아온 태식이 수건을 머리에 뒤집어썼다.

양손을 모아 깍지를 낀 채 지난 경기를 찬찬히 되짚어보는 것.

새로 생긴 태식의 습관이었다.

KBO 리그와 메이저리그의 다른 점에 대해 고민하고, 좋았던 점과 나빴던 점을 되새기기 위함이었다.

꽈악!

오늘 경기를 되짚어보던 태식이 깍지를 낀 손에 힘을 더했다.

경기 후반, 뒤지고 있던 승부를 단숨에 뒤집은 극적인 역전 투런 홈런을 때려냈던 순간이 떠올랐기 때문이다.

메디슨 범거너가 실투를 던졌던 것이 아니었다.

자신에게 홈런을 허용했던 하이 패스트볼의 제구는 완벽했다. 그럼에도 불구하고 홈런이 된 이유는 태식이 하이 패스트볼을 던지도록 유도한 후 잔뜩 노리고 있었기 때문이다.

오늘 경기 두 번째 타석에서 태식은 메디슨 범거너에게 삼진을 당했다. 그것을 의식하고 있던 메디슨 범거너가 결정구로 또 한 번 하이 패스트볼을 사용할 것이라는 확신을 품었다. 그리고 하이 패스트볼을 던지도록 태식은 타석에서 의식적으로 승부를 길게 가져갔고, 또 커브에 매서운 스윙을 선보였다.

유인구를 노리고 있다는 것을 보여주기 위한 의식적인 스윙.

그런 숨은 과정이 있었기에 결승 홈런을 때려낼 수 있었던 것이다.

'양날의 검!'

메디슨 범거너를 강판시키는 결승 홈런을 때려냈던 구종은 하이 패스트볼.

또, 제프 파커에게 투런 홈런을 허용했던 구종도 하이 패스트볼이었다.

경기 중에 꼭 사용해야 하는 구종이었지만, 장타를 허용할 가능성이 높다는 위험성은 분명히 존재했다.

'제구에 더 신경 써야 해!'

각오를 다지면서 태식이 복기를 마쳤을 때였다.

지이잉. 지이잉.

라커에 넣어두었던 휴대전화가 진동했다.

용덕수의 번호가 찍힌 것은 확인한 태식이 전화를 받았다.

"덕수야!"

─형!

"네가 어쩔 일이야? 무슨 일 있어?"

─일이야 있죠.

"무슨 일?"

─형이 완전 대박 사고 쳤잖아요.

"내가?"

─2연속 완투승에 팀의 연패를 끊어내는 결승 홈런까지. 게다가 형과 선발 맞대결을 펼쳤던 투수들이 누굽니까? 잭 그랭키와 매디슨 범거너 아닙니까? 메이저리그 관련 기사에서나 봤던 대단한 투수들을 상대로 완투승이라니요. 이 정도면 완전 대박 사고 아닙니까?

잔뜩 상기되어 있는 용덕수의 목소리는 귀가 따가울 정도로 컸다.

─형이 잭 그랭키와 매디슨 범거너를 상대로 홈런을 펑펑 때려내는 것을 보게 될 줄은 진짜 꿈에도 몰랐습니다.

흥분을 주체하지 못하고 소리를 지르는 용덕수에게 태식이 물었다.

"어떻게 알았어?"

─어떻게 알긴요. 봤으니까 알죠.

"뭘 봐?"

─경기 중계요.

"내가 출전하는 경기를 중계한단 말이야?"

─네, 스포츠 채널에서 중계합니다.

"그래?"

전혀 몰랐던 사실이었다. 그래서 태식이 놀란 표정을 짓고 있을 때, 용덕수가 설명을 덧붙였다.

─지난 경기까지는 중계를 안 했어요. 그런데 형이 잭 그랭키 상대로 완투승을 거두고 나니까 난리가 난 겁니다. 발 빠르게 중계권 협상에 들어가더니 오늘 경기부터 중계를 시작한 겁니다.

"그렇구나."

─형!

"또 왜?"

─고맙습니다.

뜬금없이 고맙다고 인사하는 용덕수에게 태식이 물었다.

"갑자기 뭐가 고마워?"

─전화를 받아주셔서요.

"응?"

─세계 최고의 무대인 메이저리그에서 도장 깨기를 하면서 승승장구하고 계시잖아요. 그래서 이제 혹시 제 전화도 안 받으시는 게 아닐까 걱정했거든요.

"덕수야. 형이 그렇게 의리 없는 사람은 아니다."

─알죠. 그리고 하나 더요. 형 덕분에 희망이 생겼습니다.

"무슨 희망?"

─메이저리그에 진출할 수 있다는 희망이요. 저만 그런 게 아닙니다. 형을 보면서 메이저리그에 진출하겠다는 희망을 품은 선수들이 엄청 많습니다. 어쨌든 형 덕분에 요새 열심히 훈련하고 있습니다.

용덕수의 이야기를 듣고 피식 웃던 태식이 다시 물었다.

"그런데 도장 깨기는 또 뭐야?"

ㅡ도장 깨기 모르세요? 잭 그랭키, 그리고 메디슨 범거너까지. 형이 각 팀의 에이스들을 상대로만 승리를 거두고 있잖습니까? 그래서 메이저리그 에이스들 도장 깨기라는 표현이 나오고 있어요.

"그렇구나."

태식이 심드렁한 목소리로 대꾸한 순간, 용덕수가 다시 언성을 높였다.

ㅡ그렇구나, 정도가 아니라니까요.

"무슨 소리야?

ㅡ형이 지금 얼마나 대단한 일을 하고 계신지 실감을 못 하시는 거죠?

"……?"

ㅡ지금 여기는 난리가 났어요. 그러니까 진짜 엄청난 일을 하고 계신 중이라니까요. 제가 곁에서 이게 얼마나 대단한 일인지 알려 드려야 하는데.

못내 아쉬운 기색을 드러내고 있는 용덕수에게 태식이 물었다.

"그런데 지금 한국은 몇 시냐?"

ㅡ새벽 5시 정도 됐는데요?

"그런데?"

ㅡ네?

"내일 경기 안 해?"

—…하죠.

"안 자?"

—이제… 자야죠.

용덕수가 흠칫거리며 대답한 순간, 태식이 일침을 가했다.

"얼른 잠부터 자라."

*   *   *

용덕수는 진짜 대단한 일을 한 거라고 잔뜩 호들갑을 떨었다.

그렇지만 태식은 아직 제대로 실감을 하지 못하고 있었다.

두 경기에 선발투수로 나서서 두 차례 승리투수가 된 것이 전부라는 생각을 갖고 있었기 때문이다.

그로 인해 담담한 표정으로 인터뷰 장소로 향했던 태식이 흠칫 놀랐다.

일단 인터뷰 장소에 모여 있는 기자들의 수가 훨씬 늘어나 있었다.

또, 지난번에는 보이지 않았던 동양인 기자들이 눈에 띄었다. 그리고 그들 중에는 낯익은 얼굴도 있었다.

'송 기자?'

눈이 마주친 순간, 생긋 웃는 송나영을 발견한 태식이 두 눈을 치켜떴다. 그렇지만 송나영에게 인사를 건넬 시간도 없었다.

기자들의 질문 세례가 쏟아졌기 때문이다.

"두 경기 연속 완투승을 거뒀습니다. 선발투수로 출전할 때, 완투승을 의식하고 경기에 나섰습니까?"

"완투승에 대해 의식하지는 않았습니다. 그렇지만 최대한 많은 이닝을 소화하겠다는 각오는 갖고 경기에 임했습니다."

"오늘 경기 선발 맞대결을 펼친 선수가 메디슨 범거너였는데요. 메디슨 범거너 선수를 의식했습니까?"

"물론 의식했습니다. 워낙 훌륭한 투수인 데다가, 투수 부문 실버슬러거 상 후보들 가운데 가장 강력한 라이벌이기도 하니까요."

태식이 농담을 던지자, 기자들 사이에 웃음이 터져 나왔다. 그리고 자연스레 질문의 화제도 바뀌었다.

"지난 경기에 이어서 오늘 경기에서도 놀라운 타격 실력을 선보인 덕분에 팬들의 뇌리 속에 투수 부문 실버슬러거 상의 강력한 후보로 남았을 겁니다. 혹시 알고 계십니까?"

"무엇을 말씀하시는 겁니까?"

"현재 메이저리그를 통틀어서 김태식 선수가 최고 타율을 기록하고 있다는 것 말입니다."

태식이 타석에 들어선 것은 총 여섯 번.

여섯 번 타석에 들어서서 다섯 개의 안타를 터뜨렸으니, 무려 8할이 넘는 고타율을 기록하고 있었다.

"전혀 몰랐습니다. 그리고 규정 타석에 미달했으니 아무런 의미도 없는 기록이라고 생각합니다."

"그렇지만 김태식 선수의 타격 능력이 야구팬들 사이에서 큰 화제가 되고 있는 것은 사실입니다. 메이저리그에서도 내놓으라 하는 야수들 못지않은, 아니, 야수들보다 더 뛰어난 타격 솜씨를 뽐내고 있으니까요. 실제로 지난 경기에서 김태식 선수와 맞대결을 펼쳤던 잭 그랭키는 투수가 아니라 야수, 그것도 중심 타선에 포진된 야수를 상대하는 느낌이었다고 인터뷰에서 밝혔을 정도입니다. 즉, 김태식 선수의 타격 능력이 투수들에게 큰 부담을 준다는 뜻인데요. 혹시 야수로 경기에 나설 계획은 없습니까?"

기자의 질문을 받은 순간, 태식이 크게 숨을 들이켰다.

전혀 욕심이 없다면 거짓말이었다.

머잖아 기회가 찾아온다면, 또 팀이 필요로 하는 상황이 찾아온다면, 야수로도 경기에 나서고 싶었다.

그렇지만 지금 당장은 아니었다.

아직 태식은 메이저리그라는 낯선 무대에 완벽히 적응한 상태가 아니었다.

경기를 치러가면서 하나씩 배우고 있는 과정이었다.

과한 욕심은 독이 된다는 사실을 잘 알고 있는 태식은 서두를 생각이 전혀 없었다.

"그건 제가 결정할 부분이 아닙니다."

"만약 야수로 뛰라는 제안을 받으면 출전할 수 있다는 뜻입니까?"

"현재로서는 굳이 그럴 필요성은 느끼지 못하고 있습니다."

"왜입니까?"

"우리 팀의 야수들도 좋은 기량을 갖추고 있기 때문입니다. 비록 시즌 초반에 슬럼프를 겪고 있긴 하지만 곧 경기장에서 자신들이 가진 기량을 드러낼 겁니다."

태식의 대답에 만족한 듯 질문을 던졌던 기자가 고개를 끄덕였다.

"이제 겨우 두 경기를 치렀으니 너무 이른 시점이긴 하지만, 김태식 선수는 어떤 선수가 되고 싶습니까?"

다음 질문을 던진 기자는 태식도 기억하고 있었다.

"자기소개를 부탁합니다."

지난 인터뷰에서 이런 부탁을 꺼냈다가 태식에게서 호된 질타를 받았던 기자였기 때문이다.

"반대가 되고 싶습니다."

"반대… 요?"

"지난번에 제가 KBO 리그에서 유명했던 저니맨이었다고 저를 소개했던 것을 기억하십니까?"

"물론 기억하고 있습니다."

"저니맨으로서의 선수 생활은 힘들었습니다. 그래서 메이저리그에서는 저니맨의 반대인 프랜차이즈 스타가 되고 싶습니다."

비로소 말뜻을 알아들은 기자가 씩 웃으며 다시 입을 뗐다.

"지난 인터뷰에서 무례를 범했던 것에 대해서 사과하고 싶습니다."

그 말을 들은 태식의 두 눈에 이채가 떠올랐다.

'기자들도… 다르군!'

한국 기자들은 자신의 실수를 인정하고 사과하는 경우가 극히 드물었다. 그렇지만 미국의 기자들은 달랐다.

본인의 실수를 인정하고 먼저 사과하려 들었다.

"신경 쓰지 않으셔도 됩니다."

태식이 웃으며 대답했다. 그렇지만 기자는 고개를 흔들었다.

"제가 범했던 실수에 대한 사죄의 의미로 준비를 하고 있는 것이 있습니다."

"무슨 준비요?"

"그건 두고 보시면 압니다. 아, 제 이름은 아시나요?"

"물론… 모릅니다. 자기소개를 해주시겠습니까?"

태식이 재치 있게 대답하자, 기자가 너털웃음을 터뜨리며 이름을 밝혔다.

"릭 켄거닉 기자입니다. 제 이름을 꼭 기억해 주십시오."

"기억하겠습니다."

태식이 약속을 하며 고개를 돌렸다. 그리고 손을 번쩍 들고 있는 송나영을 발견하고 실소를 터뜨렸다.

"질문하시죠."

외국 기자들의 시선을 한 몸에 받으며 송나영이 질문했다.

"오늘 경기에서 멋진 승리를 거두신 것 축하드립니다. 그래서 드리는 질문인데… 저녁은 뭘 드실 겁니까?"

11. 야구를 잘했죠

애비뉴 레스토랑.

고풍스러운 인테리어로 꾸며진 레스토랑 내부를 두리번거리며 살피던 송나영이 목소리를 낮춘 채 물었다.

"여기 엄청 비쌀 것 같은데요?"

"솔직히 말씀드리면 저도 잘 모릅니다. 처음 왔거든요."

"알고 찾아온 것 아니에요?"

"프런트 직원에게 인근에 괜찮은 식당이 있냐고 물었더니 여길 추천해 줬습니다. 그래서 무작정 찾아왔습니다."

"그럼… 그냥 나갈까요?"

"왜요?"

"아무래도 너무 비쌀 것 같아서요. 이런 말씀드리기 뭐하지만… 아직 제가 여기 온 지 얼마 안 돼서 영수증 처리하는 법도 모르는 상황이라……."

"제가 사겠습니다. 그러니까 걱정 말고 드세요."

"정말요?"

"예전과는 다릅니다. 저도 이제 어엿한 메이저리거입니다."

"역시 노는 물이 달라지니 사람이 달라지네요."

태식이 계산을 하겠다 선언하고 나서야 송나영이 근심을 내려 놓고 환하게 웃었다. 그런 그녀에게 태식이 물었다.

"그런데 송 기자님. 여긴 어떻게 오셨습니까?"

"비행기 타고 왔죠."

"혹시 출장인가요?"

"아니요."

"그럼요?"

"김태식 선수가 보고 싶어서 비행기 타고 날아왔죠."

"네?"

태식이 다시 물은 순간, 송나영이 눈을 흘겼다.

"왜요? 부담스러우세요?"

"그런 게 아니라……."

"너무 부담 가지실 필요 없어요. 반은 농담, 반은 진담이거든 요. 김태식 선수가 보고 싶긴 했지만, 회사에 휴가를 내고 비싼 비행기 삯까지 제 돈으로 치르면서 미국으로 날아올 정도까지 는 아니다. 이런 뜻이랍니다."

송나영이 생긋 웃으며 덧붙였다.

"어쨌든… 고마워요."

갑자기 고맙다는 인사를 건네는 송나영에게 태식이 의아한 시선을 던졌다.

"형, 고맙습니다."

조금 전, 통화를 할 당시, 용덕수가 대화 중에 불쑥 고맙다는 말을 꺼냈던 것이 떠올랐기 때문이다.

'왜 갑자기 다들 내게 고맙다고 하는 걸까?'

태식이 한 일은 그저 열심히 야구를 한 것뿐이었다. 그런데 고맙다고 말하는 사람이 늘어나 있었다.

"왜 고마운 거죠?"

"김태식 선수 덕분에 여기 올 수 있었거든요."

"제 덕분이라고요?"

"네. 김태식 선수 덕분이에요."

"저는 아무것도 한 게 없는데……."

"한 일이 있어요."

"뭐죠?"

"야구를 잘했죠."

"……?"

"김태식 선수가 지난 경기에서 보여줬던 대단한 활약상이 한국에서 큰 화제가 됐어요. 그래서 데스크에서도 메이저리그에서 뛰고 있는 김태식 선수를 취재해야 하는 것이 아니냐는 얘기가 나오기 시작했죠. 그때 제가 기회를 놓치지 않고 자리를 꿰찼답니다. 미국에서 체류하면서 메이저리그를 전담 취재 하는 특파원이 됐거든요."

"특파원이요?"

"네. 미국에서 체류하는 특파원."

"제 덕분이 아니라 송 기자님이 회사에서 실력을 인정받았기 때문일 겁니다."

"제가 실력이 좀 있긴 하죠?"

"그럼요."

태식이 지체 없이 대답하자, 송나영의 입가에 흐뭇한 미소가 떠올랐다. 그런 그녀가 다시 입을 뗐다.

"사실 제 꿈이었어요."

"뭐가요?"

"특파원으로 외국에 나와서 취재하는 것이요."

"그럼 꿈을 이룬 셈이네요."

"맞아요. 그리고 이게 다 김태식 선수 덕분이죠."

"아까도 말씀드렸듯이 저 때문이 아니라 송 기자님의 실력을 인정받아서……."

"아니에요."

태식의 말이 끝나기도 전에 송나영이 고개를 흔들었다.

"실은 거의 포기했었어요."

"네?"

"실력도 없는 주제에 무슨 특파원이냐. 내심 이런 생각을 하고 있었거든요. 그런데 김태식 선수를 보면서 생각이 바뀌었어요."

"……?"

"김태식 선수가 지난 시즌에 반짝 활약을 했지만, 저는 기껏해야 1, 2년 더 뛰다가 조용히 은퇴할 것이라고 판단하고 있었어요. 그런데 김태식 선수는 제 예상과 달리 메이저리그에 진출했죠. 새로운 도전을 두려워하지 않는, 그리고 끝까지 포기하지 않는 김태식 선수의 모습을 보면서 미리 꿈을 포기해 버린 저에 대해 반성도 했고, 또 희망도 가지고 더 좋은 기자가 되기 위해서 노력했어요. 그 덕분에 특파원이라는 꿈을 이룰 수 있었던 것이고요."

태식이 고개를 끄덕였다.

"송 기자님은 더 좋은 기자가 되실 겁니다. 저보다 더 일찍 깨달았으니까요."

"네?"

"그나저나 한국도 시즌이 시작된 지 꽤 됐겠네요."

계약과 메이저리그 승격, 그리고 선발 로테이션 합류까지.

짧은 시간 안에 워낙 많은 일들이 벌어졌다. 그래서 한국의 상황까지 신경을 쓸 겨를이 없었다.

용덕수의 전화를 받고, 이렇게 송나영과 마주 앉아 있으니 문득 한국의 상황이 어떤지 궁금해졌다.

"심원 패롯스는 어떤가요?"

"어떨 것 같아요?"

"중위권?"

"후한 평가를 내리는 것을 보니 아직 심원 패롯스에 애정이 남아 있나 보네요."

"하위권인가요?"

"그것도 최하위죠."

"최하위요?"

"좋은 감독, 그리고 메이저리그에서도 팀의 에이스 역할을 하는 좋은 선수를 내쳤는데 성적이 좋을 리가 없잖아요."

송나영이 꺼낸 말을 들은 태식이 쓰게 웃었다.

일전에 이철승 감독이 했던 말과 비슷했기 때문이다.

"더 큰 문제는 딱히 반등할 계기가 보이지 않는다는 거예요. 초보 감독인 장원우 감독은 경험 부족을 여실히 드러내면서 우왕좌왕하고 있고, 연패가 쌓이면서 초보 감독을 신뢰하지 못하는 선수들도 하나로 뭉치지 못하고 있거든요."

"그렇군요."

"그게 다가 아니랍니다."

"또 뭐가 있나요?"

"김태식 선수 때문에 박순길 단장의 입장이 많이 난처해졌어요."

"……?"

"메이저리그에서도 에이스급 활약을 펼치는 김태식 선수를 박순길 단장이 내친 셈이잖아요. 게다가 감정 싸움에 치우쳐서 이적 과정에서 아무것도 얻지 못했던 것에 대한 비난의 화살이 박순길 단장에게 쏟아지고 있어요."

인과응보.

송나영의 설명을 듣던 중, 태식이 떠올린 사자성어였다.

어쩌면 이철승 감독이 예언했던 '김태식의 저주'가 실제로 심원 패롯스에 드리워질지도 모른다는 생각을 태식이 하고 있을 때였다.

"약속 지키세요."

송나영이 불쑥 말했다.

"무슨 약속이요?"

"야구, 오래 한다는 약속. 그래야 저도 여기 오래 머무를 수 있으니까요."

*　　　*　　　*

2승 2패.

태식이 메디슨 범거너를 상대로 승리를 거둔 이후 네 경기에서 샌디에이고 파그리스가 거둔 성적이었다.

시즌 초반에 연패를 당하면서 극심한 부진에 빠져 있었던 것을 감안하면 서서히 상승세를 타기 시작한 셈이었다. 그리고 샌디에이 파드리스는 올 시즌 처음으로 연승에 도전했다.

상대는 콜로라도 로키스.

샌디에이고 파드리스는 태식이 선발투수로 나섰고, 콜로라도 로키스는 팀의 5선발인 크리스 루빈이 출전했다.

태식은 올 시즌에 메이저리그에 데뷔했고, 크리스 루빈 역시 유망주로서 마이너리그에서 활약하다가 올 시즌 처음으로 선발 로테이션에 합류했다.

펫코 파크에서 열린 루키들의 대결.

두 팀의 승부는 2회에 갈렸다.

1회 말 2사 만루의 득점 찬스를 살리지 못한 샌디에이고 파드리스의 2회 말 공격은 7번 타자 미구엘 마못부터 시작이었다.

크리스 루빈의 올 시즌 성적은 0승 2패, 방어율 4.89.

시즌 출발이 좋은 편은 아니었다.

콜로라도 로키스가 큰 기대를 갖고 있는 유망주라 기회를 계속 주고 있지만, 메이저리그는 냉혹한 곳이었다.

메이저리그에 적응해서 기회를 잡지 못하고 부진이 길어진다면, 크리스 루빈은 다시 마이너리그로 돌아갈 가능성이 높았다.

그 사실을 모를 리 없는 크리스 루빈은 잔뜩 긴장하고 있었다.

적당한 긴장은 약이 되지만 과한 긴장은 독이 되는 법.

경험이 풍부한 베테랑이라면 스스로 긴장의 강도를 조절할 수 있겠지만, 크리스 루빈은 아직 루키였다.

과하게 긴장한 탓에 몸에 힘이 들어갔고, 그로 인해 제구가 흔들린 것이 크리스 루빈이 1회 말에 실점 위기를 맞이한 이유였다.

안타성 타구를 몸을 날려 막아낸 유격수의 호수비가 나오면서 실점 위기를 간신히 넘겼지만, 크리스 루빈은 2회 말에도 제구 난조를 드러냈다.

"볼!"

2회 말의 선두 타자로 나선 미구엘 마못에게 볼넷을 허용하며 크리스 루빈은 다시 위기에 몰렸다.

선두 타자에게 볼넷을 허용하자, 포수인 조나단 머피가 마운드로 걸어 올라갔다.

마운드에서 짤막한 대화를 나누며 크리스 루빈의 긴장을 풀어주려는 의도.

8번 타자 이안 드레이크와 크리스 루빈의 대결이 시작됐다.

슈아악!

여전히 타율이 1할대 중반에 머무르고 있는 이안 드레이크를 상대로 크리스 루빈이 던진 초구는 바깥쪽 직구였다.

따악!

이안 드레이크가 이를 악물고 때려낸 총알 같은 타구가 바운드를 일으키며 3루 베이스 쪽으로 향했다.

3루수인 마크 레이놀즈가 몸을 날리며 글러브를 쭉 내밀었지만 타구에 미치지 못했다.

"파울!"

그렇지만 3루심은 타구가 선상을 살짝 벗어난 걸 확인하고 파울을 선언했다.

아아!

아아아!

이안 드레이크의 2루타성 타구가 파울로 선언되자, 펫코 파크를 찾아온 홈 팬들이 아쉬운 탄성을 토해냈다.

'나쁘지 않아!'

대기 타석에 들어서 있던 태식이 두 눈을 빛냈다.

크리스 루빈은 제구가 흔들리고 있는 상황.

스트라이크를 잡기 위해서 던진 초구가 이안 드레이크가 휘두른 배트 중심에 걸려서 맞아 나간 탓에, 크리스 루빈은 더 당황하고 있었다.

이제 쉽게 스트라이크를 넣지 못하리라.

태식의 예상대로였다.

"볼!"

"볼!"

"볼!"

크리스 루빈은 잇따라 세 개의 볼을 던지며 쓰리 볼 원 스트라이크의 불리한 볼카운트에 몰렸다.

또 다시 볼넷을 허용할 위기에 처한 크리스 루빈이 크게 심호흡을 하면서 힐끗 고개를 돌렸다.

'날 봤다?'

크리스 루빈과 시선이 마주친 태식이 고개를 갸웃했다.

"왜… 날 본 거지?"

타자와의 승부에 집중해야 할 시점이었다. 그런데 크리스 루빈은 대기 타석에 들어서 있던 태식을 신경 쓰고 있었다.

"날… 의식하고 있다?"

잠시 뒤, 태식이 그 이유를 알아냈다.

6타수 5안타, 홈런 2개.

투수임에도 불구하고 태식의 타격 능력은 뛰어났다. 그리고 지금까지 태식의 타격 성적은 메이저리그에서도 이례적일 정도로 대단한 기록이었다.

그로 인해 태식의 타석에서의 성적이 야구팬들과 선수들 사이에서 이슈가 되고 있는 상황이었다.

크리스 루빈 역시 모를 리 없을 터.

그는 대기 타석에 들어서 있는 태식을 의식하고 있었다.

'승부한다!'

자신과의 대결을 의식하고 하는 크리스 루빈의 입장에서 루상에 주자가 더 모인다면 부담이 더욱 커질 터.

시즌 초반 극심한 타격 부진을 겪고 있는 이안 드레이크를 상대로 어떻게든 승부를 할 가능성이 높았다.

슈악!

따악!

이번에도 태식의 예상은 적중했다.

크리스 루빈이 스트라이크를 넣기 위해서 던진 커브는 가운데로 몰렸고, 이안 드레이크는 놓치지 않고 받아쳤다.

투수의 곁을 스치고 지나간 타구는 중전 안타로 연결됐다.

무사 1, 2루.

선취점을 올릴 수 있는 절호의 찬스에서 태식이 타석으로 향했다. 그리고 타석으로 들어서기 전 태식이 더그아웃을 살폈다.

가장 확실한 득점 루트는 투수인 태식의 타석에서 희생번트를 시도해서 주자들을 한 루씩 더 진루시키는 것이었다.

그렇지만 팀 셔우드 감독은 이번에도 희생번트 지시를 내리지 않았다.

'강공!'

지난 두 경기에서 태식이 훌륭한 타격 능력을 선보였던 것이 팀 셔우드 감독에게 신뢰를 심어준 덕분이었다.

'공을 많이 본다!'

크리스 루빈은 제구가 크게 흔들리고 있는 상황.

태식은 이번 승부를 서두를 생각이 없었다.

슈악!

초구는 바깥쪽으로 휘어져 나가는 슬라이더.

그러나 태식의 배트는 끌려 나가지 않았다.

"볼!"

"볼!"

2구와 3구로 선택한 공은 싱커와 슬라이더.

2구째 싱커의 각은 예리했지만 태식이 잘 참아냈고, 3구째 슬라이더는 스트라이크존을 크게 벗어났다.

쓰리 볼 노 스트라이크.

불리한 볼카운트에 몰리자 크리스 루빈이 답답한 표정으로 길게 한숨을 내쉬었다.

'하나… 기다릴까?'

크리스 루빈의 제구는 계속 흔들리는 상황이었다.

KBO 리그에서는 이런 경우 하나를 더 기다리는 것이 일반적이었다.

해서 더그아웃을 힐끗 살폈지만, 역시 아무런 지시도 나오지 않았다.

'웨이팅 사인이 없다?'

어떤 결정을 내리는가는 자신의 몫.

슈아악!

크리스 로빈이 4구를 던진 순간, 고민을 끝낸 태식이 망설이지 않고 배트를 휘둘렀다.

따악!

경쾌한 타격음과 함께 뻗어나간 타구는 2루수의 키를 훌쩍 넘기고 떨어졌다. 바운드를 일으킨 타구는 빠르게 굴러가며 우중간을 꿰뚫었다.

1타점 적시 2루타.

와아!

와아아!

여유 있게 2루 베이스에 도착한 태식이 홈 팬들의 환호성을 들으며 환하게 웃었다.

1 : 0.

태식의 적시 2루타가 터지면서 샌디에이고 파드리스는 선취점을 올렸다. 그리고 무사 2, 3루의 찬스는 계속 이어졌다.

가뜩이나 흔들리고 있던 상황에서 투수인 태식에게 적시 2루타까지 허용한 크리스 루빈은 더욱 흔들렸다.

"볼넷!"

풀카운트 승부 끝에 후속 타자인 에릭 아이바를 볼넷으로 내보내면서, 무사 만루의 위기를 자초했다.

"타임!"

크리스 루빈을 안정시키기 위해서 콜로라도 로키스의 투수 코치가 마운드로 올라왔다. 그사이, 태식이 모자를 벗고 이마에 맺힌 땀을 닦았다.

조금 전의 타석.

태식은 고민을 거듭한 끝에 공 하나를 기다리는 대신 과감하게 공격하는 결단을 내렸다.

당시 그런 결단을 내렸던 이유는 두 가지.

우선 공 하나를 기다리는 것이 꼭 유리하지는 않다고 판단했기 때문이다.

쓰리 볼 노 스트라이크와 쓰리 볼 원 스트라이크.

두 경우의 차이는 컸다.

일단 스트라이크를 하나 넣으면 투수인 크리스 루빈은 안정을 찾는 반면, 타자인 태식은 마음이 조급해지게 마련이었다.

그럼 승부의 결과가 또 바뀔 가능성이 높았다.

또 하나의 이유는 지금 태식이 뛰고 있는 무대가 KBO 리그가 아니라 메이저리그였기 때문이다.

아까도 생각했듯 KBO 리그에서는 쓰리 볼 노 스트라이크 상황에서 공 하나를 기다리는 것이 일반적이었다.

그렇지만 메이저리그는 달랐다.

공격적인 성향이 강한 타자들이 즐비한 메이저리그는 쓰리 볼 노 스트라이크 상황에서도 공 하나를 기다리는 대신 과감하게 공격하는 경우가 잦았다.

태식도 엄연한 메이저리거.

활약하는 무대가 바뀌었으니, 메이저리그의 방식을 따를 필요가 있었다.

당시 크리스 루빈이 던진 공은 직구.

146㎞의 구속을 기록한, 스트라이크존을 통과하는 직구는 태식에게 좋은 먹잇감이었다.

"이제… 어떻게 될까?"

태식이 두 눈을 빛냈다.

무사 만루 상황에서 타석에 들어선 것은 2번 타자 호세 론돈.

따악!

그리고 호세 론돈은 초구부터 과감하게 배트를 휘둘러서 중전 안타를 터뜨렸다.

2 : 0.

샌디에이고 파드리스는 손쉽게 추가점을 올렸다.

그 과정에서 태식이 유일하게 아쉬움을 느낀 점은 홈으로 파고들지 못하고 3루에서 멈추었다는 점이었다.

전력 질주를 펼친 끝에 슬라이딩을 했다면 홈에서 살 수 있는 확률이 높았는데.

3루 주루 코치의 만류와 강경한 어조로 슬라이딩 금지를 천명했던 팀 셔우드 감독의 지시로 인해 태식은 3루에서 멈출 수밖에 없었다.

그렇지만 아쉬움은 오래가지 않았다.

"볼넷!"

3번 타자 코리 스프링어가 밀어내기 볼넷을 얻어내며, 3루에 멈췄던 태식은 걸어서 홈으로 들어왔다.

3 : 0.

석 점차로 벌어지자 콜로라도 코키스의 감독인 바드 블랙이 마운드로 올라와 크리스 루빈을 강판시켰다.

바드 블랙 감독이 마운드에 올린 것은 중간 계투 요원인 토니 그레이.

그러나 토니 그레이는 이미 불이 붙기 시작한 샌디에이고 파드리스 타선을 막기에는 역부족이었다.

슈악!

따악!

4번 타자 티나 코르도바가 루상의 주자들을 모두 불러 모으는 싹쓸이 2루타를 터뜨리면서 스코어는 순식간에 여섯 점차로 벌어졌다.

"볼!"

태식이 던진 바깥쪽 슬라이더는 콜로라도 로키스의 2번 타자인 마크 레이놀즈의 배트를 끌어내는 데 실패했다.

스윙을 가져가던 마크 레이놀즈는 마지막 순간에 가까스로 멈추었고, 1루심은 배트가 돌지 않았다고 판단했다.

풀카운트까지 승부가 이어진 순간, 태식이 마운드에서 발을 풀었다.

5과 2/3이닝 2피안타 무실점.

태식이 콜로라도 로키스의 강타선을 상대로 남긴 성적이었다.

'여기까지!'

현재 스코어는 9 : 0.

점수 차가 이미 크게 벌어져 있었고, 6회 초에 마운드에 오르기 전 팀 셔우드 감독은 6이닝까지만 책임지라고 이미 통보한 상황이었다.

빙글.

글러브 속에 숨기고 있던 공을 한 바퀴 돌려 그립을 잡은 후, 태식이 힘차게 와인드업을 했다.

슈아악!

몸 쪽 직구가 파고든 순간, 타석에 서 있던 마크 레이놀즈가 움찔했다.

"스트라이크아웃!"

계속 바깥쪽 승부를 고집하던 태식이 과감한 몸 쪽 승부를 펼친 터라 허를 찔려 버린 마크 레이놀즈는 배트를 내밀지 못했다.

'됐다!'

태식이 고개를 돌려 전광판에 찍힌 구속을 확인했다.

157㎞.

오늘 경기에서 마크 레이놀즈를 상대하는 것이 마지막임을 이미 알고 있었기에, 힘을 아낄 필요는 없었다.

게다가 크게 스코어가 벌어져 있는 상황.

설령 솔로 홈런을 허용한다 해도 큰 부담은 없었다. 그래서 과감한 몸 쪽 승부를 펼쳤던 것이 좋은 결과로 이어졌다.

태식이 기록한 투구 수는 78개.

천천히 마운드에서 걸어 내려오던 태식의 귓가로 박수 소리가 들려왔다.

짝짝짝!

우렁찬 박수 소리를 들은 태식의 시선이 관중석으로 향했다.

펫코 파크를 가득 메운 관중들도 태식의 오늘 투구가 여기까지임을 직감한 걸까.

모든 관중들이 자리에서 일어나 마운드에서 걸어 내려가고 있는 태식을 향해서 박수를 보내주고 있었다.

기립 박수.

태식이 모자를 벗어 들어 올리며 관중들의 기립 박수에 답했다.

한층 뜨거워진 박수 속에 더그아웃으로 돌아온 태식을 팀 셔우드 감독이 환하게 웃으며 맞아주었다.

"연승을 이어나갈 수 있게 호투해 줘서 고맙다."

3연승.

태식은 메이저리그에 승격 후 세 차례 선발 등판에서 모두 승리투수가 됐다.

세 번째 선발 맞대결 상대였던 크리스 루빈은 지난 두 경기와 달리 팀의 에이스가 아니라 5선발이었기는 했지만, 이번 승리는 또 다른 의미가 있었다.

선발투수로 나섰던 세 경기 가운데 처음으로 실점을 허용하지 않았다는 점이었다.

"기사 꼭 보세요."

송나영의 신신당부를 잊지 않고 태식이 데이비드 오가 선물해 준 태블릿 PC로 기사를 검색하기 시작했다.

잠시 뒤, 태식이 두 눈을 크게 떴다.

자신과 관련된 기사들이 예상을 훌쩍 뛰어넘을 정도로 많았기 때문이다.

<6이닝 무실점 호투. 김태식 시즌 3승째>
<깜짝 활약을 이어나가는 김태식의 3연승 질주>
<메이저리그를 경악시킨 루키 김태식의 맹활약>

태식이 시즌 3승을 거둔 소식을 전하는 기사들이었다. 그리고 비슷한 제목을 가진 기사들이 수십 개나 됐다.

"이런 적은 처음이군."

지난 시즌에 태식이 KBO 리그에서 맹활약을 펼쳤을 때도, 이 정도로 기사들이 쏟아지지는 않았었다.

예상보다 더 뜨거운 반응에 놀라며 태식이 다시 검색했다. 그리고 송나영이 작성한 기사를 찾는 것은 그리 어렵지 않았다.

칼럼 제목에 송나영의 이름이 들어가 있었기 때문이다.

〈송나영의 MLB 취재수첩〉

칼럼의 제목이었다. 그리고 칼럼의 첫 꼭지는 태식과 관련된 것이었다.

—펫코 파크 관중들의 기립 박수를 이끌어 낸 루키 김태식의 호투.

칼럼의 소제목을 확인한 태식이 내용을 살피기 시작했다.

가장 먼저 보인 것은 펫코 파크를 가득 메웠던 샌디에이고 파드리스 홈 관중들의 기립 박수를 받으며 마운드에서 걸어 내려오는 태식의 사진이었다. 그리고 칼럼의 내용은 태식의 예상과 많이 달랐다.

주로 경기의 내용과 자신과 했던 인터뷰 위주로 내용이 채워져 있을 거란 예상을 빗나갔다.

다른 기사들과 차별화를 주기 위해서일까.

송나영은 경기 내용과 결과에 대한 소개는 단신처럼 짧게 처

리했다. 대신 지면을 팀 동료들과 팬, 프런트 직원들과 인터뷰를
한 내용으로 채웠다.

"친화력은 알아줘야겠네."

태식이 새삼 감탄하며 칼럼을 읽어 내려갔다. 그리고 칼럼의
내용은 태식이 막연히 짐작했던 것보다 훨씬 재밌었다.

프런트 직원과의 인터뷰를 통해서 태식의 유니폼 판매 추이를
분석한 것도 있었고, 샌디에이고 파드리스의 오랜 팬과의 인터뷰
를 통해서 팬들이 자신을 어떻게 생각하고 있는지 알 수 있었다.

"재밌네."

정작 메이저리그에서 뛰는 당사자인 태식조차도 미처 알지 못
했던 내용들.

그래서 흥미롭게 지켜보던 태식이 눈여겨본 것은 팀 동료인
티나 코르도바와의 인터뷰 내용이었다.

S. 김태식 선수의 첫인상은 어땠나?

―솔직히 말하면 구단에서 새로 고용한 프런트 직원인 줄 알
았다. 그가 유니폼을 입고 선발투수로 마운드에 올라갈 때는 깜
짝 놀랐다. 하마터면 달려가서 그를 말릴 뻔했다. 신입 직원이라
서 아직 몰라서 그러나 본데 이제 곧 경기가 시작하니까 마운드
에 올라가면 안 된다고 소리치면서 말이다.

S. 김태식 선수는 라커룸에서 어떤 편인가?

―조용한 편이다. 워낙 조용해서 처음에는 벙어리가 아닌가
의심했을 정도로.

S. 지금도 마찬가지인가?

―아니다. 요즘은 필요한 말은 한다. 놀라운 것은 영어가 나보다 더 능숙하다는 점이다. 그렇지만 잘 웃지는 않는다. 원래 한국인은 잘 웃지 않는가?

S. 그건 아니다. 난 웃음이 많다.

―그런가? 그런데 김태식 선수는 왜 웃음이 적은가?

S. 아마 낯을 많이 가리는 편이어서인 것 같다. 이제 마지막 질문이다. 김태식 선수에게 바라는 점이 있는가?

―음, 마운드에서 김태식 선수가 펼치는 활약은 대단하다. 나를 비롯해서 팀원 모두가 당황할 정도다. 물론 그가 좋은 투구를 하는 것은 팀원 입장에서는 당연히 환영할 일이다. 그렇지만 타석에서의 활약은 조금 자제해 주면 좋겠다. 나름 팀의 4번 타자인데 김태식 선수 때문에 체면이 구겨지고 있으니까.

인터뷰 내용을 모두 읽은 태식이 콧등을 긁적였다.

"내가… 그렇게 안 웃었나?"

크게 의식하지 않았기에 미처 알지 못했던 부분이었다. 그리고 솔직히 말하면 딱히 웃을 일이 없기도 했었다.

"좀 웃어야겠군."

태식이 쓰게 웃으며 스크롤을 아래로 내렸다. 그리고 기사 아래 달린 댓글의 수를 확인하고 깜짝 놀랐다.

1,000개가 넘는 댓글들이 달려 있었기 때문이다.

―김태식 3승, 이거 실화냐?

―중계로 보는데 기립 박수. 진심 소름 돋았음.

―벌써 3승 거뒀으니 이미 몸값 이상 했음.

―샌디에이고 파드리스. 로또 맞았음.

―기쁘다. 그리고 슬프다. 난 심원 패롯스 골수팬.

―칼럼 꽤 재밌네. 현장감도 있고. 다음 편도 기대하겠음.

수많은 댓글들 가운데 태식의 시선을 잡아 끈 댓글은 따로 있었다.

―김태식 선수가 KBO 리그의 위상을 높이고 있음. KBO 리그에서 저니맨으로 주전 자리도 못 꿰차고 전전하던 선수가 메이저리그에서 팀의 에이스 자리를 꿰찼음. 이게 KBO 리그가 메이저리그보다 더 수준이 높다는 증거 아님?

그 댓글을 확인하고 픽 실소를 터뜨린 태식이 태블릿 PC를 내려놓았다.

벌써 3승을 거뒀으니 이미 몸값 이상을 했다는 댓글이 기억에 남았다. 그리고 댓글의 내용은 틀리지 않았다.

메이저리그에서 활약하는 각 팀의 에이스급 투수들이 받는 연봉은 천문학적이었다.

한 시즌에 1,000만 달러 이상을 받는 투수들이 즐비했고, FA 대박 계약으로 2,000만 달러 이상을 받는 고액 연봉 투수들도 많았다.

그들이 한 시즌에 대략 15승 정도를 거둔다고 계산하면, 1승당 최소 50만 달러 이상의 가치가 있었다.

태식의 보장 연봉은 100만 달러.

이미 3승을 거뒀으니 최소 150만 달러 이상의 활약을 한 셈이었다. 그리고 단순 계산에는 포함되지 않는 가중치들도 분명히 존재했다.

우선 태식이 맞대결을 펼쳤던 상대 투수들은 잭 그랭키와 메디슨 범거너.

지구 라이벌인 각 팀의 에이스들을 상대로 판정승을 거두었으니 태식이 거둔 승리가 더 가치가 있었다.

그리고 하나 더.

태식은 타석에서도 맹활약을 펼치고 있었다.

송나영과 인터뷰를 했던 팀의 4번 타자인 티나 코르도바가 태식의 타격 실력 때문에 자신의 체면이 구겨진다고 푸념했을 정도이니 더 말해 무엇할까?

"확실히 재밌네!"

태식이 희미한 웃음을 머금었다.

자신은 똑같이 야구를 하고 있을 뿐이었다.

그런데 태식이 활약상이 두드러지자, 그로 인해 울고 웃는 이들이 늘어났다.

"데이비드 오가… 가장 슬퍼했지."

태식이 불과 얼마 전에 있었던 데이비드 오와의 만남을 떠올렸다.

12. 사기 계약

지난 두 경기와는 달랐다.

콜로라도 로키스를 상대로 손쉽게 승리를 거두며 태식은 시즌 3승째를 수확했다.

그런 만큼 데이비드 오 역시 당연히 기뻐할 것이라고 예상했는데.

태식과 만난 데이비드 오의 표정은 무척 어두웠다.

근래 들어 웃음을 짓는 횟수가 눈에 띄게 줄어들었던 데이비드 오는 오늘도 마찬가지였다.

"하아."

침통한 표정으로 연신 한숨을 내쉬고 있었다.

오죽했으면 혹시 집에 어떤 우환이 생긴 게 아닐까 하는 걱정이 들었을 정도일까.

"무슨 일 있어요?"

해서 태식이 걱정스레 바라보며 묻자, 데이비드 오가 탄식하듯 대답했다.

"제가… 사기를 당했습니다."

"무슨 사기요?"

"이 정도면 사기 계약을 한 것이 아닙니까?"

"……?"

"샌디에이고 파드리스와 김태식 선수의 계약을 마치고 난 후, 나름 만족하며 웃었던 제가 한심해 죽겠습니다. 정말 멍청하기 짝이 없었습니다."

총액 250만 달러.

보장 연봉 100만 달러.

샌디에이고 파드리스와 태식의 계약 조건이었다.

당시 계약을 마친 후, 데이비드 오는 나름 만족한 기색이었다. 그렇지만 그로부터 얼마 흐르지 않은 시점인 지금, 데이비드 오는 스스로를 자책하고 있었다.

그의 자책이 시작된 시점은 태식이 잭 그랭키와 선발 맞대결을 펼쳐서 승리투수가 됐을 때부터였다.

그리고.

메디슨 범거너와 선발 맞대결을 벌여 또 한 차례 승리투수가 됐을 때는 당황한 기색이 역력했다.

또, 점점 웃음을 잃어가기 시작했다.

아직 끝이 아니었다.

태식이 콜로라도 로키스를 상대로 시즌 3승째를 수확하고 나자, 마치 나라를 잃은 사람처럼 낙담한 표정을 짓고 있었다.

"너무 자책하지 마세요."

오히려 태식이 데이비드 오를 위로하기 위해 나섰다.

"에이전트로서 이렇게 큰 실수를 범했는데 어떻게 자책하지 않을 수 있겠습니까?"

"손해를 입은 것은 다음에 만회하면 되는 것 아닙니까?"

"그렇지만……."

"계약 조건에서 긍정적인 부분도 있습니다."

"긍정적인 부분이요?"

"네."

"대체 어떤 점이 긍정적인 부분입니까?"

"계약 기간이요."

태식이 꺼낸 대답을 들은 데이비드 오가 고개를 끄덕였다.

잠시 뒤, 그의 표정이 한층 밝아졌다.

원래 데이비드 오는 태식의 나이를 감안해서 샌디에이고 파드리스와 2년 계약을 추진하려 했다.

그렇지만 태식이 데이비드 오에게 1년 계약을 추진하자고 제안했다. 그리고 결과적으로 그 선택은 적중했다.

올 시즌이 끝나고 나서 다시 협상에 나설 수 있기 때문이었다.

"몰랐는데… 선견지명이 있으신 편이군요."

"선견지명이 아닙니다. 자신감이죠."

"자신감?"

"메이저리그에서도 잘할 수 있다는 자신감이 있었기 때문에

1년 계약을 추진하자고 말씀드렸던 겁니다."

"좋네요."

"네?"

"김태식 선수가 점점 더 좋아지고 있습니다."

오래간만에 데이비드 오가 웃었다.

"10승!"

잠시 뒤, 데이비드 오가 비장한 표정으로 불쑥 말했다.

"갑자기 무슨 말씀이십니까?"

"딱 10승만 거둬주십시오. 그럼 제가 이번에 사기를 당한 것을 만회하고도 남을 정도로 대박 계약의 체결을 약속드리겠습니다."

태식의 활약상이 두드러지면서 우는 사람은 데이비드 오만이 아니었다.

바다 건너에도 울고 있는 사람이 있었다.

바로 심원 패롯스의 박순길 단장이었다.

KBO 리그 개막과 함께 심원 패롯스는 연패에 빠졌고, 현재 최하위로 처져 있었다.

이철승 감독의 뒤를 이어 새로 부임한 장원우 감독은 초짜 감독의 한계를 여실히 드러내고 있었다.

또, 박순길 단장이 천명한 프런트 야구는 불협화음을 내며 삐걱대고 있었다.

이철승 감독을 쫓아내듯 경질한 것으로 인해 팬들의 비난을 받던 박순길 단장은 메이저리그에 진출한 태식의 활약상이 커질 수록 더욱 큰 곤경에 처했다.

분노한 심원 패롯스의 팬들이 무관중 경기를 벌이자는 서명까지 하면서 박순길 단장과 장원우 감독이 동반 퇴진 해야 한다고 시위를 벌이기 시작했을 정도였다.

"더 잘해야겠어."

태식 역시 사람이었다.

박순길 단장에 대한 감정이 좋을 리 없었다.

박순길 단장을 더 큰 궁지로 몰아넣기 위해서도 더 잘해야겠다는 각오를 다졌다.

어쨌든.

우는 사람이 있으면 웃는 사람도 있게 마련이었다.

그리고 태식의 활약으로 가장 크게 웃는 사람은 마이크 프록터 단장이었다.

야심작.

김태식 선수를 영입할 때, 마이크 프록터가 내렸던 평가였다.

성공작.

김태식 선수가 메이저리그 데뷔전에서 잭 그랭키와 선발 맞대결을 펼쳐서 승리투수가 됐을 때, 마이크 프록터의 평가는 바뀌었다.

그리고.

어느덧 시즌 3승째를 거둔 지금, 마이크 프록터의 평가는 또 한 번 바뀌었다.

역대급 잭팟을 터뜨린 것으로.

메이저리그 구단의 단장을 평가하는 잣대 중 하나가 선수 영입 능력.

저비용 고효율의 선수를 영입하는 것은 단장의 능력을 입증하는 지표 가운데 가장 중요한 부분 중 하나였다.

그런 면에서 마이크 프록터는 좋은 평가를 받을 자격을 얻었다.

총액 250만 달러, 보장 연봉 100만 달러로 김태식의 영입을 발표했을 당시만 해도, 마이크 프록터가 내렸던 영입 결단에 의아한 시선을 던지는 사람들이 많았다.

삼십 대 후반의 나이.

게다가 KBO 리그에서도 인상적인 활약을 펼친 적이 없었기 때문이다.

물론 지난 시즌에 KBO 리그에서 빼어난 활약을 펼쳤긴 했지만. 고작 한 시즌에 불과했다.

그로 인해 김태식 영입전에 적극적으로 뛰어들지 않고 눈치만 살폈던 다른 팀의 단장들은 지금쯤 땅을 치며 후회하고 있으리라.

후르릅.

기분 탓일까.

시럽을 넣지 않은 커피가 달게 느껴질 정도였다.

커피를 한 모금 마신 후 흐뭇한 미소를 짓던 마이크 프록터의 눈에 팀 셔우드 감독이 커피 잔을 들어 올리는 것이 보였다.

후릅.

커피를 마신 팀 셔우드 감독이 인상을 찌푸렸다.

"지독히… 쓰군요."

"저는 괜찮았는데."

"아마, 제 기분 탓에 더 쓰게 느껴졌는가 봅니다."

여전히 인상을 찌푸린 채 팀 셔우드 감독이 던진 말을 들은 마이크 프록터가 희미하게 고개를 끄덕였다.

자신과 달리 팀 셔우드 감독의 표정은 밝지 않았다.

그 이유를 마이크 프록터는 어느 정도 짐작할 수 있었다.

김태식이 선발 로테이션에 합류한 후, 샌디에이고 파드리스는 간신히 연패의 늪에서 빠져나왔다. 그리고 김태식이 콜로라도 로키스를 상대로 시즌 3승째를 수확했던 경기에서는 올 시즌 처음으로 연승도 거두었다.

그러나 거기까지가 한계였다.

1승 3패.

2연승 후 바로 연승 행진이 멈췄고, 최근 네 경기 성적은 1승 3패에 불과했다.

'밸런스가 안 맞아!'

비록 4선발로 출발했지만, 실질적인 팀 내 에이스 역할을 맡고 있는 김태식의 가세는 분명히 샌디에이고 파드리스에 호재였다.

실제로 김태식은 선발투수로 등판할 때마다 승리를 거두며, 샌디에이고 파드리스의 연패를 끊고 연승을 이어나가도록 자신의 역할을 충분히 해주었다.

그러나 딱 거기까지였다.

다음 경기들에서 샌디에이고 파드리스는 기세를 이어가지 못했다. 그리고 마이크 프록터가 진단한 문제점은 밸런스였다.

투타의 밸런스가 맞지 않았다.

투수들이 호투하며 최소 실점으로 막아낼 때는 타선이 터지지 않았고, 타선이 터질 경우에는 투수들이 무너졌다.

실제로 조셉 바우먼이 7이닝 2실점의 퀄리티 스타트 이상의 호투를 펼쳤을 때는, 타선이 침묵하면서 1 : 2로 경기에서 패했다.

반면 팀 타선이 6득점을 올렸던 어제 경기에서는 3선발 팻 메이튼이 일찌감치 무너진 데다가 불펜 투수들마저 난조를 드러내며 6 : 9로 패했다.

'이 문제를… 어떻게 해결해야 할까?'

마이크 프록터가 답답한 표정을 지었다.

딱히 해결책이 떠오르지 않았기 때문이다.

마찬가지의 심정일까.

쓰다고 불평을 늘어놓으면서도 팀 셔우드 감독은 연신 커피를 들이켰다.

목이 타기 때문이리라.

"너무 초조해하지 마십시오. 아직 시즌 초반에 불과하니까요."

마이크 프록터가 지금 팀 셔우드 감독에게 해줄 수 있는 것은 위로뿐이었다. 그렇지만 팀 셔우드 감독은 여전히 초조한 기색을 지우지 못했다.

"야구 참… 어렵습니다."

팀 셔우드 감독이 투정 아닌 투정을 늘어놓은 순간, 마이크 프록터가 입을 뗐다.

"어쩌면 답은 이미 나와 있을지도 모르겠습니다."

"무슨… 뜻입니까?"

"야구를 쉽게 하는 선수가 있지 않습니까?"

"……?"

"김태식 선수 말입니다."

세 차례 선발투수로 등판해서 3승을 거두는 동안, 김태식은 쉽게 야구를 풀어갔다. 그 이유는 투타의 밸런스가 맞았기 때문이다.

잭 그랭키와 메디슨 범가너.

내셔널 리그를 대표하는 에이스들과의 맞대결에서 김태식이 승리할 수 있었던 데는 투수로서의 능력뿐만 아니라 타자로서의 능력도 아주 큰 역할을 했다.

실투가 나오면서 실점을 허용하더라도, 김태식은 타석에서 자신이 실점했던 것을 곧바로 만회해 냈다.

이것이 김태식이 선발투수로 등판했던 경기가 쉽게 풀렸던 이유.

동의하는 걸까.

팀 셔우드 감독도 희미하게 고개를 끄덕였다.

"특이한 케이스죠."

투수로서 좋은 공을 던지면서 타석에서도 중심 타선에 포진한 타자 못지않은, 아니, 그 이상의 타격 실력을 보이는 선수는 메이저리그에서도 거의 없다고 해도 과언이 아니었다.

팀 셔우드 감독의 의견에 동조하면서, 마이크 프록터가 넌지시 제안했다.

"그럼 특이한 케이스를 활용하는 것은 어떻습니까?"

"무슨 말씀입니까?"

"김태식 선수의 타격 능력 말입니다. 그냥 썩히기에는 아깝지 않습니까?"

마이크 프록터가 태블릿 PC를 내밀었다.

의아한 시선을 던지던 팀 서우드 감독이 태블릿 PC를 받아 들고 화면에 떠올라 있는 칼럼을 읽어 내려가기 시작했다.

〈샌디에이고 파드리스의 반등을 위한 선택지〉

저명한 칼럼니스트인 해리 케인이 쓴 칼럼의 제목이었다. 그리고 그는 칼럼에서 내셔널 리그 서부 지구 최하위로 처져 있는 샌디에이고 파드리스가 반등할 수 있는 방법들을 열거해 두었다.

해리 케인이 제시한 방법은 크게 셋.

첫째는 트레이드.

올 시즌 새로 합류한 김태식이 눈부신 활약을 펼치고 있지만, 샌디에이고 파드리스의 선발진의 깊이는 얕다. 게다가 김태식은 아직 검증된 투수라고 보기 어렵다. 에이스 역할을 해줄 투수 영입이 필요하다.

둘째는 수비 강화.

현재 샌디에이고 파드리스의 공격력은 리그 최하위 수준이다. 공격력이 갑자기 강해질 수는 없으니, 실점을 최소화할 수 있는 수비력을 강화시키는 것이 필요하다는 뜻이었다.

그리고 마지막 셋째는 김태식의 활용.

투수로서 김태식의 활약도 놀랍지만, 더 놀라운 것은 타자로서의 능력이다. 선발투수로 등판할 때마다 타석에서 놀라운 활약을 펼치고 있지만, 그것만으로는 너무 아깝다. 김태식을 타석에서 활용할 방법을 고민해야 한다.

이상 세 가지가 해리 케인이 주장하는 요지들이었다.

칼럼을 모두 읽고 난 후 콧잔등을 찡그리고 있는 팀 셔우드 감독에게 마이크 프록터가 물었다.

"어떻게 생각하십니까?"

13. 이중고

샌디에이고 파드리스와 LA 다저스의 삼연전.

두 팀의 3연전 첫 경기가 주목을 받은 이유는 양 팀의 선발투수가 모두 동양인이었기 때문이다.

김태식 VS 다르빗 유.

대한민국과 일본 출신 투수의 맞대결.

메이저리그만이 아니었다.

한국과 일본에서도 큰 반향을 일으키는 대결이었다.

그렇지만 차이는 컸다.

다르빗 유는 오타니 쇼헤이가 등장하기 전에 이미 일본 프로 리그를 대표하는 최고의 투수였다.

일본 프로 리그를 평정하고 포스팅 시스템을 통해 메이저리그에 진출한 다르빗 유의 활약은 메이저리그에서도 이어졌다.

메이저리그 데뷔 시즌에 15승을 거두었던 다르빗 유는 꾸준히 15승 가까이 올리는 좋은 활약을 펼쳤다. 그리고 지난 시즌까지 텍사스 레인저스 소속이었던 다르빗 유는 올 시즌을 앞두고 월드 시리즈 우승을 노리고 있는 LA 다저스로 이적했다.

인간계 최고 투수라고 불리는 클라이튼 커쇼와 함께 강력한 원투펀치를 구축하기 위함이었다.

다르빗 유 영입을 위해서 거액을 투자한 LA 다저스의 오프 시즌 행보는 현재까지는 성공적이었다.

3승 1패, 방어율 2.24.

LA 다저스 유니폼을 입고 경기에 나섰던 다르빗 유가 거둔 성적이었다.

클라이튼 커쇼가 없었다면, 1선발 자리를 꿰차기에 손색이 없을 정도로 좋은 성적을 거두고 있었다.

반면 태식은 KBO 리그에서 압도적인 활약을 펼치지 못했다.

지난 시즌에 좋은 활약을 펼쳤지만, 고작 한 시즌에 불과했다.

즉, KBO 리그를 대표하는 선수라고 표현하기는 어려웠다.

그렇지만 태식 역시 메이저리그 승격 후 3승을 거두고 있는 상황.

누구도 예상치 못했던 깜짝 활약을 선보이는 상황이라 팬들의 기대와 흥미를 끌고 있는 것이었다.

"해보자!"

태식이 다저 스타디움의 마운드로 걸어 올라갔다.

한국과 일본.

오늘 경기를 앞두고 두 나라의 자존심 대결이 펼쳐진다는 기사를 본 적이 있었다.

심지어 '한일전'이라는 자극적인 표현을 썼던 기사도 존재했다.

그렇지만 태식은 매스컴의 호들갑에 신경을 쓰지 않았다.

그보다 훨씬 중요한 것들이 존재했기 때문이다.

'중요한 건 팀 성적이야!'

만약 오늘 경기에서 태식마저 무너진다면?

샌디에이고 파드리스는 다시 연패에 빠졌다. 그리고 아직 시즌 초반이긴 하지만, 현재 내셔널 리그 서부 지구 선두를 달리고 있는 샌프란시스코 자이언츠와의 격차는 이미 크게 벌어져 있었다.

이 경기에서마저 패배해 격차가 더욱 벌어진다면, 샌디에이고 파드리스는 이른 시점에 순위 경쟁에서 밀려날 가능성이 높았다.

또 하나 중요한 것은 선발 맞상대를 펼칠 선수가 일본을 대표하는 투수 중 한 명인 다르빗 유라는 점이었다.

아니, 좀 더 정확히 말하면, 오늘 선발 맞상대를 펼칠 선수가 LA 다저스의 2선발을 맡고 있는 다르빗 유라는 점이었다.

클라이튼 커쇼 때문에 LA 다저스의 2선발을 맡고 있긴 하지만, 다르빗 유는 이적 전 텍사스 레인저스에서 에이스 역할을 맡았었다.

잭 그랭키와 메디슨 범거너에 이어 또 한 명의 에이스와 상대하는 셈.

비록 시즌 3승을 거두긴 했지만, 아직 태식에게는 의문부호가 붙어 있었다.

그렇지만 다르빗 유와의 선발 맞대결에서마저 승리를 거둔다면?

태식에게 붙어 있던 의문부호는 사라질 터였다.

"플레이볼!"

주심의 선언과 함께 경기가 시작됐다.

LA 다저스의 리드오프는 맷 테일러.

슈아악!

태식은 초구로 바깥쪽 직구를 던졌다.

"스트라이크!"

바깥쪽 스트라이크존 꽉 찬 코스를 통과한 직구에 주심이 스트라이크를 선언했다.

2구째.

태식은 역시 바깥쪽 직구를 선택했다.

초구에 비해 공 반 개 정도 빠진 공이 홈 플레이트를 통과했지만, 주심은 움찔했을 뿐 스트라이크를 선언하지 않았다.

'여기까지!'

주심의 반응을 살피던 태식이 속으로 고개를 끄덕였다. 그리고 와인드업을 마친 태식이 3구째로 선택한 공은 몸 쪽 직구였다.

슈아악!

따악.

1구와 2구를 모두 지켜보았던 맷 테일러는 몸 쪽 직구가 들어오자 기다렸다는 듯이 힘차게 배트를 휘둘렀다.

경쾌한 타격음이 흘러나온 순간, 태식이 재빨리 고개를 돌려 타구를 살폈다.

1루수의 키를 넘긴 타구는 외야 라인선상 안쪽에 떨어졌다.

우익수가 열심히 쫓아가서 타구를 처리했지만, 맷 테일러는 여유 있게 2루에 안착했다.

선두 타자에게 안타를 허용한 태식이 고개를 갸웃했다.

실투는 아니었다.

몸 쪽 꽉 찬 스트라이크존을 통과한 공이었다.

맷 테일러가 잘 쳤던 셈이었다.

'안타는 맞을 수 있어!'

태식이 자책하는 대신, 다음 타자인 마이크 터너와의 승부에 집중했다.

슈아악!

태식이 던진 초구가 손을 떠난 순간, 마이크 터너가 과감하게 배트를 휘둘렀다.

따악!

바깥쪽 직구를 당겨 친 타구는 3루간을 꿰뚫었다.

다행이라면 타구의 속도가 워낙 빨라서 2루 주자가 홈으로 쇄도하지 않고 3루에서 멈추었다는 것이다.

연속 안타를 허용한 태식이 모자를 벗었다 눌러 썼다.

'이번에도 실투가 아냐!'

마이크 터너에게 안타를 맞은 공은 바깥쪽 직구.

스트라이크존 꽉 찬 코스로 던졌음에도, 타구는 안타로 연결됐다.

'노림수!'

실투가 아님에도 불구하고 안타가 되는 것은 상대 타자들의 타석에서의 노림수가 통했다는 것이다.

'날… 분석했어!'

거기까지 생각이 미친 태식의 표정이 굳어졌다.

메이저리그 무대에서 태식이 선발투수로 등판했던 것은 세 차례.

루키나 다름없는 선발투수인 태식을 분석하기에는 너무 일렀다. 그렇지만 네 번째 선발 등판인 오늘 경기는 달랐다.

LA 다저스의 전력 분석 팀이 태식을 철저히 분석했기 때문에, 초반부터 연속 안타를 얻어맞은 것이었다.

'비슷했어!'

태식이 입술을 깨물었다.

지난 세 경기를 치르는 동안, 경기 초반에 태식이 선보였던 투구 패턴은 엇비슷했다.

메이저리그의 스트라이크존 너비를 파악하기 위해서 타자보다는 주심과의 승부에 집중했었다.

그 목적을 이루기 위해서 바깥쪽 공에 이어서 몸 쪽 공을 섞어 던졌고, 그 투구 패턴이 읽혔기 때문에 노림수를 갖고 타석에 들어선 LA 다저스의 타자들에게 연속 안타를 허용했던 것이다.

'패턴을 바꿔야 해!'

태식이 재빨리 계산을 마쳤다.

'좌우가 아니라 고하를 공략한다!'

무사 1, 3루의 실점 위기에서 타석에 들어선 것은 3번 타자 코레이 시거였다.

슈악!

태식이 코레이 시거를 상대로 선택한 초구는 커브였다.

바깥쪽 낮은 코스로 파고드는 커브를 예상치 못해서였을까.

코레이 시거는 배트를 휘두르지 않고 그대로 지켜보았다.

패턴 변화가 먹혔다는 증거.

그렇지만 태식의 표정은 밝아지지 않았다.

"볼!"

낮은 코스의 스트라이크존을 통과했다고 판단했는데, 주심이 스트라이크를 선언하지 않았기 때문이다.

2구째도 역시 커브.

이번에는 바깥쪽 높은 코스로 형성된 커브였다.

코레이 시거는 배트를 휘두르다가 도중에 멈췄고, 주심은 이번에도 볼을 선언했다.

'좁다!'

태식이 미간을 찌푸렸다.

지난 세 차례 등판에서 태식이 깨달은 것은 메이저리그의 스트라이크존이 KBO 리그의 스트라이크존보다 넓다는 것이었다.

좌우의 너비만이 아니라 고하의 너비도 컸다.

그런데 네 번째 선발 등판인 오늘 경기는 달랐다.

오늘 경기 주심의 스트라이크존은 이전 세 차례 등판과 달리

좁았다.

슈악.

3구로 던진 슬라이더는 낮게 형성됐고, 주심은 이번에도 볼을 선언했다.

쓰리 볼 노 스트라이크.

불리한 볼카운트에 몰린 태식이 크게 숨을 들이켰다.

좁은 스트라이크존은 태식이 미처 예상치 못했던 변수였기에 무척 당황스러웠다.

슈악!

4구째로 선택한 공은 커브.

코레이 시거의 배트를 유도하기 위해 던진 공이었지만, 그의 배트는 끌려 나오지 않았다.

"볼넷!"

코레이 시거에게 스트레이트 볼넷을 허용하면서 태식은 무사 만루의 위기를 자초했다.

후우.

크게 심호흡을 하면서 태식이 모자를 벗고 이마에 맺힌 땀을 닦았다. 그리고 고개를 돌려서 야수들을 살폈다.

최근 몇 경기 동안 실질적인 팀의 에이스 역할을 해온 태식이 경기 초반에 흔들리며 무사 만루의 위기에 몰리자, 야수들은 불안한 기색을 감추지 못하고 있었다.

야수들의 불안한 표정을 확인한 태식이 이를 악물었다.

여기서 실점을 한다면 야수들은 더욱 조급해질 터.

어떻게든 실점을 막으며 위기를 넘겨야 했다.

'어떻게 승부해야 하지?'

태식이 답답한 표정을 짓고 있을 때, 4번 타자 코스비 벨린저가 타석으로 들어섰다.

투구가 분석되면서 패턴이 읽히기 시작한 상황인 데다가, 주심의 스트라이크존은 무척 좁은 편이었다.

이중고라고 표현하면 될까.

이중고를 겪으면서 무사 만루의 위기에 몰린 순간, 태식이 복잡한 생각을 머릿속에서 지워 버렸다.

'예전에 하던 대로 하자!'

오늘 경기 주심의 스트라이크존이 좁은 것.

이건 주심을 탓할 게재가 아니었다.

인정하고 적응해야 할 부분이었다.

그리고.

태식은 이미 스트라이크존이 좁은 무대에서 뛴 경험이 있었다.

바로 KBO 리그 무대였다.

메이저리그에 비해 훨씬 스트라이크존이 좁은 KBO 리그를 태식은 경험했고, 그곳에서도 좋은 활약을 펼쳤었다.

하나 더.

KBO 리그에서 뛰던 지난 시즌, 태식의 활약상이 이어지면서 자연스레 분석이 됐었다. 그렇지만 태식은 분석이 무색할 정도로 꾸준한 활약을 펼쳤다.

이번 위기의 해법은 거기서 찾아야 했다.

'역으로!'

무사 만루의 찬스에서 타석에 들어선 4번 타자 코스비 벨린저 역시 노림수를 갖고 들어왔을 가능성이 높았다.

그 사실을 간파한 태식은 또 한 차례 패턴을 바꾸었다.

슈아악!

태식이 초구로 바깥쪽 직구를 뿌렸다.

"스트라이크!"

코스비 벨린저는 바깥쪽 직구를 그대로 흘려보냈다.

'몸 쪽 공을 노린다!'

타격에 대한 의지를 전혀 드러내지 않는 것을 확인한 태식은 코스비 벨린저가 노림수를 갖고 있는 것이 몸 쪽 공임을 간파했다.

그리고 2구째.

태식이 와인드업을 마친 후, 힘차게 공을 던졌다.

슈아악!

태식의 예상대로였다.

몸 쪽 직구를 던진 순간, 코스비 벨린저가 망설이지 않고 배트를 휘둘렀다.

딱!

코스비 벨린저가 힘차게 배트를 휘둘렀지만, 타구는 멀리 뻗지 못했다.

타구는 내야 높이 떠올랐고, 바로 인필드 플라이가 선언됐다.

무사 만루가 1사 만루로 바뀐 순간, 태식이 전광판을 힐끗 살폈다.

158㎞.

전광판에 찍혀 있는 구속을 확인한 태식이 고개를 끄덕였다.

1번 타자 맷 테일러에게 2루타를 허용했을 때와 거의 같은 코스와 높이로 날아들었던 몸 쪽 직구.

그렇지만 당시와는 구속이 달랐다.

151㎞.

맷 테일러에게 2루타를 허용했던 몸 쪽 직구의 구속이었다.

당시에 비해 7㎞ 구속이 빨라진 덕분에 코스비 벨린저의 노림수가 통했음에도 타이밍이 밀리며 내야플라이가 만들어진 것이었다.

전력투구를 한 효과.

코스비 벨린저에게 인필드 플라이를 유도하면서 급한 불은 껐지만, 아직 위기를 벗어난 것은 아니었다.

여전히 1사 만루의 위기가 이어지고 있었다.

그러나 태식은 여유를 되찾았다.

'공격적으로!'

타석에 들어서 있는 5번 타자 작 피더슨을 노려보며 태식이 와인드업을 했다.

슈악!

살짝 가운데로 몰린 공이 초구로 들어온 순간, 작 피더슨이 놓치지 않고 힘차게 배트를 돌렸다.

딱!

그러나 정타가 되지는 않았다.

배트 하단에 맞은 타구는 유격수 앞으로 굴러가는 평범한 내야 땅볼이었다.

6—4—3으로 이어지는 병살타로 이어지면서 태식은 1회 초에 맞았던 무사 만루의 위기를 빠져나왔다.

'너클볼이… 통했어!'

1사 만루의 위기 상황에서 만났던 작 피더슨과의 승부.

병살타로 이어진 내야 땅볼을 유도했던 공은 너클볼이었다.

살짝 가운데로 몰렸던 것은 실투가 아니었다.

작 피더슨이 궤적 변화가 심한 너클볼을 제대로 공략할 수 없을 것이라는 확신이 있었기에 일부러 그의 배트를 끌어내기 위해서 작심하고 가운데로 던졌던 것이다.

주심의 스트라이크존이 무척 좁은 상황에서 태식이 빠르게 해법으로 꺼내 든 것은 투구 패턴의 변화와 전력투구였다.

그 해법이 통했기에 무사 만루의 위기를 넘길 수 있었던 것이다.

"마찬가지야!"

오늘 경기 주심의 스트라이크존이 좁은 것은 태식에게만 해당되는 것이 아니었다.

선발 맞상대를 펼칠 다르빗 유에게도 좁은 스트라이크존은 동일하게 적용됐다. 그렇지만 샌디에이고 파드리스의 타자들은 다르빗 유의 공을 제대로 공략하지 못했다.

볼넷 하나를 얻어냈을 뿐, 모두 범타로 물러났다.

태식이 대기 타석으로 들어섰다.

3회 초의 선두 타자는 이안 드레이크.

슈아악!

딱!

이안 드레이크는 다르빗 유의 초구를 노리고 타석에 들어섰다. 그러나 타이밍이 밀리며 타구는 1루 측 관중석에 떨어졌다.

"151km!"

다르빗 유의 구속은 메이저리그의 정상급은 아니었다. 그렇지만 샌디에이고 파드리스의 타자들은 다르빗 유의 직구에 타이밍을 맞추지 못했다.

슈악.

2구는 슬라이더.

몸 쪽 꽉 찬 코스로 파고드는 슬라이더에 이안 드레이크는 배트를 내밀어볼 엄두도 내지 못했다.

129km.

다르빗 유의 슬라이더가 기록한 구속이었다.

구속이 빠른 편은 아니었고, 정통 슬라이더에 가까웠다. 그렇지만 보통의 슬라이더보다 궤적 변화가 훨씬 심했다.

다르빗 유가 일본 프로 무대를 제패하고, 메이저리그에서도 성공할 수 있었던 데는 그의 대표 구종인 슬라이더의 위력이 대단하기 때문이라는 분석이 많았다.

'변화가 심하긴 하지만… 소문처럼 위력적인 것 같지는 않은데.'

대기 타석에서 투구를 지켜보던 태식이 떠올린 생각이었다.

그때였다.

슈악!

다르빗 유가 이안 드레이크를 상대로 3구째 공을 던졌다.

부우웅!

이안 드레이크가 힘차게 스윙을 했지만, 배트는 허공을 갈랐다.

삼구 삼진을 당한 이안 드레이크가 고개를 갸웃하며 더그아웃으로 돌아갔다. 그리고 태식이 타석으로 들어섰다.

직구와 슬라이더.

다르빗 유는 오늘 경기에서 두 개의 구종만을 사용하고 있었다. 그리고 투구 패턴도 쉽게 읽힐 정도로 심플했다.

직구로 카운트를 잡고, 슬라이더를 결정구로 사용하고 있었다.

'초구를 노린다!'

이미 투구 패턴을 간파한 상황.

기다릴 필요는 없었다.

슈아악!

예상대로 다르빗 유는 초구에 직구를 던졌다.

바깥쪽 직구를 확인한 태식이 힘차게 배트를 돌렸다.

딱!

그렇지만 타이밍이 밀렸다.

'벗어나라!'

외야로 높이 뜬 타구를 잡기 위해서 좌익수가 대시했다. 그렇지만 타구가 관중석으로 들어가면서 파울이 선언됐다.

후우.

하마터면 파울플라이로 아까운 한 번의 타석을 허비할 뻔했던 태식이 일단 안도의 한숨을 내쉬었다.

그렇지만 이내 고개를 갸웃했다.

'왜… 밀렸지?'

전광판에 찍혀 있는 직구의 구속은 150㎞였다.

대기 타석에서 다르빗 유가 던지는 직구의 구속을 이미 확인했기에 충분히 공략할 수 있을 거라고 판단했는데.

타이밍이 맞지 않으며 배트가 밀렸다. 그리고 머릿속으로 품은 의문에 대한 답을 찾기도 전에 다르빗 유가 2구째 공을 던졌다.

슈아악!

몸 쪽 직구.

태식이 배트를 휘두르려다가 도중에 멈추었다.

아직 타이밍이 밀렸던 이유를 찾지 못한 상황.

괜히 건드렸다가 범타로 물러나게 될 것을 우려했기 때문이다.

"스트라이크!"

주심이 스트라이크를 선언하며 태식은 불리한 볼카운트에 몰렸다.

그리고 3구째.

지금까지의 투구 패턴대로라면 다르빗 유는 슬라이더를 구사할 확률이 높았다.

태식이 잔뜩 웅크린 채 타석에 들어서 있을 때, 다르빗 유가

3구를 던졌다.

슈악!

'직구?'

직구라고 판단했던 태식이 배트를 휘두르던 도중에 급히 속도를 늦췄다. 그리고 안쪽으로 휘어져 들어오는 슬라이더에 배트를 필사적으로 갖다 댔다.

틱!

배트 끝부분에 맞은 타구는 포수의 가랑이 사이로 빠지는 파울이 됐다.

간신히 헛스윙 삼진을 당하는 것을 면한 태식이 고개를 끄덕였다.

다르빗 유가 던진 3구째 공.

직구가 아니라, 슬라이더였다.

그럼에도 불구하고 다르빗 유의 손에서 공이 떠나는 순간, 직구라고 판단했던 이유는 투구 폼 때문이다.

손에서 공이 떠나는 순간까지 다르빗 유의 투구 폼은 직구를 구사할 때와 전혀 차이점이 없었다.

그리고.

대기 타석에서 지켜보았을 때와는 달랐다.

타석에 서서 직접 상대한 다르빗 유의 슬라이더는 무척 위력적이었다.

우선 구종을 파악하는 것이 어려운 데다가, 궤적의 변화가 컸다. 게다가 구속도 무척 빠르게 느껴졌다.

130㎞.

전광판에 찍혀 있는 슬라이더의 구속을 확인한 태식이 고개를 갸웃했다.

겨우 130㎞의 구속에 불과했지만, 방금 상대했던 슬라이더는 훨씬 빠르게 느껴졌기 때문이다.

'왜지?'

이런 느낌을 받은 데는 어떤 이유가 있을 터.

그렇지만 다르빗 유의 투구 간격은 짧았다.

'직구? 슬라이더?'

두 가지 구종 가운데 어떤 공을 던질까에 대한 확신이 서지 않았을 때, 다르빗 유의 손에서 공이 떠났다.

'직구!'

슬라이더가 아닌 직구임을 알아챈 태식이 급히 배트를 휘둘렀다.

슬라이더를 의식하면서 타격 타이밍을 맞추고 있었던 터라, 직구를 상대로 정타를 만들어낼 수는 없었다.

태식의 목표는 커트.

커트를 하는 것은 가능하다고 판단했는데.

부우웅.

태식의 배트는 공을 맞추지 못하고 허공을 갈랐다.

삼진을 당한 순간, 태식이 당혹스러운 기색을 드러냈다.

'가라앉았다?'

마지막 순간에 공이 가라앉았다는 사실을 뒤늦게 깨달은 태식이 아쉬운 표정으로 더그아웃으로 돌아왔다.

0 : 0.

팽팽한 투수전이 펼쳐졌다.

6회 말, 1사 주자 없는 상황.

여전히 마운드를 지키고 있던 태식이 4번 타자 코스비 벨린저를 상대로 6구째 직구를 던졌다.

슈아악!

딱!

코스비 벨린저가 받아친 타구는 더그아웃 쪽으로 날아갔다. 그 타구를 확인한 태식이 고개를 돌렸다.

157㎞.

전광판에 찍힌 구속이었다. 그리고 태식의 투구 수는 어느덧 90개를 넘어 있었다.

'투구 수가 많아!'

주심의 스트라이크존이 좁은 것이 태식의 투구 수가 늘어난 이유 중 하나였다. 게다가 태식은 전력투구를 하고 있었다.

그로 인해 피로가 쌓이기 시작한 상황.

슈악!

딱!

7구째로 던진 슬라이더가 코스비 벨린저의 배트 끝부분에 걸렸다.

까다로운 바운드를 일으킨 타구를 3루수가 잘 처리해서 6회 초의 2번째 아웃 카운트가 채워졌지만, 태식은 웃지 못했다.

'다음 이닝까지일 확률이 높다!'

투구 수가 늘어난 상황이니, 완투는 어려웠다.

아마 7회까지 책임지는 것이 한계일 터였다.

'7회 초에 득점을 올리지 못하면 승리투수가 되긴 힘들다!'

슈악!

다음 타자인 작 피더슨은 초구부터 과감하게 스윙했다.

따악!

묵직한 타격음이 흘러나온 순간, 태식이 표정을 굳혔다.

'실투!'

머릿속에 생각이 너무 많았다. 그로 인해 투구에 집중하지 못했고, 그것이 실투로 이어진 것이었다.

제대로 떨어지지 않고 밋밋하게 들어간 커브를 작 피더슨은 놓치지 않고 받아쳤다.

'넘어갔다?'

고개를 돌린 태식의 눈에 빠르게 타구를 쫓아가는 우익수가 들어왔다. 그리고 우익수 맷 부쉬가 펜스를 짚고 글러브를 높이 들어 올리는 것이 눈에 들어왔다.

아아!

아아아!

LA 다저스 홈팬들이 아쉬운 탄성을 쏟아낸 순간, 태식은 맷 부쉬가 작 피더슨의 홈런성 타구를 걷어냈다는 사실을 알아챘다.

그제야 안도한 태식이 더그아웃으로 돌아왔다.

'위험했다!'

태식이 더그아웃으로 돌아온 순간, 팀 셔우드 감독이 다가왔다.

"지쳤나?"

팀 셔우드 감독이 던진 질문.

체력적으로 힘에 부치기 때문에 실투가 나온 것이 아니냐는 뜻이었다.

"아직은 괜찮습니다."

"그럼 왜 실투가 나왔지?"

"그건……."

태식이 바로 대답하지 않고 머뭇거린 순간, 팀 셔우드 감독이 오른손 검지를 들어 자신의 머리를 가리켰다.

"생각이 많아서 그래."

"……?"

"머리를 비워. 그리고… 동료들을 믿어."

팀 셔우드 감독이 충고를 마치고 몸을 돌렸다. 그의 뒷모습을 바라보던 태식이 고개를 끄덕였다.

메이저리그 감독은 역시 아무나 하는 것이 아니었다.

팀 셔우드 감독은 태식이 작 피더슨을 상대할 때, 실투를 던졌던 이유를 정확히 짚고 있었다.

'동료들을… 믿어라?'

더그아웃에 모여 있는 팀원들을 살피던 태식이 다시 그라운드로 고개를 돌렸다.

7회 초 샌디에이고 파드리스의 공격은 3번 타자 코리 스프링어부터 시작이었다.

이미 타순이 두 바퀴 돈 상황.

다르빗 유의 공이 눈에 익기 시작할 시점이었다.

게다가 클린업트리오가 차례로 타석에 등장하는 만큼, 7회 초 공격에 대한 기대가 무척 컸었는데.

"스트라이크아웃!"

샌디에이고 파드리스의 7회 초 공격은 삼자범퇴로 허무하게 끝났다.

조급증에 빠진 타자들은 여전히 다르빗 유의 슬라이더를 제대로 공략하지 못하고 연신 헛스윙을 했다.

어쩌면 마지막이 될 수도 있는 7회 말 수비를 위해 더그아웃을 빠져나오던 태식이 짤막한 한숨을 내쉬었다.

'믿어도… 될까?'

삼자범퇴.

끝까지 집중력을 유지한 태식은 하위 타순에 포진한 LA 다저스의 세 타자를 모두 범타로 돌려세웠다.

여전히 0의 행진이 이어지고 있는 상황.

'여기까지!'

더그아웃으로 돌아온 태식은 마지막을 직감했다.

이유는 둘.

우선 투구 수가 110개가 넘어 있었다. 또 하나의 이유는 8회 초에 태식의 타석이 돌아올 확률이 높았기 때문이다.

선취점을 올리는 것이 급선무인 상황.

태식의 타석에 대타자를 기용하는 것이 일반적이었다.

그렇지만 태식의 예상과 다른 전개가 펼쳐졌다.

따악!

8회 초의 선두 타자로 나선 하비에르 게레로가 중전 안타를 만들어낸 순간, 팀 셔우드 감독이 태식에게 다가왔다.

"준비해."

"네?"

"타석에 들어설 테니까."

팀 셔우드 감독의 언질을 받은 태식이 그제야 타석에 들어설 준비를 하며 그라운드를 주시했다.

무사 1루에서 타석에 들어선 7번 타자 미구엘 마못은 다르빗유의 3구째 슬라이더를 타격했다.

2루수 앞으로 굴러가는 평범한 내야 땅볼.

그렇지만 병살 플레이로 연결되지는 않았다.

1루 주자였던 하비에르 게레로가 일찌감치 스타트를 끊었기 때문이다.

'히트 앤 런!'

팀 셔우드 감독의 지시가 있었기에 미구엘 마못의 타구는 진루타가 된 것이었다.

1사 2루 상황에서 타석에는 8번 타자 이안 드레이크가 들어섰다. 그 순간, 팀 셔우드 감독이 대주자를 기용했다.

대기 타석에 서서 2루로 뛰어가는 대주자 루이스 벨트란을 바라보던 태식이 두 눈을 빛냈다.

'승부수를 띄웠다?'

14. 싱킹 패스트볼

0 : 0.

경기 후반까지 팽팽한 투수전이 펼쳐지고 있는 상황.

8회 초에 찾아온 1사 2루의 득점 찬스에서 대주자 루이스 벨트란을 기용한 데에서 꼭 추가 득점을 올리겠다는 팀 셔우드 감독의 의지가 드러났다.

특이한 것은 승부수를 띄운 지금 시점에 대타자를 기용하지 않고, 태식을 타석에 내보냈다는 것이다.

벤치에는 대타 요원인 라이언 피어밴드가 대기하고 있었다.

그럼에도 불구하고 태식을 그대로 타석에 내보내는 것은 타자로서 태식의 능력을 인정하기 때문이었다.

딱!

8번 타자 이안 드레이크는 다르빗 유의 슬라이더를 노려 쳤다. 그렇지만 여전히 타이밍을 제대로 맞추지 못했다.

이안 드레이크가 때린 타구는 유격수 앞으로 향하는 평범한 내야 땅볼로 연결됐다.

1사 2루가 2사 2루로 바뀐 상황에서 타석으로 태식이 들어섰다. 그리고 대타자를 기용하지 않고 태식이 그대로 타석에 들어서는 것을 확인한 관중석이 잠시 술렁였다.

110개를 넘긴 태식의 투구 수를 알고 있는 LA 다저스의 홈 관중들은 팀 셔우드 감독이 당연히 투수인 태식의 타석에서 대타자를 기용할 것이라고 예상했기 때문이리라.

그렇지만 샌디에이고 파드리스의 원정 팬들의 반응은 달랐다.

태식이 타석에 등장하자 우려가 아닌 기대에 찬 시선을 던졌다.

그러나 태식의 표정은 밝아지지 않았다.

경기의 결정적인 승부처라 할 수 있는 시점에 자신을 타석에 그대로 내보낸 팀 셔우드 감독의 믿음에 부응해야 한다는 생각으로 인해 어깨가 무거웠다. 그리고 상대가 다르빗 유라는 점도 마음에 걸렸다.

2타수 무안타.

선발투수로 등판했던 지난 세 경기에서 타석에 들어섰던 태식은 매 경기 안타나 홈런을 기록했었다.

그렇지만 오늘은 달랐다.

이전 두 차례의 타석에서 안타를 때려내지 못하고 모두 삼진으로 물러났었다.

'어렵다!'

이미 두 차례 경험해 본 터라 다르빗 유를 공략하는 것이 쉽지 않다는 사실을 태식은 알고 있었다.

특히 태식이 두 차례 모두 헛스윙을 했던 싱킹 패스트볼이 계속 신경이 쓰였다.

'부딪혀 보자!'

일단 타석으로 들어선 태식은 직구를 노렸다.

슈아악!

내심 기다렸던 직구가 초구로 들어온 순간, 태식이 망설이지 않고 힘차게 배트를 휘둘렀다.

딱!

그러나 배트의 손목 부근에 맞은 빗맞은 타구는 파울이 됐다.

'왜?'

153㎞.

지금이 승부처라는 것을 알고 있기 때문일까.

다르빗 유가 태식을 상대로 초구로 던졌던 직구는 오늘 경기 최고 구속을 기록했다.

그가 전력투구를 하고 있다는 증거.

그렇지만 태식은 여전히 이해가 가지 않았다.

비록 오늘 경기 최고 구속을 기록했다고 하더라도 150㎞대 초반의 직구에 불과했다.

피칭머신을 상대로 꾸준히 훈련을 했던 터라, 150㎞대 초반의 직구 구속에 밀리지 않을 정도로 태식의 배트 스피드는 빨랐다.

그런데 계속해서 타이밍이 밀리고 있었다.

툭. 툭.

그나마 다행이라면 배트가 부러졌다는 것이다.

부러진 배트를 새 배트로 교환하기 위해서 태식이 더그아웃으로 돌아갔다.

'천천히!'

그런 태식이 의도적으로 천천히 걸음을 옮겼다.

조금이라도 더 생각할 시간을 벌기 위해서였다.

'뭘까?'

필사적으로 배트 타이밍이 밀리는 이유에 대한 답을 찾던 태식이 문득 떠올린 것은 오타니 쇼에이였다.

다르빗 유에 이어서 일본 프로야구를 대표하는 선수인 오타니 쇼에이.

태식은 지난 월드 베이스볼 클래식에서 펼쳐졌던 한일전에서 오타니 쇼에이를 만났던 적이 있었다.

당시 타석에서 경험했던 오타니 쇼에이의 공.

무척 빠르게 느껴졌다.

전광판에 찍혔던 구속보다 체감 구속이 약 5㎞ 정도 더 빠르게 느껴졌던 이유는… 오타니 쇼에이의 릴리스 포인트 때문이었다.

릴리스 포인트를 최대한 앞으로 끌고 와서 공을 던졌기 때문에, 홈 플레이트와의 거리가 줄어들었다.

그로 인해 직구 구속이 전광판에 찍혔던 것보다 더욱 빠르게 느껴졌던 것이다.

'이거… 였어!'

태식이 새로 꺼낸 배트를 힘껏 움켜쥐었다.

다르빗 유 역시 릴리스 포인트를 최대한 앞으로 끌고 오는 스타일이었기 때문에 전광판에 찍힌 구속보다 체감 구속이 더 빠르게 느껴지는 것이었다.

'타이밍을 150㎞대 후반에 맞춘다!'

간신히 해법을 찾아낸 태식이 타석에 돌아왔다.

슈악!

2구는 바깥쪽으로 휘어지는 슬라이더.

그러나 태식의 배트는 딸려 나가지 않았다.

그리고 3구째.

슈아악!

다르빗 유가 다시 직구를 던졌다.

'하나, 둘!'

태식이 마음속으로 타이밍을 계산하면서 힘껏 배트를 휘둘렀다.

부우웅.

그렇지만 태식의 배트는 허공을 갈랐다.

'마지막 순간에… 가라앉았어!'

태식이 눈살을 찌푸렸다.

싱킹 패스트볼(Sinking fastball).

이전 두 타석에 이어 이번 타석에서도 태식은 다스빗 유의 싱킹 패스트볼에 제대로 대처하지 못했다.

'슬라이더보다… 더 위력적이다!'

다르빗 유의 대표 구종은 슬라이더.

그렇지만 태식이 느끼기에는 슬라이더보다 직구처럼 들어오다가 마지막 순간에 살짝 가라앉는 싱킹 패스트볼이 훨씬 더 위력적으로 느껴졌다.

또, 공략하기 어려웠다.

씨익!

태식이 싱킹 패스트볼에 전혀 대처하지 못한다는 것을 확인했기 때문일까.

다르빗 유의 한쪽 입꼬리가 올라가는 것이 보였다.

원 볼 투 스트라이크.

불리한 볼카운트에 몰린 태식이 배트를 고쳐 쥐었다.

직구와 슬라이더, 그리고 싱킹 패스트볼까지.

세 가지 구종에 모두 대비하는 것은 불가능했다.

'한 가지 구종만 노린다!'

분명히 위험부담이 큰 선택이었다.

그렇지만 달리 선택의 여지가 없었기에 태식은 세 구종 가운데 싱킹 패스트볼에 포커스를 맞추었다.

다르빗 유가 싱킹 패스트볼을 던질 거라 예상한 이유.

이미 태식이 싱킹 패스트볼에 전혀 대처하지 못한다는 것을 다르빗 유가 확인했기 때문이다.

'완투를 노리고 있어!'

현재까지 다르빗 유가 기록한 투구 수는 95개.

샌디에이고 파드리스 타자들이 타석에서 승부를 서둘렀던 탓에 투구 수 관리가 아주 잘된 편이었다.

충분히 완투를 노릴 수 있는 상황.

다르빗 유의 입장에서는 투구 수를 하나라도 줄이고 싶을 터였다.

'승부한다!'

태식이 확신을 가진 채 타석에서 준비를 마쳤다.

슈아악!

바깥쪽 꽉 찬 코스로 날아드는 직구를 확인한 순간, 태식이 망설이지 않고 가볍게 배트를 휘둘렀다.

욕심을 낼 상황이 아니었다.

홈 플레이트를 통과하는 순간 살짝 가라앉는 싱킹 패스트볼의 궤적을 염두에 두고 휘두른 배트의 끝부분에 공이 걸렸다.

딱!

정타는 아니었다. 그렇지만 태식이 끝까지 팔로 스윙을 가져갔기에, 살짝 떠오른 타구는 예상보다 멀리 뻗었다.

타구를 잡기 위해 뒷걸음질을 치던 3루수가 점프하며 글러브를 들어 올렸지만, 타구는 글러브 끝을 살짝 스치며 넘어갔다.

툭. 툭.

타구가 3루수의 키를 넘긴 사이, 2루 주자였던 루이스 벨트란은 여유 있게 홈으로 파고들었다.

0의 균형을 무너뜨리는 1타점 적시타.

1루에 도착한 태식이 안도의 한숨을 내쉬었다.

무척 힘든 승부였지만, 결국 득점 찬스를 살리는 적시타를 때려내는 데 성공했다.

중압감을 이겨내고 팀 셔우드 감독의 믿음에 부응한 태식이 더그아웃을 살폈다.

'대주자!'

한 점으로는 불안하기 때문일까.

팀 서우드 감독은 또다시 대주자를 기용했다.

대주자 카림 벤슨과 교체되어 더그아웃으로 돌아온 태식이 그라운드를 응시했다.

2사 1루 상황에서 1번 타자 에릭 아이바가 타석으로 들어섰다.

슈악!

투수인 태식에게 적시타를 허용했기 때문일까.

다르빗 유의 제구가 흔들리기 시작했다.

투 볼 노 스트라이크 상황에서 다르빗 유가 에릭 아이바를 상대로 3구를 던졌다.

슈악!

타다닷.

다르빗 유의 손에서 공이 떠난 순간, 대주자로 나선 카림 벤슨이 스타트를 끊고 2루 도루를 시도했다.

LA 다저스의 포수인 야스만 그랜달이 공을 포구하자마자, 빠르게 2루로 송구했다. 그리고 야스만 그랜달의 송구는 정확했다.

"아웃!"

2루심이 아웃을 선언하면서 샌디에이고 파드리스의 8회 초 공격은 아쉽게 끝이 났다.

8회 말.

태식의 뒤를 이어 마운드에 오른 것은 중간 계투 요원인 토니 그레이였다.

한 점차의 리드를 지키기 위해서 마운드에 오른 토니 그레이의 첫 상대는 LA 다저스의 리드오프인 맷 테일러.

첫 타자와의 승부가 중요했는데, 토니 그레이가 얻은 결과는 좋지 않았다.

따악!

맷 테일러에게 2루타를 허용하면서 실점 위기에 몰렸다.

2번 타자 마이크 터너에게 포수 파울플라이를 유도해서 첫 아웃 카운트를 잡아내는 데 성공했지만, 3번 타자 코레이 시거에게 내야안타를 맞았다.

1사 1, 3루에서 타석에 들어선 것은 4번 타자 코스비 벨린저.

그렇지만 토니 그레이는 정면 승부를 하지 못하고 유인구 위주의 피칭을 하다가 볼넷을 허용했다.

와아.

와아아!

1사 만루로 상황이 바뀌자 LA 다저스 홈 관중들의 환호가 커졌다.

토니 그레이로는 어렵다고 판단한 팀 셔우드 감독이 마운드로 올라갔다. 그리고 마무리 투수인 히스 벨을 이른 시점에 투입했다.

최근 야구는 투수들의 분업이 확실히 이루어져 있었다.

마무리 투수는 팀이 리드하는 상황에 올라와서 마지막 1이닝을 막는 것이 일반적이었고, 간혹 8회 2사 후에 오르는 경우도 존재했다.

그렇지만 팀 셔우드 감독은 8회 1사 상황에서 팀의 마무리 투수인 히스 벨을 투입하는 강수를 던졌다.

1승을 올리기 위한 팀 셔우드 감독의 의지와 간절함이 내비치는 투수 교체.

태식도 긴장한 채 그라운드를 바라보았다.

7이닝 무실점.

8회 초에 직접 적시타를 때려내면서 팀이 1 : 0으로 앞선 상황에서 마운드에서 내려왔기에, 태식은 승리투수 요건을 갖춘 셈이었다.

그렇지만 8회 말 1사 만루의 위기에서 실점을 한다면?

태식의 승리투수 요건은 날아간다.

또, 연승 행진도 멈추게 된다.

'막아주면 좋을 텐데!'

태식이 마무리 투수인 히스 벨과 5번 타자 작 피더슨의 대결을 집중해서 바라보았다. 그렇지만 태식의 바람은 이루어지지 않았다.

"볼넷!"

풀카운트 승부 끝에 히스 벨은 작 피더슨에게 밀어내기 볼넷을 허용했다.

1 : 1.

경기의 균형이 맞추어지면서, 태식의 승리는 날아갔다.

아쉬운 마음이 어찌 없을까.

그렇지만 태식은 아쉬움을 애써 누른 채 그라운드를 주시했다.

비록 자신의 승리투수 요건은 날아갔지만, 아직 경기가 역전이 된 것은 아니었다.

만약 여기서 더 실점하지 않고 위기를 넘긴다면, 오늘 경기를 승리할 수 있는 가능성은 남아 있었다.

따악!

그렇지만 히스 벨은 체이스 어틀리에게 외야플라이를 허용했다.

좌익수가 펜스 근처까지 이동해 타구를 잡아낸 순간, 3루 주자가 태그 업을 시도해 여유 있게 홈으로 파고들었다.

1 : 2.

경기가 역전된 순간, 더그아웃의 분위기가 침울하게 바뀌었다.

딱!

9회 초 2사 1루 상황에서 4번 타자 티나 코르도바가 때린 타구는 멀리 뻗지 못했다.

중견수가 여유 있게 타구를 잡아내면서 경기는 끝이 났다.

최종 스코어 1 : 2.

9이닝 1실점 완투승을 거둔 다르빗 유가 마운드 위에서 포수와 기쁨을 나누는 장면을 바라보던 팀 서우드가 쓴 입맛을 다셨다.

거의 다 잡았다고 판단했던 경기를 놓친 것으로 인해 아쉬움이 남았다.

'엉망이군!'

스코어만 놓고 보면 아쉬운 패배.

그렇지만 경기 내용을 꼼꼼히 뜯어보면 만족스러운 구석이 거의 없었다.

투타의 밸런스가 맞지 않았던 것은 오늘 경기도 마찬가지였다.

선발투수 김태식이 7이닝 무실점 호투를 벌이는 동안, 팀 타선은 철저하게 다르빗 유에게 막혔다.

오늘 경기에서 샌디에이고 파드리스가 올린 유일한 득점의 적시타를 때려낸 것도 야수들이 아니라 투수 김태식이었다.

게다가 김태식이 마운드에서 내려간 후, 역전을 허용한 불펜 투수들도 팀 셔우드의 가슴을 답답하게 만들었다.

'총체적 난국!'

오늘 경기 패배가 확정된 순간, 팀 셔우드가 머릿속에 떠올린 생각이었다.

그렇지만.

아무런 소득도 없었던 것은 아니었다.

오늘 경기에서 팀 셔우드는 하나의 가능성을 엿보았다.

"타자 김태식!"

계속 머뭇거릴 여유가 없었다.

반등의 계기를 찾지 못하면, 올 시즌에도 최하위를 전전하고 말 것이라는 생각에 팀 셔우드의 마음이 조급해졌다.

15. 줄다리기

7이닝 무실점의 호투를 펼쳤음에도 태식은 아쉽게 승리투수가 되지 못했다.

더그아웃에서 팀의 패배를 씁쓸히 지켜봐야 했다.

아쉬운 마음이 어찌 없을까.

그렇지만 데이비드 오의 표정은 밝았다.

"오늘 경기에서 샌디에이고 파드리스가 패한 것은 김태식 선수 때문이 아닙니다. 김태식 선수는 본인에게 주어진 역할 이상을 했습니다. 무실점 호투를 펼쳤고, 타석에서도 적시타를 때려 냈으니까요."

태식의 표정이 밝지 않다는 것을 확인한 데이비드 오가 위로의 말을 꺼냈다. 그럼에도 불구하고 여전히 태식의 표정이 밝아지지 않자, 그가 조심스럽게 질문했다.

"LA 다저스의 강타선을 상대로 7이닝 무실점 호투를 펼쳤음에도 승리투수가 되지 못한 것이 못내 아쉬운 겁니까?"

"아쉽지 않다면… 거짓말이겠죠."

태식이 솔직히 대답하자, 데이비드 오가 다시 말을 꺼냈다.

"최근 야구는 투수 관련 지표들이 세분화되고 있습니다. 승수를 많이 쌓는 것보다 투수 관련 세부 지표들이 투수를 평가하는 데 있어서 더 큰 영향을 미칩니다. 비록 지난 경기에서 김태식 선수가 승수를 쌓지는 못했지만, 방어율을 비롯한 세부 지표들은 더욱 좋아졌습니다. 그러니까 너무 아쉬워하지 마십시오."

데이비드 오의 말이 옳았다.

최근 야구의 추세는 점점 세분화되고 있었다.

승수와 방어율이 가장 중시되던 시대에서 투수를 평가하는 세부 지표들이 점점 더 다양화되고 있었다.

WAR(대체 선수 대비 승리 기여도)는 물론이고, BB/9(이닝당 볼넷 평균), WHIP(이닝당 허용한 안타와 볼넷 비율), K/BB(삼진을 볼넷으로 나눈 비율) 등의 세부 지표들이 투수를 평가하는 또 다른 기준으로 확실히 자리를 잡고 있는 추세였다.

그런 면에서 태식은 LA 다저스를 상대로 또 한 차례 7이닝 무실점 호투를 펼치면서 세부 지표들을 더욱 좋게 만들었다.

"그렇지만… 팀은 졌습니다."

"물론 저도 그 부분이 아쉽긴 하지만, 김태식 선수의 탓이 아닙니다. 샌디에이고 파드리스의 전력이 워낙 약하기 때문입니다."

데이비드 오의 말은 이번에도 옳았다.

그럼에도 불구하고 태식은 여전히 아쉬움을 느꼈다. 그리고 입장 차가 드러나는 데는 분명한 이유가 있었다.

태식은 선수인 반면, 데이비드 오는 에이전트.

바라보는 지점과 목표가 다르기 때문이었다.

에이전트인 데이비드 오에게 가장 중요한 것은 태식의 성적이었다.

태식이 거둔 좋은 성적을 바탕으로 올 시즌이 끝나고 난 후 최대한 좋은 조건으로 새로운 계약을 맺기 위한 준비를 하는 입장이었기 때문이다.

반면 태식은 자신의 성적 못지않게 소속 팀인 샌디에이고 파드리스의 성적도 무척 중요했다.

비록 오랫동안 샌디에이고 파드리스에서 뛰지는 않았지만, 태식에게 샌디에이고 파드리스는 소속 팀이었다.

또, 메이저리그라는 최고의 무대에서 뛸 수 있도록 기회를 제공한 팀이기도 했다.

그리고 하나 더.

태식이 샌디에이고 파드리스라는 팀을 선택한 데는 이유가 있었다.

아직 월드 시리즈 우승 경험이 없는 샌디에이고 파드리스 팀의 일원으로서 우승을 차지하고, 프랜차이즈 스타가 되겠다는 목표가 있었기 때문이다.

"그나저나… 무슨 일로 만나자고 한 걸까요?"

데이비드 오가 궁금증을 드러냈다.

마이크 프록터 단장과 팀 셔우드 감독은 태식에게 식사를 하자고 제안했다. 그리고 에이전트인 데이비드 오도 동석하는 것이 좋겠다고 덧붙였다.

데이비드 오의 동석을 원한 것.

단순한 식사 자리가 아닐 확률이 높았다.

그 사실을 잘 알고 있는 데이비드 오 역시 오늘 만남을 가지는 이유에 대해 궁금해하고 있었다.

"재계약에 대한 이야기가 나올 수도 있지 않을까요?"

"벌써 재계약 얘기가 나올까요?"

"이른 시점이긴 하지만, 가능성이 있다고 생각합니다. 김태식 선수의 시즌 초반 활약이 워낙 엄청나니까요."

"그렇지만……."

"일단 가보시죠."

데이비드 오의 이야기를 듣고 태식이 고개를 끄덕였다.

식사 자리는 호텔 레스토랑이었다.

가벼운 인사가 오간 후, 마이크 프록터가 제안했다.

"자, 일단 식사부터 하도록 합시다. 골치 아픈 이야기는 식사를 끝내고 하도록 하죠. 체하고 싶지 않으니까요."

'골치 아픈 이야기?'

대체 어떤 이야기를 하려는 걸까?

호기심이 치밀었지만, 태식은 그에 관한 질문을 던지지 않았다. 마이크 프록터의 말대로 식사에만 집중했다.

간간히 잡담이 오가는 가운데 식사가 끝나고 나자, 마이크 프록터가 커피를 한 모금 마신 후 입을 뗐다.

"제가 오늘 식사 자리를 마련한 이유는… 두 가지 용건이 있기 때문입니다."

"어떤 용건입니까?"

"김태식 선수의 재계약에 관한 논의를 하는 게 첫 번째 용건입니다."

마이크 프록터가 첫 번째 용건에 대해 꺼낸 순간, 태식이 고개를 돌렸다.

그 시선을 받은 데이비드 오가 씨익 웃었다.

"어떠냐? 내 예상이 맞지 않았냐?"

이런 의미가 담긴 웃음이었다.

태식이 고개를 끄덕이며 마이크 프록터를 바라보았다.

재계약에 대한 논의가 시작된 시점.

태식의 예상보다 훨씬 일렀다.

'왜 이렇게 서두르는 걸까?'

태식의 의문은 오래 가지 않았다.

마이크 프록터가 그에 관한 답을 알려주었기 때문이다.

"너무 이른 시점이라고 판단할 수도 있겠지만, 저는 확신을 품었습니다."

"어떤 확신을 품었다는 뜻입니까?"

"김태식 선수에 대한 확신입니다."

태식은 메이저리그에 승격한 후, 네 경기에 선발투수로 등판했다.

그 네 번의 등판에서 3승을 수확했고, 0점대의 방어율을 기록했다. 투수의 세부 지표는 더 말할 필요도 없을 정도로 좋았다.

그뿐이 아니었다.

태식은 타석에서도 대단한 활약을 펼치고 있었다.

이것이 마이크 프록터가 비교적 이른 시점에 확신을 가진 채 재계약에 대한 논의를 시작하려는 이유였다.

"그래서 장기 계약을 맺고 싶습니다."

마이크 프록터가 강렬한 시선을 던지며 말했다.

그 이야기를 들은 태식의 표정이 밝아졌다.

내심 바라고 있었던 제안이기 때문이다.

샌디에이고 파드리스와 계약할 당시 1년 계약을 맺었던 것은 좋은 조건을 제시받기 힘들다는 판단이 기저에 깔려 있었다.

만약 샌디에이고 파드리스 측에서 제시하는 계약 조건만 괜찮다면, 장기 계약을 맺는 편이 좋았다.

샌디에이고 파드리스의 프랜차이즈 스타가 되는 것이 태식이 품은 목표 가운데 하나였으니까.

그렇지만 태식은 대답을 꺼내지 않았다.

오늘 식사 자리에 데이비드 오가 동석해 있었기 때문이다.

계약과 관련된 부분은 데이비드 오에게 일임한 상황.

태식이 괜히 나서 봐야 혼선만 생길 뿐이었다.

"김태식 선수는 샌디에이고 파드리스에 대한 애정을 갖고 있습니다. 메이저리그에서 뛸 수 있는 기회를 준 팀이기 때문입니다. 그렇지만 재계약 여부에 있어서 가장 중요한 부분은 계약 조건이라고 생각합니다. 혹시 구체적으로 생각하고 계신 부분이 있습니까?"

"물론 있습니다."

마이크 프록터가 오른손을 들어 펼쳤다.

'5년 계약?'

그가 펼친 다섯 개의 손가락을 확인한 태식이 퍼뜩 떠올린 것이었다. 그러나 태식의 예상은 보기 좋게 빗나갔다.

"연간 오백만 달러 수준으로 삼 년 계약을 맺는 안을 제시하고 싶습니다."

'1,500만 달러!'

오래 계산할 것도 없었다.

삼년 동안 50억 수준의 연봉을 보장하겠다는 뜻이었다.

'나쁘지 않다!'

태식이 희미하게 고개를 끄덕였다.

3년의 계약 기간이 조금 짧다는 느낌이 들었지만, 삼십 대 후반인 자신의 나이를 감안하면 마이크 프록터가 고심한 흔적이 느껴졌다.

'내가 좋은 활약을 펼치고 있구나!'

태식이 새삼 깨달았다.

메이저리그에 승격해서 네 경기에 출전한 것이 전부였는데, 보장 연봉이 다섯 배 가까이로 뛰었다는 것이 그만큼 좋은 활약을 펼쳤다는 증거였다.

재차 고개를 끄덕이며 태식이 데이비드 오를 바라보았다.

그리고.

데이비드 오 역시 만족할 것이라 예상했는데.

태식의 예상은 또 한 번 빗나갔다.

"저희가 바라고 있는 계약 조건과는 차이가 무척 큽니다."

데이비드 오가 정색한 채 말했다.

예상치 못했던 반응이었기 때문일까.

마이크 프록터가 당혹스러운 기색을 드러냈다. 그리고 동석해 있던 팀 셔우드 감독 역시 마찬가지 반응이었다.

그렇지만 데이비드 오는 그들의 반응에 개의치 않고 덧붙였다.

"현재 김태식 선수가 펼치는 활약은 메이저리그 최정상급 선발투수들과 비교한다고 해도 전혀 손색이 없습니다. 오히려 그들을 압도하는 수준이죠. 실제로 팬들 사이에서는 김태식 선수가 현재 4선발을 맡고 있지만, 실질적인 샌디에이고 파드리스의 에이스라는 인식이 심어져 있습니다. 단장님께서도 잘 알고 계시겠지만, 메이저리그 최정상급 선발투수들의 연봉은 2,000만 달러 선에서 형성되어 있습니다. 저는 김태식 선수 역시 그 정도 대우를 받을 자격이 있다고 생각합니다."

이번 발언이 끝난 후에 놀란 것은 마이크 프록터만이 아니었다.

태식도 놀란 것은 마찬가지였다.

메이저리그에서 이제 겨우 네 경기에 선발투수로 등판한 것이 다였다.

물론 그 경기들에서 무척 인상적인 활약을 펼치긴 했지만, 메이저리그에서도 최정상급인 투수들과 엇비슷한 대우를 받기에는 너무 일렀다.

또, 너무 과한 요구라는 생각도 들었다.

마이크 프록터 역시 같은 생각일까.

그가 불편한 기색을 감추지 않고 드러냈다.

"너무 과한 요구라고 생각하지 않으십니까?"

"왜 과한 요구라고 판단하시는 겁니까?"

"김태식 선수는 아직 검증이 끝나지 않았으니까요."

"검증이 끝나지 않았다?"

"그렇습니다. 2,000만 달러 이상의 연봉을 보장받은 메이저리그의 최정상급 선발투수들은 오랫동안 꾸준히 활약을 하면서 이미 검증이 끝난 선수들입니다. 그에 반해 김태식 선수는 메이저리그에서 겨우 네 경기에 선발투수로 출전한 것이 전부입니다."

마이크 프록터의 지적은 정확했다.

해서 말문이 막힌 데이비드 오가 한발 물러설 거라 예상했는데.

태식의 예상은 또 한 번 빗나갔다.

"단장님의 말씀처럼 김태식 선수에 대한 검증이 끝나지 않았다면, 왜 벌써 재계약에 대한 이야기를 꺼내시는 겁니까?"

"그건……."

오히려 마이크 프록터의 말문이 막혔다.

"솔직히 말씀드리면 이미 김태식 선수에게 관심을 드러내고 있는 메이저리그 구단들이 있습니다. 김태식 선수의 입장에서는 급할 것이 없다는 뜻이죠."

"……."

"그리고 단장님께서 하나 간과하고 계신 것이 있습니다."

"내가 무엇을 간과하고 있습니까?"

데이비드 오가 대답했다.

"김태식 선수가 타석에서도 맹활약을 펼치고 있다는 점입니다. 이건 다른 메이저리그 최정상급 투수들이 갖지 못한 장점이죠."

'만만치 않아!'

데이비드 오에게 향해 있던 마이크 프록터의 눈빛이 깊어졌다.

계약 기간 3년에 총액 1,500만 달러의 계약 조건.

마이크 프록터 입장에서는 심사숙고한 끝에 제시했던 계약 조건이었다. 그리고 이 정도 계약 조건이라면, 만족할 것이라 기대했는데.

데이비드 오는 전혀 만족한 기색이 아니었다.

논리 정연한 데이비드 오의 반박을 듣고 난 후, 마이크 프록터는 김태식 선수와의 재계약이 결코 쉽지 않을 것이라는 생각이 들었다.

"조금 더 검토해 보겠습니다."

"그렇게 하시죠. 그런데 이것 하나는 잊지 말아주십시오."

"무엇입니까?"

"시간이 흐를수록 유리한 쪽은 저희라는 사실 말입니다."

후릅.

마이크 프록터가 커피를 한 모금 마셨다.

기분 탓일까.

오늘의 커피는 지독하게 썼다.

그리고.

분하긴 하지만 데이비드 오의 말은 모두 사실이었다.

만약 김태식 선수가 앞으로도 꾸준한 활약을 선보인다면?

더 많은 구단들이 김태식에게 관심을 드러낼 것이다. 그리고 자금력이 풍부한 빅 마켓 구단들이 김태식 선수 영입에 뛰어든 다면?

자금력이 풍부하지 않은 스몰 마켓 구단인 샌디에이고 파드리스가 김태식 선수를 지킬 수 있는 가능성은 희박해질 터였다.

이것이 마이크 프록터가 비교적 이른 시점에 김태식 선수와 재계약에 대한 논의를 시작한 진짜 이유였다.

그렇지만 데이비드 오 역시 이런 사실을 잘 알고 있었다.

'이대로는… 어려워!'

거기까지 생각이 미친 데이비드 오가 서둘러 화제를 돌렸다.

"그럼 이번에는 두 번째 용건에 대해 얘기를 나누시죠."

"말씀하시죠."

"김태식 선수에게 부탁을 하나 하려고 합니다."

"어떤 부탁입니까?"

마이크 프록터가 대답했다.

"현재 위기에 봉착해 있는 샌디에이고 파드리스를 위해 투수만이 아니라 야수로서도 경기에 나서줄 수 있겠습니까?"

야수로 경기에 출전해 달라는 제안.

야수로 전향을 하라는 뜻이 아니었다.

투타 겸업을 해달라는 뜻이었다.

즉, 선발투수로 출전하지 않는 나머지 경기에 야수로 출전해서 활약해 줄 수 있느냐는 제안이었다.

'어떻게 대답해야 할까?'

태식이 고민에 잠겼다.

마이크 프록터의 말처럼 현재 샌디에이고 파드리스 팀이 처해 있는 상황은 결코 좋지 않았다.

시즌 초반 8연패에 빠지며 내셔널 리그 서부 지구 최하위로 처진 후, 지금까지도 최하위에 머물고 있었다.

더 늦기 전에 어떤 반등의 계기를 마련하지 못한다면?

샌디에이고 파드리스는 일찌감치 순위 경쟁에서 밀려날 가능성이 높았다. 그리고 리그 최약체로 평가받고 있는 허약한 타선을 보강하기 위해서 타석에서 좋은 활약을 펼치는 태식을 최대한 활용하려는 것이었다.

태식도 이런 샌디에이고 파드리스의 상황에 대해서는 누구보다 잘 알고 있었다. 그래서 오늘 마이크 프록터 단장이 마련한 식사 자리에서 이런 제안이 있지 않을까 하고 어느 정도 예상했었다.

'분명히… 도움이 될 거야!'

태식 역시 샌디에이고 파드리스에 대한 애정을 갖고 있었다.

그런 만큼 위기에 처해 있는 팀을 위해서 투수로서만이 아니라 야수로 경기에 나서고 싶다는 생각을 내심 갖고 있었다.

그렇지만 태식은 선뜻 대답하지 못하고 망설였다.

마음에 걸리는 부분이 있었기 때문이다.

그때였다.

"그건… 곤란합니다."

데이비드 오가 태식을 대신해 나섰다. 그리고 데이비드 오가 단호하게 거절 의사를 밝힌 순간, 마이크 프록터가 미간을 찌푸렸다.

"왜 곤란하다는 것입니까?"

"에이전트 입장에서는 받아들이기 어려운 제안입니다."

"이유는요?"

"부상의 위험이 크기 때문입니다."

만약 야수로 경기에 나선다면, 부상을 당할 위험성이 커진다.

김태식 선수의 에이전트 입장에서는 부상의 위험을 감수하면서까지 야수로 경기에 출전시키고 싶지 않다.

이런 의미가 담긴 데이비드 오의 대답이었다.

"그렇지만……."

마이크 프록터가 답답한 기색을 드러냈다.

단장과 선수, 그리고 에이전트.

각자의 입장이 다른 것이 당연했다.

그리고.

단장인 마이크 프록터의 입장에서는 지금 상황이 무척 답답할 터였다.

단장 2년 차인 만큼, 마이크 프록터도 올 시즌에는 가시적인 성과를 내야 했다.

그 가시적인 성과는 바로 성적.

그렇지만 샌디에이고 파드리스는 지난 시즌과 마찬가지로 올 시즌에도 내셔널 리그 서부 지구 최하위에 머물고 있었다. 그리고 마이크 프록터는 태식을 야수로 경기에 출전시키는 것이 샌디에이고 파드리스가 반등할 수 있는 계기가 될 것이라는 확신을 갖고 있을 터였다. 그런데 데이비드 오가 반대하고 있는 것이었다.

태식의 입장에서는 마이크 프록터와 데이비드 오가 모두 이해할 수 있었다.

어느 쪽이 옳고, 어느 쪽이 틀리다고 말할 수 있는 부분이 아니었다.

서로가 처한 입장이 다를 뿐이었다.

불편한 침묵이 잠시 이어졌다.

그 침묵을 깨뜨린 것은 태식이었다.

"감독님."

마이크 프록터와 데이비드 오 사이에 오가는 대화에 귀를 기울이면서 조용히 커피를 마시고 있던 팀 셔우드 감독이 의아한 시선을 던졌다.

"왜 그러지?"

"저와 따로 얘기를 잠깐 나누시죠."

"얘기?"

뜻밖의 제안이기 때문일까.

놀란 표정을 짓고 있는 팀 셔우드 감독에게 태식이 덧붙였다.

"꼭 드리고 싶은 말씀이 있습니다."

마이크 프록터 단장과 데이비드 오.

두 사람의 입장 차는 극명했다.

서로가 가진 입장이 워낙 다르다 보니, 대화를 통해서 제대로 된 결론이 도출될 가능성은 낮았다.

이건 시간이 해결해 줄 수 있는 문제가 아니었다.

설령 시간이 더 흐른다 하더라도 두 사람의 대화는 계속해서 평행선을 달릴 확률이 높았다.

그래서 태식이 직접 나선 것이었다.

"무슨 얘기를 하려는 건가?"

따로 대화하기 위해서 자리를 옮긴 후, 팀 셔우드 감독이 질문했다.

"팀을 위한 이야기입니다."

"팀을 위한 이야기?"

"오늘의 만남, 궁극적으로는 팀이 잘되기 위한 방향을 모색하기 위함이라고 저는 생각합니다."

마이크 프록터 단장이 오늘 일부러 식사 자리를 마련해서 꺼냈던 두 가지 용건.

궁극적으로는 모두 샌디에이고 파드리스를 위한 것이었다.

그래서 태식이 말을 마치자, 팀 셔우드 감독도 동의한다는 듯 희미하게 고개를 끄덕였다.

그 반응을 확인한 태식이 다시 입을 뗐다.

"만약 제가 야수로 경기에 출전한다면… 감독님은 우리 팀에 도움이 될 것이라고 판단하고 계십니까?"

"내 판단은 그러하네."

"왜 그렇게 생각하십니까?"

"투타의 밸런스가 맞지 않는 우리 팀의 약점을 어느 정도 해결해 줄 수 있을 것이라고 판단하기 때문이네."

팀 셔우드 감독이 원하는 것은 자명했다.

야수로 경기에 출전한 태식이 타석에 들어서서 팀의 빈약한 공격력에 힘을 실어주기를 바라는 것이었다.

그렇지만 태식은 고개를 흔들었다.

"저는 생각이 조금 다릅니다."

"생각이 다르다?"

"그렇습니다. 크게 도움이 되지 않을 것이라고 생각합니다."

태식이 대답을 꺼낸 순간, 팀 셔우드 감독이 미간을 찡그렸다. 그리고 태식은 팀 셔우드 감독이 못마땅한 표정을 짓는 이유를 짐작할 수 있었다.

결국 부상의 위험이 큰 야수로 경기에 출전하는 것이 부담스러워서 이런 핑계를 억지로 늘어놓고 있는 것이 아니냐?

이렇게 오해하고 있기 때문이었다.

그러나 태식은 억지 핑계를 늘어놓는 것이 아니었다.

"야구는 팀 스포츠입니다."

"그렇긴 하지만… 한 선수가 경기의 분위기를, 또, 팀의 분위기를 바꿔놓을 수도 있는 법이라네."

"물론 그 말씀은 저도 동의합니다. 그렇지만 감독님께서 말씀하시는 경우가 성립하기 위해서는 하나의 전제 조건이 필요합니다."

"어떤 전제 조건인가?"

"평균 이상의 전력을 갖춘 팀이라는 전제 조건입니다."

태식이 판단하기에 현재 샌디에이고 파드리스는 메이저리그라는 최고의 무대에 어울리지 않을 정도로 평균 이하의 전력을 갖추고 있었다.

반박할 말을 찾지 못했기 때문일까.

팀 셔우드 감독은 입을 꾹 다물고 있었다.

그런 그의 표정은 좋지 않았다.

팀 셔우드는 샌디에이고 파드리스의 감독.

자신이 이끌고 있는 팀이 평균 이하의 약체라는 평가를 듣고서 기분이 좋을 감독은 존재하지 않는 법이었다.

그로 인해 미안한 마음이 들었지만, 태식은 약해지려는 마음을 다잡았다.

'더 늦어지면… 곤란해!'

마이크 프록터 단장, 그리고 팀 셔우드 감독.

두 사람은 모두 샌디에이고 파드리스에 대한 애정을 갖고 있었다. 그리고 그것은 태식도 마찬가지였다.

이대로 조금 더 시간이 흐른다면, 샌디에이고 파드리스는 반등의 기회를 놓쳐 버리고 올 시즌을 포기해야 할 가능성이 높았다.

그건 태식이 바라는 바가 아니었다.

"감독님."

"말하게."

"그런 이유로 저는 샌디에이고 파드리스의 팀 체질을 개선하는 것이 우선이라고 생각합니다."

"그래서… 그동안 리빌딩을 진행했던 것이 아닌가?"

"물론 그 사실을 잘 알고 있습니다. 그렇지만 문제는 리빌딩이 제대로 효과를 드러내지 못한다는 것이지요."

"그 말은……."

"현재 샌디에이고 파드리스의 가장 큰 약점이 무엇이라고 생각하십니까?"

"자넨 무엇이라고 생각하나?"

팀 서우드 감독이 되물은 순간, 태식이 망설임 없이 대답했다.

"조급함입니다."

'조급함이… 약점이다?'

팀 서우드가 쓰디쓴 커피를 입으로 가져갔다.

김태식이 지적한 샌디에이고 파드리스의 약점은 조급함이었고, 팀 서우드 역시 그 의견에 동감했다.

샌디에이고 파드리스는 시즌 개막과 함께 8연패를 당했다.

그 과정에서 팀의 주축인 젊은 선수들은 당황한 기색이 역력했다.

어서 빨리 연패를 끊고 승리를 거둬야 한다는 강박관념에 사로잡히다 보니, 공수 양면에서 서두르기 시작했다.

그런 선수들의 조급함은 팀을 더욱 수렁으로 몰고 갔다.

그리고.

조급함은 지금까지도 이어지고 있었다.

최하위에 처져 있는 데다가, 선두권 팀들과의 격차가 점점 더 벌어지자 선수들은 점점 더 초조해하고 있었다.

문제는 이런 상황을 타개할 해법이 마땅치 않다는 점이었다.

"아직 시즌 초반일 뿐이다. 시즌은 길다. 분명히 반등할 수 있는 계기가 찾아올 테니, 경기 중에 서두르지 마라."

팀 셔우드가 선수들에게 입버릇처럼 강조하는 부분이었다. 그렇지만 선수들은 여전히 조급한 마음을 떨치지 못하고 있었다.

아마 경험이 부족하기 때문이리라.

"첫 단추를 잘못 꿰었어."

팀 셔우드가 짤막한 한숨을 내쉬었다.

리빌딩을 거치며 젊은 선수들이 팀의 주축이 된 샌디에이고 파드리스는 시즌 초반 분위기가 특히 중요했다.

만약 시즌 개막과 함께 연패에 빠지지 않고 연승을 거두었다면?

젊은 선수들은 연승을 거두는 과정에서 자신감을 얻었으리라.

그랬다면 조급한 마음이 생기지 않고 본인들이 가진바 기량 이상을 끌어냈을 가능성도 충분했다.

그러나 샌디에이고 파드리스는 정반대의 상황에 직면했다.

시즌 초반에 연패에 빠지며 최하위로 처졌고, 한시라도 빨리 승리를 거두며 최하위에서 벗어나야 한다는 선수들의 조바심이 오히려 경기력을 더욱 떨어뜨리고 있었다.

팀 셔우드가 고개를 끄덕이며 인정한 순간, 김태식이 팀 셔우드를 향해 강렬한 시선을 던지며 말을 이었다.

"조급한 것은 선수들만이 아닙니다."

"……?"

"감독님도 조급한 것은 마찬가지입니다."

'내가… 조급하다?'

팀 서우드가 콧잔등을 찡그린 순간, 김태식이 덧붙였다.

"인정하십니까?"

"나는… 나는……"

팀 서우드의 말문이 일순 막혔을 때, 김태식이 대답을 더 기다리지 않고 다시 입을 뗐다.

"인정하지 않으시는 것 같으니 예를 들어보겠습니다."

'예를 든다?'

무슨 예를 든다는 걸까.

팀 서우드가 의아한 시선을 던질 때, 김태식이 말을 이었다.

"제가 선발투수로 출전했던 LA 다저스와의 경기를 예로 들겠습니다. 0의 행진이 이어지던 8회 초에 우리 팀은 득점 기회를 맞이했습니다. 그리고 감독님은 대타자를 기용하지 않고 저를 타석에 그대로 내보내셨습니다. 기억하십니까?"

물론 기억하고 있었다.

그날 경기의 패배는 무척이나 아쉬웠기 때문에 몇 번씩이나 곱씹어보았으니까.

"득점 찬스에서 대타자를 기용하지 않고 자넬 타석에 내보냈던 것이 내가 조급하다는 증거란 뜻인가?"

"그건 아닙니다. 결과적으로 그 선택은 적중해서 우리 팀이 선취 득점을 올렸으니까요. 제가 말씀드리고 싶은 것은 그 후의 작전이었습니다."

"그 후의 작전?"

"감독님께서는 저를 불러들이고 대주자를 기용했습니다. 물론 거기까지도 문제가 될 것은 없었습니다. 그렇지만 감독님은 대주자에게 도루를 지시했습니다."

이것 역시 생생히 기억이 났다.

김태식의 적시타가 나온 덕분에 선취 득점을 올리는 데 성공하긴 했지만, 한 점차의 리드에 불과했다.

샌디에이고 파드리스의 허약한 불펜을 감안하면, 추가 득점을 올리는 것이 꼭 필요하다는 생각에 팀 서우드는 대주자를 기용했었다. 그리고 득점권에 주자를 보내기 위해서 도루 지시를 내렸었고.

물론 도루 시도는 실패했다. 그래서 추가 득점 찬스를 허무하게 날려 버렸지만, 그게 잘못이라는 생각은 하지 않았다.

샌디에이고 파드리스의 허약한 불펜진을 감안해서 선택했던 고육지책이었을 뿐이라고 생각하고 있었는데.

김태식은 지금 그 부분을 지적하고 있었다.

"어떤 부분이 내가 조급했다는 증거인가?"

"당시에 도루를 지시했던 부분입니다."

"그건 추가 득점을 올리기 위해서 어쩔 수 없이……."

"그때 다르빗 유는 흔들리고 있었습니다."

"……?"

"투수인 제게 적시타를 허용했기 때문에 다르빗 유는 분명히 흔들리고 있었습니다. 감독님께서 대주자에게 도루를 지시했을 당시, 타석에 서 있던 에릭 아이바의 볼카운트는 투 볼 노 스트라이크였습니다. 그리고 에릭 아이바를 상대로 다르빗 유가 던졌던 3구째 공 역시 볼이었습니다."

'정말… 그랬었나?'

팀 셔우드가 당시의 기억을 다시 더듬었다.

2사 1루 상황에서 타석에 등장했던 에릭 아이바의 볼카운트는 투 볼 노 스트라이크가 맞았다. 그리고 도루 지시를 내렸을 때, 3구째로 들어왔던 공 역시 스트라이크존을 벗어났던 높은 공이었다.

즉, 그날 경기에서 거의 완벽에 가까운 투구를 펼쳤던 다르빗유의 제구가 흔들렸다는 증거였다.

16. 절충안

'왜… 놓쳤을까?'

팀 셔우드가 자책했다.

당시에는 무슨 수를 써서라도 추가 득점을 올려야 한다는 생각에 사로잡혀 있었다. 그래서 일단 기용했던 대주자를 득점권에 보내야 한다는 생각밖에 없었다.

이것이 당시에 팀 셔우드가 다르빗 유가 흔들린다는 사실을 간파하지 못했던 이유였다.

그렇지만.

당시에는 특수성이 존재했다.

이 하나의 예만으로 자신의 조급함을 증명하기는 어려웠다. 그래서 팀 셔우드가 마뜩찮은 표정을 지었을 때였다.

"그게 다가 아닙니다. 팀의 마무리 투수인 히스 벨을 너무 일찍 마운드에 올렸던 것 역시 감독님이 조급하다는 증거입니다."

"그건……."

팀 셔우드가 기억을 이어나갔다.

김태식의 지적처럼 그날 경기에서 팀 셔우드는 마무리 투수인 히스 벨을 이른 시점에 투입했다.

8회 말 1사 만루 상황에서 투입했으니까.

그러나 달리 선택의 여지가 없었다.

연패를 끊기 위해서는 그 상황에서 추가 실점을 허용해서는 안 됐다. 그렇기 때문에 히스 벨을 조기에 투입했던 것이다.

"만약 히스 벨을 투입하는 것이 더 늦어진다면 경기의 승기가 넘어갈 거라 판단했기 때문이네."

팀 셔우드가 변명을 꺼냈다.

그렇지만 김태식은 그 변명이 마음에 들지 않는 듯 정색했다.

"감독님이 꾸준히 강조하셨던 말씀과 정면으로 배치됐던 결정이었습니다."

"그게… 무슨 뜻인가?"

"아직 시즌 초반일 뿐이다. 시즌은 길다. 분명히 반등할 수 있는 계기가 찾아올 테니, 서두르지 마라. 선수들에게 감독님이 수시로 강조하셨던 말씀입니다. 그렇지만 감독님이 그 말씀과 상반되는 선택을 하셨던 겁니다."

"……?"

"아직 시즌 초반에 불과한데 팀의 마무리 투수인 히스 벨을 마치 포스트 시즌처럼 운용하고 있으니까요."

이번에도 김태식의 지적은 예리했다.

팀 셔우드가 딱히 반박할 말을 찾기 힘들 정도였다.

'이게… 다가 아냐!'

이번만이 아니었다.

시즌 초반에 팀이 연패에 빠졌을 때는 승리를 거두는 것이 간절했다. 그래서 역전할 수 있는 가능성이 있다고 판단했을 때에는 비록 스코어가 뒤지고 있을 때도 마무리 투수인 히스 벨을 포함해서 필승 조를 경기에 투입했다.

분명 정상적인 투수 운용은 아니었다. 그리고 이런 비정상적인 투수 운용을 했던 이유는 감독인 자신이 1승을 거두는 데 급급해 너무 서둘렀기 때문이다.

'인정해야겠군!'

자신의 실수와 과오를 인정하는 것.

무척 힘들고 아픈 법이었다. 그렇지만 김태식의 지적을 듣고 나니, 자신의 실수와 과오를 인정하지 않을 수 없었다.

선수들만이 아니었다.

감독인 자신 역시 조급증에 빠져 있었다.

"우리 팀의 성적이 부진한 이유가… 감독인 내 탓이란 말을 하고 싶은 건가?"

잠시 후, 팀 셔우드가 묻자 김태식이 고개를 흔들었다.

"아까도 말씀드렸듯이 저는 야구가 팀 스포츠라고 생각합니다. 팀의 성적이 부진한 데는 여러 요인이 복합적으로 작용한다고 생각합니다."

"자네가… 진짜 하고 싶은 말이 뭔가?"

"처음으로 돌아갔으면 합니다."

"처음으로… 돌아가자?"

팀 서우드가 한숨을 내쉬었다.

솔직한 내심은 팀 서우드 역시 마찬가지였다.

만약 가능하기만 하다면, 올 시즌이 시작되기 전으로 다시 돌아가고 싶었다. 그래서 잘못 꿰었던 샌디에이고 파드리스의 첫 단추를 제대로 꿰고 싶었다.

그렇지만 시간을 다시 되돌리는 것은 불가능했다.

"그게 불가능하다는 것은 자네도 잘 알지 않은가?"

"물론 시간을 되돌리는 것은 불가능합니다. 그렇지만… 제가 말씀드린 것은 시간을 되돌리자는 뜻이 아닙니다."

"그럼 어떤 뜻인가?"

"제가 말씀드린 것에는 두 가지 의미가 있습니다."

"두 가지?"

팀 서우드가 의아한 시선을 던질 때, 김태식이 말을 이었다.

"우선 감독님의 말씀처럼 시간을 되돌리는 것은 불가능합니다. 그렇지만 상황을 되돌리는 것은 가능하다고 생각합니다."

"상황을 되돌리는 것은 가능하다?"

"시즌 전으로 상황을 되돌리자는 뜻이죠."

무슨 뜻일까.

김태식이 지금 꺼내고 있는 이야기를 제대로 이해하기 어려웠다. 그래서 팀 서우드가 고개를 갸웃했을 때였다.

"새로 시작하자는 겁니다."

"새로 시작하자니?"

"지금까지의 성적은 모두 잊어버리고, 이제 막 시즌이 시작됐다고 여기고 다시 처음부터 시작하는 것은 가능하지 않습니까?"

비로소 말뜻을 이해하는 데 성공한 팀 셔우드가 희미하게 고 개를 끄덕였다.

시간을 되돌리는 것은 불가능하다.

그렇지만 상황을 되돌릴 수 있다.

이제 막 올 시즌이 시작한 상황이라 여기고, 새로운 각오로 경기에 임하는 것은 가능한 것이 아니냐?

방금 김태식의 이야기에 담긴 요지였다.

그렇지만.

'그게 대체 무슨 의미가 있지?'

팀 셔우드가 재차 의문을 품었을 때였다.

"우리 팀 선수들은 아직까지 가진바 기량을 제대로 펼쳐내지 못하고 있습니다. 감독님의 말씀처럼 첫 단추를 잘못 꿴 탓에 조급함에 빠져서 경기 중에 서두르고 있기 때문이지요. 그래서 이런 제안을 드린 것입니다. 만약 제대로 여건만 마련된다면, 우리 팀 선수들은 가진바 기량을, 아니, 그 이상을 경기장에서 펼쳐낼 수 있다고 생각합니다. 그만한 능력을 갖춘 선수들이니까요."

김태식이 더한 설명을 듣고 팀 셔우드가 고개를 끄덕였다.

'나부터 변하라는 뜻이군!'

샌디에이고 파드리스의 주축인 젊은 선수들이 가진바 기량 이 상을 펼칠 수 있는 여건을 조성해 주어야 한다.

그것을 위해서는 감독인 자신이 먼저 바뀌어야 한다는 뜻이 김태식이 방금 꺼낸 말속에 숨어 있었다.

불쾌하다는 생각이 들진 않았다.

오히려 적절한 충고라는 생각이 들었다.

그와 동시에 의문이 깃들었다.

'또 하나는 뭐지?'

아까 김태식은 자신이 꺼냈던 말에 두 가지 의미가 있다고 말했다. 또 하나의 의미가 무엇인지 호기심이 치밀었다.

"나머지 하나는 뭔가?"

"단어 그대로입니다."

"……?"

"아까 제가 야수로 출전하는 것이 어떠냐고 제의하셨지 않습니까?"

김태식의 말이 끝난 순간, 팀 셔우드가 말뜻을 이해했다.

"대화의 처음으로 돌아가자는 뜻이었군."

"그렇습니다."

"그렇지만… 이미 그 이야기는 끝난 것이 아닌가? 아까 자네와 자네의 에이전트는 분명히 거절 의사를 밝혔었지 않은가?"

"이유가 다릅니다."

"이유가… 다르다니?"

"거절한 이유가 다르다는 뜻입니다."

김태식이 꺼내는 말.

좀처럼 알아듣기 어려웠다. 그래서 팀 셔우드가 답답한 표정을 드러냈을 때, 김태식이 미안한 표정을 지었다.

"죄송합니다. 그렇지만 저도 처음이라서 어려운 것은 마찬가지입니다."

"뭐가 처음이란 말인가?"

"에이전트 말입니다."

"에이전트?"

"저 역시 에이전트와 일하는 것은 처음이기 때문에 제 마음대로 할 수 없는 부분이 존재한다는 뜻입니다."

"……?"

"지금은 감독님과 저, 둘뿐이니 솔직히 말씀드리겠습니다. 에이전트인 데이비드 오와 저는 의견이 다릅니다."

"의견이 다르다고 했나?"

"그렇습니다."

"어떻게 다른가?"

김태식이 대답했다.

"저는 팀을 위해서 야수로 출전할 결심이 서 있습니다."

"진심… 인가?"

팀 셔우드 감독이 재차 확인하기 위해서 다시 질문을 던졌다.

멀찍이 떨어진 탁자에서 커피를 마시고 있는 데이비드 오를 힐끗 살핀 후, 태식이 대답을 꺼냈다.

"진심입니다."

"그럼… 야수로 경기에 출전하면 해결될 문제가 아닌가?"

팀 셔우드 감독이 기회를 놓치지 않고 재차 제안했다.

그러나 태식은 이번에도 고개를 흔들었다.

"에이전트인 데이비드 오의 의견을 무시하기는 어렵습니다. 그리고 아까도 말씀드렸듯이 제가 야수로 경기에 출전한다고 하더라도, 우리 팀에 크게 도움이 되지 않는다고 저는 판단하고 있습니다."

"하지만……."

"오히려 역효과가 발생할 수도 있다고 생각하고 있습니다."

"역효과가 날 수도 있다고?"

팀 서우드 감독은 이해가 되지 않는다는 표정을 짓고 있었다. 그런 그를 위해서 태식이 설명을 더했다.

"제가 야수로 경기에 출전하게 된다면, 기존의 야수들 가운데 누군가는 주전에서 밀려나게 될 겁니다."

"그거야 어쩔 수 없는 부분이지."

팀 서우드 감독은 당연하다는 듯이 말을 받았다.

좀 더 경쟁력이 있는 선수가 주전을 꿰차는 것.

약육강식의 법칙이 적용되는 정글처럼 냉혹한 메이저리그에서는 당연한 결과라는 뜻이리라.

그러나 태식의 생각은 달랐다.

"아직 젊은 선수들입니다. 만약 투수인 저와의 포지션 경쟁에서 밀렸다는 사실을 알게 된다면, 그 좌절감과 상실감은 무척 클 것입니다."

"그건… 부인하기 어렵군."

"그리고 주전 경쟁에서 밀린 선수만 상실감을 느끼는 게 아닐 겁니다. 조금만 부진하면 언제든지 주전 경쟁에서 밀려날 수 있다는 공포감이 팀 내에 전염된다면, 젊은 선수들은 더욱 조급해질 겁니다."

거기까지는 생각이 미치지 못했던 걸까.

팀 서우드 감독의 표정이 딱딱하게 굳어져 있었다.

"일리가 있는 이야기로군."

"이것이 제가 역효과가 나타날 수도 있다고 말씀드렸던 이유입니다."

"그렇지만……."

팀 셔우드 감독이 답답한 표정으로 한숨을 내쉬었다.

"그렇다고 해서 이대로 그냥 계속 손 놓고 있을 수는 없지 않은가? 지금 우리 팀이 반등하기 위해서는 어떤 계기가 꼭 필요한 상황이네."

팀 셔우드 감독에게서는 현재 샌디에이고 파드리스가 처해 있는 상황에 대한 답답함과 절실함이 묻어났다.

"이미 답은 말씀드렸습니다."

"상황을 되돌리자는 것 말인가? 그리고 감독인 나부터 조급증을 떨쳐야 한다고 말했던 것 말인가?"

"그렇습니다."

태식은 이미 답을 알려주었다.

그렇지만 팀 셔우드 감독은 전혀 만족한 기색이 아니었다.

"이걸로는… 한참 부족해!"

팀 셔우드 감독이 불안한 기색을 떨치지 못하는 이유를 태식은 짐작할 수 있었다.

가시적인 대책이 등장하지 않은 상황.

과연 얼마나 효과가 있을지 확신을 갖지 못했기 때문이다.

"절충안이 있습니다."

해서 태식이 말을 꺼낸 순간, 팀 셔우드 감독이 두 눈을 빛냈다.

"절충안? 뭔가?"

태식이 대답했다.

"승부처에서 대타자로 출전하는 것입니다."

*   *   *

3연패.

샌디에이고 파드리스는 다시 연패에 빠졌다.

일찌감치 경기가 열릴 다저 스타디움에 도착해 있던 송나영이 양 팀의 선발 라인업을 확인했다.

〈샌디에이고 파드리스 선발 라인업〉

1번. 에릭 아이바

2번. 호세 론돈

3번. 코리 스프링어

4번. 티나 코르도바

5번. 맷 부쉬

6번. 하비에르 게레로

7번. 미구엘 마못

8번. 이안 드레이크

9번. 조셉 바우먼

피처: 조셉 바우먼

"똑같네!"

샌디에이고 파드리스는 3연패에 빠져 있는 상황.

그렇지만 샌디에이고 파드리스의 감독인 팀 서우드는 선발 라인업을 조정하지 않았다.

"왜… 조정하지 않을까?"

어제 경기에서 샌디에이고 파드리스는 3 : 8로 패했다.

경기의 패배에는 여러 요인이 있겠지만, 송나영이 판단하는 가장 큰 패인은 6번 타자 겸 3루수인 하비에르 게레로의 결정적인 실책이었다.

어제 경기 4회 말.

2 : 2로 균형이 이루어진 상황에서 선발투수 미구엘 디아즈는 1사 만루의 위기에 처했었다. 그렇지만 미구엘 디아즈는 쉽게 무너지지 않았다.

결정구인 체인지업을 던져서 더블플레이를 충분히 만들어낼 수 있는 평범한 3루 땅볼을 유도해 냈다.

그렇지만 3루수인 하비에르 게레로는 타구를 뒤로 빠뜨리는 커다란 실책을 범했다.

비록 불규칙 바운드가 일어나긴 했지만, 팽팽하게 흘러가던 경기의 분위기를 넘어가게 만든 치명적인 실수였다.

그 실수로 인해 1실점을 허용했을 뿐만 아니라, 나름 호투하고 있던 선발투수 미구엘 디아즈는 와르르 무너져 버렸으니까.

그래서 송나영은 두 팀의 3연전 마지막 경기를 앞두고 팀 서우드 감독이 선발 라인업을 조정할 거라고 예상했다.

최소한 질책성으로 하비에르 게레로를 오늘 경기 선발 라인업에서 제외할 거라 예상했는데.

송나영의 예상은 빗나갔다.

팀 서우드 감독은 하비에를 게레로를 그대로 경기에 출전시켰다. 그뿐만 아니라, 타순조차 조정하지 않았다.

'스윕 패!'

선발 라인업을 확인한 송나영의 머릿속에 자연스레 샌디에이고 파드리스가 스윕 패를 당하는 모습이 떠올랐다.

그렇지만 송나영은 일말의 기대를 버리지 못했다.

그 이유는 김태식이 넌지시 건넸던 말 때문이었다.

"샌디에이고 파드리스가 달라질 겁니다."

김태식은 샌디에이고 파드리스가 달라질 거라고 언질을 주었다.

가타부타 설명조차 없이 건넸던 말.

그러나 송나영은 확신할 수 없었다.

선발 라인업부터 타순까지.

달라진 것이 전혀 없는데, 갑자기 샌디에이고 파드리스가 좋은 팀으로 변모하는 것이 가능할까.

불가능하다는 생각이 들었기 때문이다.

"차라리 김태식 선수가 야수로 출전하는 것이 나을 텐데."

투타 겸업.

김태식 선수가 가진 매력이자 메리트였다. 그리고 송나영은 이미 김태식 선수가 야수로 출전하는 모습을 많이 지켜보았었다.

당시 김태식 선수의 활약을 눈부셨고, 비록 리그가 다르다고

는 하나 현재 샌디에이고 파드리스의 주전으로 나서고 있는 야수들에 비해 훨씬 더 기량이 뛰어났었다.

해서 송나영이 아쉬운 기색을 드러냈지만, 팀 셔우드 감독의 판단은 달랐다.

어쨌든.

김태식은 빈말을 하는 성격이 아니었다.

그가 이런 말을 할 데는 분명한 이유가 있을 것이다.

"대체… 뭘 지켜보라고 했던 걸까?"

송나영이 호기심을 이기지 못하고 그라운드로 시선을 던졌다.

17. 목표가 다르다

조셉 바우먼 VS 알렉스 우즈.

샌디에이고 파드리스와 LA 다저스의 3연전 마지막 경기 선발 매치업이었다.

조셉 바우먼은 샌디에이고 파드리스의 1선발.

반면 알렉스 우즈는 LA 다저스의 4선발이었다.

그렇지만 전문가들은 LA 다저스의 우세를 점쳤다.

알렉스 우즈가 팀의 4선발을 맡고 있긴 하지만, 올 시즌 알렉스 우즈는 1선발인 클라이튼 커쇼 못지않은 활약을 펼치고 있었기 때문이다.

만약 투수 왕국이라 불리는 LA 다저스 소속이 아니라 다른 팀이었다면 충분히 1, 2선발을 맡을 수 있을 정도로 알렉스 우즈의 성적과 구위는 빼어났다.

실제로 단순 비교에서도 조셉 바우먼에 비해서 알렉스 우즈가 현재까지 승수와 방어율 모두 더 좋은 기록을 갖고 있었다.

그리고.

전문가들의 예상은 적중했다.

0 : 2.

7회가 끝났을 때의 스코어였다.

알렉스 우즈는 사사구 없이 세 개의 안타만 허용하는 거의 완벽에 가까운 피칭을 펼쳤다.

조셉 바우먼 역시 호투를 펼쳤다.

LA 다저스의 강타선을 상대로 퀄리티 스타트 이상의 투구를 했지만, 두 개의 실투가 아쉬웠다.

제구 미스로 가운데로 몰렸던 실투 두 개가 모두 솔로 홈런으로 연결되면서 샌디에이고 파드리스는 경기 후반까지 두 점차로 끌려가고 있었다.

"강해!"

더그아웃에서 경기를 지켜보고 있던 태식이 작게 혼잣말을 꺼냈다.

마운드에서 백 개 가까이 투구를 하다 보면 실투가 나오게 마련.

그 실투를 놓치지 않고 득점으로 연결시키는 LA 다저스 타선의 집중력은 무척 뛰어났다. 그리고 선발투수진도 막강했다.

올 시즌 LA 다저스가 유력한 월드 시리즈 우승 후보라는 이야기가 괜히 나온 것이 아니었다.

"아직… 포기하긴 일러!"

태식이 8회 초의 선두 타자로 타석으로 향하고 있는 하비에르 게레로를 바라보며 두 눈을 빛냈다.

LA 다저스의 마운드는 여전히 알렉스 우즈가 지키고 있는 상황.

타석에 들어선 하비에르 게레로는 홈 플레이트에 바싹 붙어서 타격 자세를 취했다.

슈아악!

알렉스 우즈는 초구로 몸 쪽 직구를 던졌다.

타자의 무릎 높이로 파고드는 직구는 몸 쪽으로 바싹 붙었다. 그렇지만 하비에르 게레로는 피하기 위해서 뒤로 물러나지 않았다.

꿈쩍도 하지 않고 공을 지켜보았다.

"볼!"

너무 깊었다고 판단한 주심이 볼을 선언한 순간, 태식이 고개를 끄덕였다.

2타수 무안타.

하비에르 게레로는 오늘 타석에서 침묵했다.

어제 경기에서 치명적인 실책을 범했던 것이 마음의 짐으로 남아 있는 상황.

그는 어떻게든 타석에서 어제의 실책을 만회하고 싶을 것이었다.

그런 각오가 몸 쪽 깊은 코스의 공을 피하지 않는 행동으로 드러났다.

사구를 맞고서라도 출루하겠다는 결연한 의지가 전해진 순간
이었다.

딱!

하비에르 게레로가 바깥쪽 커브를 당겨 쳤다.

배트 하단에 맞으며 땅볼이 됐지만, 타구의 코스가 좋았다.

유격수가 백핸드로 타구를 잡아서 1루로 송구했지만, 전력 질
주를 한 하비에르 게레로는 세이프 선언을 받았다.

무사 1루.

오늘 경기 마지막일지도 모를 찬스가 만들어진 순간, 태식이
대타 요원인 라이언 피어밴드를 바라보았다.

따악!

그때 7번 타자인 미구엘 마못이 5구째 공을 공략했다.

배트 중심에 맞은 타구는 원 바운드를 일으키면서 투수 정면
으로 향했다.

퍽!

알렉스 우즈가 본능적으로 글러브를 내밀었지만, 빠른 강습
타구를 잡아내기에는 역부족이었다.

알렉스 우즈의 발목을 맞고 타구가 굴절됐다.

데구르르.

2루수가 대시하며 굴절된 타구를 잡았지만, 타자 주자를 잡기
에는 늦어 있었다.

강습 타구를 맞은 충격이 커서일까.

바닥에 주저앉아서 고통스러운 표정을 짓고 있는 알렉스 우즈
에게 트레이너와 의료진이 달려갔다.

'교체!'

골절상이 됐을 확률은 낮았다. 그렇지만 워낙 강습 타구였던 터라, 알렉스 우즈의 통증은 클 터였다.

투수 보호론자라고 알려진 LA 다저스의 데이빗 로버츠 감독은 알렉스 우즈를 교체할 확률이 높았다.

예상대로 불펜에서 앤디 머로우가 몸을 풀기 시작했다.

알렉스 우즈의 치료를 위해서 잠시 경기가 중단된 사이, 태식이 대타 요원인 라이언 피어밴드의 곁으로 다가갔다.

"만약 나라면… 승부를 길게 가져갈 거야."

"네?"

"타석에서 서두르지 말란 뜻이야."

태식의 보직은 선발투수.

투수인 태식이 이런 충고를 건넸으니 타자인 라이언 피어밴드가 불쾌한 기색을 드러낼 수도 있었다.

그렇지만 태식의 예상은 빗나갔다.

라이언 피어밴드는 태식의 충고에 귀를 기울였다.

"왜 서두르지 말란 겁니까?"

"앤디 머로우의 몸이 덜 풀렸거든."

"……?"

"제구가 뜻대로 안 될 확률이 높아!"

타구에 맞기 전 알렉스 우즈의 투구 수는 89개.

충분히 완투를 노릴 수 있을 정도로 투구 수 관리가 잘된 편이었다. 더구나 알렉스 우즈는 전혀 지친 기색을 드러내지 않았다.

여전히 구위가 빼어났기에, 데이빗 로버츠 감독은 중간 계투진 투입을 생략하고, 바로 마무리 투수인 칼리 젠슨을 투입하려는 수순을 염두에 두고 있었던 것으로 보였다. 그런데 알렉스 우즈가 갑작스러운 부상을 당하고 나자, 급히 중간 계투 요원인 앤디 머로우를 준비시킨 것이었다.

"우선은 루상에 주자를 모으는 게 최선이야!"

라이언 피어밴드가 고개를 끄덕인 후, 타석으로 향했다. 그리고 이안 드레이크를 대신해 타석에 들어선 라이언 피어밴드는 태식의 충고를 충실히 따랐다.

"볼!"

유인구에 속지 않으면서 승부를 길게 끌고 갔다.

슈아악!

쓰리 볼 원 스트라이크 상황에서 앤디 머로우가 던진 직구가 빠졌다.

"볼넷!"

라이언 피어밴드가 볼넷으로 걸어 나가면서 무사 만루로 바뀐 순간, 태식이 박수를 친 후 고개를 돌렸다.

자신에게 향해 있는 팀 셔우드 감독의 시선을 확인한 태식이 데이비드 오와의 대화를 떠올렸다.

"대타자로… 경기에 출전하겠다고 하셨습니까?"

태식이 팀 셔우드 감독과 나누었던 대화에 대해 알려주자, 데이비드 오는 당황한 기색이 역력했다.

"왜 그런 무모한 결정을 내리신 겁니까?"

"무모한 결정입니까?"

"당연히 무모한 결정이죠."

어지간한 일에는 흥분하지 않던 데이비드 오가 살짝 언성을 높였다.

"이대로 10승만 거둔다면 대박 계약을 체결할 수 있습니다. 제가 이미 약조를 드리지 않았습니까? 혹시 절 못 믿으시는 겁니까?"

"데이비드 오를 믿지 못하는 것이 아닙니다. 저도 10승 이상을 거둔다면, 좋은 계약을 새로 맺을 수 있다는 것을 알고 있습니다."

"그런데 왜 이런 선택을 내리신 겁니까?"

"목표가 다르니까요."

태식의 대답이 예상과 달랐기 때문일까?

데이비드 오가 의아한 시선을 던졌다.

"무슨 목표가 다르다는 것입니까?"

"데이비드 오와 저의 목표가 조금 다르다는 뜻입니다."

"그게… 무슨 뜻입니까?"

"데이비드 오의 목표는 최대한 좋은 조건으로 재계약을 맺는 것이지요?"

"그렇습니다."

"저도 그 목표는 같습니다. 그렇지만 저는 그 외에도 여러 목표들을 갖고 있습니다. 저는 선수이니까요."

태식이 단호한 목소리로 덧붙이자, 데이비드 오가 한숨을 내쉬었다.

"선수로서 어떤 목표를 갖고 있습니까?"

"우승을 경험하고 싶습니다."

"우승… 이요?"

"그렇습니다."

"가능합니다. 올 시즌이 끝난 후에 우승권에 근접해 있는 강팀과 계약을 맺는다면 김태식 선수는 바라는 우승을 할 수……."

"이번 시즌입니다."

"네?"

"이번 시즌에 우승하고 싶습니다."

태식이 힘주어 강조한 순간, 데이비드 오가 당황한 기색을 드러냈다.

"왜 하필… 올 시즌입니까?"

"시간이 많지 않으니까요."

"나이… 때문입니까?"

"맞습니다."

태식이 바로 대답한 순간, 데이비드 오의 말문이 막혔다.

태식의 나이가 많다는 것을 그 역시 알고 있었기 때문이다.

물론 태식은 기적이 일어나면서 신체 나이가 스무 살 무렵으로 돌아간 상황이었다.

꾸준히 관리한다면 선수로서 최고의 기량을 유지한 채로 오랫동안 경기에 나설 수 있었다. 그럼에도 불구하고 이렇게 대화를 끌고 간 것은 자신의 뜻을 관철시키기 위함이었다.

"절충안이라고 생각합니다."

"절충안… 이요?"

"데이비드 오가 우려하는 부상 위험을 최소화하면서 샌디에이고 파드리스에게 도움을 줄 수 있는 절충안이라는 뜻입니다."

"그렇지만……."

여전히 마뜩찮은 기색을 드러내고 있는 데이비드 오를 확인한 태식이 덧붙였다.

"조금은 다른 관점에서 바라보는 것은 어떨까요?"

"다른 관점이요?"

"제 선택이 새로운 계약에 득이 될 수도 있습니다."

"……?"

"이전에 메이저리그에 없던 유형이니까요."

태식의 말뜻을 알아챘을까.

비로소 데이비드 오의 표정이 조금 밝아졌다.

"두 가지만 당부드리겠습니다."

"말씀하시죠."

"우선 부상을 당하지 말아야 합니다."

태식이 고개를 끄덕인 순간, 데이비드 오가 또 하나의 당부를 더했다.

"이미 대타자로 출전하기로 결심한 이상, 잘해야 합니다."

대타자 김태식!

선발 투수인 조셉 바우먼의 타석에서 팀 셔우드 감독은 또 한 번 대타 카드를 꺼내 들었다. 그리고 팀 셔우드 감독이 꺼내 든 대타 카드가 바로 선발투수인 태식이라는 것이 알려진 순간,

다저 스타디움을 가득 메우고 있던 관중들이 술렁이기 시작했다.

투수 보직을 맡고 있는 선수를 대타자로 기용하는 것.

메이저리그에서도 결코 흔한 일이 아니었기 때문이다.

그리고.

태식이 대타자로 등장하자 놀란 것은 관중들만이 아니었다.

데이빗 로버츠를 비롯한 LA 다저스의 코칭스태프들은 물론이고, LA 다저스 선수들도 놀란 기색이 역력했다.

그뿐이 아니었다.

샌디에이고 파드리스 선수들조차도 당황한 기색을 드러냈다.

그렇지만 태식은 주변의 반응에 신경 쓰지 않았다.

'인생사 새옹지마!'

타석을 향해 걸어가는 태식이 떠올린 생각이었다.

지난 시즌까지만 해도 태식은 투타 겸업을 하고 싶어서 안달이 났었다.

자신의 효용 가치를 증명키 위해서 투타 겸업을 하고 싶어 했었는데.

그로부터 얼마 지나지 않은 시점인 지금은 상황이 정반대로 바뀌어 있었다.

태식이 투타 겸업을 해주기를 바라는 사람들이 많았지만, 오히려 태식이 투타 겸업을 고사하는 상황이었기 때문이다.

'기왕 하기로 한 것, 잘하자!'

태식이 각오를 다졌다.

무사 만루의 절호의 찬스에서 대타자로 타석에 들어선 태식이 마운드 위에 서 있는 앤디 머로우를 바라보았다.

그런 앤디 머로우는 당혹스러운 기색을 감추지 못하고 있었다.

투수인 태식이 결정적인 승부처에서 대타자로 나설 것을 전혀 예상치 못했기 때문이리라.

'그게 다가 아냐!'

앤디 머로우가 마운드에서 당황한 이유는 또 있었다.

알렉스 우즈의 갑작스러운 부상으로 인해 앤디 머로우는 충분히 워밍업을 하지 못한 채로 마운드 위에 올라와 있는 상황.

그 여파로 앤디 머로우는 제구가 뜻대로 되지 않았다.

등판 후 첫 상대였던 라이언 피어밴드를 상대로 볼넷을 허용했던 것이 제구가 마음먹은 대로 되지 않는 증거였다.

슈악!

"볼!"

앤디 머로우가 태식을 상대로 던진 초구는 낮게 떨어지는 체인지업.

그러나 태식의 배트는 끌려 나가지 않았다.

슈악!

2구째로 선택한 공은 낙차 큰 커브.

태식이 잘 참아내며 볼카운트는 투수에게 불리하게 바뀌었다.

투 볼 노 스트라이크가 된 순간, 태식이 1루 주자인 라이언 피어밴드를 힐끗 바라보았다.

마침 태식을 바라보고 있던 라이언 피어밴드가 시선이 마주친 후, 작게 고개를 끄덕였다.

아까의 충고를 떠올렸기 때문이리라.

'승부!'

태식이 두 눈을 빛냈다.

만루 상황에서 볼카운트가 불리하게 몰려 있는 앤디 머로우였다. 그는 무조건 스트라이크를 넣으려 시도할 것이다.

'직구!'

유인구의 제구가 뜻대로 되지 않는 상황.

불리한 볼카운트에 몰려 있는 앤디 머로우의 선택은 직구일 확률이 높았다.

태식이 배트를 힘껏 고쳐쥔 순간, 앤디 머로우가 와인드업을 했다.

슈아악!

앤디 머로우가 3구째로 선택한 구종.

태식의 예상대로 직구였다.

따악!

바깥쪽 코스로 날아드는 직구를 태식이 받아쳤다.

타다다닷!

태식이 1루로 달려 나가며 타구의 궤적을 눈으로 좇았다. 좌익수가 몸을 돌려 타구를 쫓다가 도중에 멈춰 섰다.

홈런임을 직감하고 포기한 것이 아니었다.

'펜스 플레이!'

타구를 바로 잡을 수 없다는 사실을 알아채고 펜스 플레이를 의식해서 도중에 멈춘 것이었다.

쾅!

태식의 타구가 펜스 상단을 직격했다.

펜스를 직격하고 높게 튕긴 타구를 확인한 태식이 2루 베이스 근처에서 잠시 고민했다.

'멈출까?'

그렇지만 고민은 길지 않았다.

태식은 2루에서 멈추지 않고 그대로 3루를 향해 내달렸다.

중계 플레이를 거친 송구가 도착한 것과 태식이 슬라이딩을 시도한 것은 거의 동시였다.

아슬아슬한 타이밍.

태그를 피하기 위해서 최대한 몸을 비틀면서 슬라이딩을 한 태식의 손이 베이스에 닿은 순간, 3루수의 태그가 이뤄졌다.

"세이프!"

3루심이 세이프를 선언한 순간, 태식이 쾌재를 불렀다.

주자 일소 적시 3루타.

3 : 2.

대타자로 나섰던 태식이 터뜨린 적시타 덕분에 경기는 일거에 뒤집혔다.

다저 스타디움이 적막에 잠겼다.

*   *   *

"와아! 진짜 끝내⋯⋯!"

김태식을 대타 요원으로 내보낸 팀 셔우드 감독의 대타 카드는 완벽하게 적중했다. 그것을 확인한 송나영이 흥분을 이기지 못하고 벌떡 일어나서 소리를 질렀다.

잠시 뒤, 그런 그녀가 슬그머니 말끝을 흐리며 다시 자리에 앉았다.

자신에게로 향해 있는 살기 어린 시선들을 느꼈기 때문이다.

'분위기 살벌하네!'

일단 얌전하게 자리에 앉긴 했지만, 흥분을 주체하기 힘들었다.

"이거였어!"

소심하게 주먹을 불끈 움켜쥐었던 송나영이 작게 고개를 끄덕였다.

"샌디에이고 파드리스가 달라질 겁니다."

김태식이 경기 전에 건넸던 말이 비로소 이해가 갔기 때문이다.

"대타자로 출전한다? 나쁘지 않은 선택이네."

지난 시즌, 김태식이 팬들의 주목을 잡아끌었던 데는 여러 가지 이유가 있었다.

삼십 대 후반이라는 무척 늦은 나이에 기량을 꽃피웠다는 이유도 있었고, 투타 겸업을 완벽하게 해내는 희귀한 유형의 선수라는 것도 이유 중 하나였다.

그렇지만 김태식이 가장 먼저 팬들의 주목을 끌었던 이유는 바로 타고난 해결사 능력 때문이었다.

승부처에서 타석에 자주 등장했던 김태식은 그때마다 해결사 능력을 뽐냈다.

'어쩌다가 한두 번 운이 좋았을 뿐이겠지!'

당시에 사람들이 갖고 있었던 편견이었다.

그렇지만 김태식은 꾸준히 해결사 능력을 선보이면서, 그들이 갖고 있던 편견을 완전히 깨부수었다.

그런 김태식의 해결사 면모는 메이저리그에서도 여전했다.

지난 네 경기, 선발투수로 등판해서 타석에도 들어섰던 김태식이 매 경기 타점을 올렸던 것이 그 증거였다.

"어쩌면… 이게 최선일지도 몰라!"

김태식이 투타 겸업을 해서 매일 경기에 출전하는 것.

기자인 송나영 입장에서는 최상이었다.

매일 기삿거리가 쏟아질 테니까.

또, 국내외의 팬들도 그것을 내심 바라고 있을 터였다.

김태식이 펼치는 활약을 매일 볼 수 있을 테니까.

그렇지만 김태식의 나이는 벌써 삼십 대 후반이었다.

투타 겸업을 하는 것은 체력적인 부담이 너무 클 터였다.

'좋은 절충안!'

송나영이 막 그렇게 판단했을 때, 팀 셔우드 감독이 3루 주자인 김태식을 대주자 루이스 벨트란으로 교체했다.

대주자 루이스 벨트란과 교체되어 더그아웃으로 돌아온 순간, 팀 동료들은 더그아웃 밖까지 나와서 열광적으로 환영해 주었다.

"나이스 배팅!"

"언빌리버블!"

"몬스터 슬러거 김태식!"

각자의 방식으로 환영해 주는 선수들 가운데 가장 인상 깊은 환영 방식을 보여준 것은 티나 코르도바였다.

샌디에이고 파드리스의 4번 타자인 티나 코르도바는 태식의 앞으로 다가와 두 손을 모으고 공손하게 고개를 숙였다.

"촌켱… 하니다!"

어설픈 동작, 그리고 엉성한 발음.

그렇지만 티나 코르도바가 방금 하려고 했던 말이 무엇인지는 충분히 알 수 있었다.

"존경합니다."

이게 그가 하려던 말이었다.

"어디서 배웠어?"

"한국에서 온 여기자에게서 배웠습니다."

티나 코드도바가 말하는 여기자가 누구인지는 짐작이 가고도 남았다.

아마 송나영이리라.

"혹시 다른 말은 안 배웠어?"

"하나 더 배웠습니다."

"또 뭘 배웠어?"

"흠머! 키 주거!"

역시 엉성한 발음이었다. 그렇지만 거구의 티나 코르도바가 익살스러운 표정과 동작을 곁들인 덕분에 충분히 알아들을 수 있었다.

"음메, 기 죽어!"

그가 원래 하려던 말이었을 것이다.

태식이 결국 참지 못하고 피식 실소를 터뜨렸을 때였다.

"그 여기자에게 제가 꼭 전해달라고 했던 말이 있었는데. 혹시 못 들었습니까?"

"무슨 이야기?"

"타석에서 선배가 너무 활약하면 우리 팀의 4번 타자인 제 체면이 말이 아니게 된다. 그러니까 타석에서 활약을 자제해 줬으면 좋겠다. 이렇게 전해달라고 했는데요."

"아, 그 이야기."

"들었습니까?"

"들었어."

"그런데?"

"그게……."

태식이 막 대답하려는 순간, 팀 셔우드 감독이 끼어들었다.

"티나 코르도바!"

"네, 감독님."

"반대로 할 생각을 해."

"네?"

"김태식이 타석에서 덜 활약하도록 바라지 말고, 네가 김태식보다 더 뛰어난 활약을 펼칠 생각을 하라고. 명색이 우리 팀의 4번 타자니까."

팀 셔우드 감독의 따끔한 지적이 자극이 됐을까.

티나 코르도바가 콧김을 거칠게 내뿜으며 돌아선 순간, 팀 셔우드 감독이 태식에게로 고개를 돌렸다.

"김태식."

"네."

"내가 슬라이딩 금지라고 지시했던 것, 잊었나?"

"물론… 잊지 않았습니다."

"그런데?"

"어쩔 수 없었습니다."

"어쩔 수 없었다?"

"분명히 위험부담이 존재하기는 했지만, 3루까지 도착하는 것이 꼭 필요하다고 판단했습니다."

"이유는?"

"추가점을 올리는 것이 급선무이니까요."

3 : 2.

대타자로 타석에 등장했던 태식이 루상의 주자들을 모두 불러들이는 싹쓸이 3루타를 터뜨린 덕분에 경기는 역전됐다.

그렇지만 겨우 한 점차의 리드에 불과했다.

샌디에이고 파드리스의 불안한 뒷문을 감안한다면, 이어질 찬스에서 추가 득점을 올리는 것이 꼭 필요했다.

그리고.

무사 2루와 무사 3루는 차이가 컸다.

추가 득점을 올릴 수 있는 가능성을 비교하면 후자가 훨씬 높았으니까.

이것이 태식이 슬라이딩 금지라고 천명했던 팀 셔우드 감독의 지시를 무시하고 3루까지 파고들었던 이유였다.

'어떤 반응이 돌아올까?'

태식이 팀 셔우드 감독을 가만히 바라볼 때였다.

"대타자로서의 타격은 훌륭했다."

"네."

"그렇지만 슬라이딩은 가급적 피해."

"……?"

"아직은 시즌 초반에 불과하니까. 또, 자네가 부상을 입는다면, 우리 팀은 치명적인 타격을 입게 되니까."

팀 셔우드 감독이 말을 마치고 돌아섰다.

'달라졌네!'

그 이야기를 들은 태식이 쓰게 웃었다.

슬라이딩 금지에서 가급적 슬라이딩을 피하는 것으로.

팀 셔우드 감독의 지시는 다시 달라져 있었다.

'상황이 달라졌으니까.'

팀 셔우드 감독이 슬라이딩 금지를 지시했을 당시, 태식은 선발투수로서만 경기에 나섰다.

반면 팀 셔우드 감독이 가급적 슬라이딩을 피하라는 지시를 한 지금, 태식은 대타 요원으로도 경기에 나섰다.

이런 입장의 차이가 팀 셔우드 감독의 지시를 바뀌게 한 것이리라.

어쨌든.

부상을 입으면 팀에 치명적인 손실이라는 팀 셔우드 감독의 이야기가 태식의 기분을 살짝 들뜨게 만들었다.

태식이 샌디에이고 파드리스라는 팀에 있어서 그만큼 중요한 존재라는 뜻이었으니까.

감독에게 가치를 인정받는 것.

선수로서는 뿌듯한 일이었다.

해서 태식의 표정이 밝아졌을 때, 팀 셔우드 감독이 고개를 돌리지 않은 채 한마디를 덧붙였다.

"그리고… 고맙다."

최종 스코어 4 : 3.

샌디에이고 파드리스는 LA 다저스와의 3연전 마지막 경기를 잡아내면서, 스윕 패를 당할 위기에서 벗어났다.

또, 지긋지긋한 연패에서도 빠져나왔다.

"추가 득점을 올렸던 것이 컸어!"

8회 초 무사 3루의 찬스에서 샌디에이고 파드리스는 추가점을 올리는 데 성공했다.

1번 타자 에릭 아이바가 내야 뜬공으로 아쉽게 물러났지만, 1사 3루로 바뀐 상황에서 2번 타자 호세 론돈이 깊숙한 외야플라이를 때려냈다.

그사이, 3루 주자였던 루이스 벨트란이 태그 업을 시도해 여유 있게 홈으로 들어오며 추가점을 올렸던 것이다.

만약 태식이 2루에서 멈췄다면?

추가점을 만들어내지 못했을 가능성이 높았던 걸 부인하기는 어려웠다.

결과적으로는 태식이 2루에서 멈추지 않고 3루까지 파고들었던 과감한 베이스 러닝이 결승점으로 연결된 셈이었다.

그리고 하나 더.

샌디에이고 파드리스의 중간 계투진은 오늘도 불안한 모습을 드러냈다.

2점의 리드를 안은 채 8회 말 마운드에 올랐던 토니 그레이는 1사 후에 연속 안타를 허용했다.

1사 1, 3루의 실점 위기에서 팀 셔우드 감독이 마운드에 올린 것은 마무리 투수인 히스 벨이 아니었다.

또 다른 중간계투 요원인 앤디 콜을 투입했다.

앤디 콜은 후속 타자에게 깊숙한 외야플라이를 허용하며 승계 주자를 홈으로 들어오게 만들었다.

그렇지만 8회 말의 마지막 아웃 카운트를 삼진으로 잡아내면서 이닝을 마무리했다. 그리고 9회 말에 마운드에 오른 마무리 투수 히스 벨이 마지막 세 타자를 삼자범퇴로 막아내며, 결국 한 점차의 리드를 지켜냈다.

"잘… 참으셨네!"

얼핏 보면 정상적인 불펜 운용이었다.

그렇지만 그동안 샌디에이고 파드리스의 불펜진 운용은 정상과는 거리가 있었다.

아마 팀 셔우드 감독은 8회 말에 마운드에 올랐던 토니 그레이가 연속 안타를 허용하면서 동점 내지 역전 위기에 몰렸을 때, 팀의 마무리 투수인 히스 벨을 바로 투입하고 싶었을 터였다.

그렇지만 태식과의 대화 이후 토니 그레이 감독은 변했다.

히스 벨을 바로 투입하는 대신, 또 다른 중간 계투 요원인 앤디 콜을 내보내서 급한 불을 껐다.

'단순한 1승 이상의 의미!'

태식이 이런 판단을 내린 후, 인터뷰를 하기 위해 걸음을 옮겼다.

경기 MVP.

선발투수로 경기에 출전하지 않았음에도 태식은 오늘 경기의 MVP로 선정됐다.

8회 초 무사 만루 상황에서 대타자로 출전해서 싹쓸이 3루타를 터뜨린 것이 강렬한 인상을 남겼기 때문이다.

이런 경우가 흔치 않기 때문일까.

많은 기자들이 인터뷰를 하기 위해 몰려들었고, 취재 열기는 무척 뜨거웠다.

"승부처에서 투수가 대타 요원으로 등장하는 것은 무척 드문 케이스입니다. 혹시 미리 예상했습니까?"

"예상했습니다. 이미 감독님과 합의가 되어 있던 상황이었기 때문입니다."

"만약 대타자로 타석에 들어서서 좋지 않은 결과가 나왔다면, 많은 비난이 쏟아질 수도 있는 상황이었습니다. 결과에 대한 부담감은 없었습니까?"

"타석에서 부담을 가지기보다는 최대한 투수와의 승부에 집중하기 위해서 애썼습니다. LA 다저스에게 스윕 패를 당하지 않기 위해서, 또 팀의 연패를 끊기 위해서 무척 중요한 승부처였으니까요."

"투수 부문 실버슬러거 상의 유력한 후보에서 이제는 대타 요원으로도 출전해서 좋은 활약을 했습니다. 혹시 투타 겸업도 가능한 것 아닙니까?"

"그 부분은 아직 시기상조라고 생각합니다. 저는 아직 메이저리그라는 낯선 무대에 적응하는 단계입니다. 투타 겸업을 병행할 정도로 여유가 있지 않습니다."

태식이 침착하게 대답을 꺼냈을 때, 콧수염을 기른 기자가 웃으며 농담을 던졌다.

"너무 자주 만나는 것 아닙니까?"

그 말을 들은 태식이 실소를 터뜨렸다.

방금 기자가 꺼낸 말은 경기 MVP로 선정이 돼서 인터뷰를 하는 것이 무척 잦다는 의미였다. 그리고 태식은 이런 질문을 대비해서 미리 준비했던 대답을 꺼냈다.

"오늘 경기의 MVP로 뽑혀서 제가 인터뷰를 하고 있긴 하지만, 개인적으로는 다른 선수가 경기의 MVP라고 생각하고 있습니다."

"누구입니까?"

"하비에르 게레로 선수입니다."

태식이 하비에르 게레로를 지목하자, 기자들이 의아한 시선을 던졌다.

4타수 1안타.

하비에르 게레로는 오늘 경기에서 네 타석에 등장해 안타 하나를 기록했던 것이 전부였다. 타점이나 득점을 올리지도 못했고, 승부에 영향을 미친 결정적인 호수비를 펼쳤던 것도 아니었다.

그런데 태식이 갑자기 하비에르 게레로의 이름을 꺼내자, 기자들이 당황한 것이었다.

"왜 하비에르 게레로 선수가 경기 MVP라고 말씀하시는 겁니까?"

"심적으로 무척 부담이 컸을 상황임에도 불구하고 좋은 경기를 펼쳤으니까요."

기자들 역시 지난 경기에서 하비에르 게레로가 샌디에이고 파드리스의 패배의 직접적인 요인이 된 결정적인 실책을 범했던 것을 알고 있는 상황이었다.

그래서일까.

그들이 수긍한다는 듯 고개를 끄덕이는 것을 확인한 태식이 덧붙였다.

"특히 세 번째 타석에서 내야안타를 만들어낼 당시, 하비에르 게레로 선수는 지난 경기에서 범했던 본인의 실수를 만회하기 위해서 고도의 집중력을 발휘했습니다. 여차하면 사구를 맞고서라도 출루하겠다는 각오를 갖고 타석에 들어섰고, 내야 땅볼을 때린 후 전력 질주를 해서 결국 출루에 성공했습니다. 저는 하비에르 게레로 선수가 보여주었던 강한 투지가 LA 다저스 쪽으로 기울었던 경기 분위기를 바꿨다고 생각합니다."

기자들이 재차 고개를 끄덕인 순간, 태식이 말을 이었다.

"그리고 한 선수가 더 있습니다."

"또 누구입니까?"

"라이언 피어밴드 선수입니다."

"라이언 피어밴드 선수요?"

태식이 라이언 피어밴드를 지목하자, 기자들은 다시 의아한 시선을 던졌다.

오늘 경기에서 라이언 피어밴드는 태식과 마찬가지로 대타자로 경기에 출전했었다.

8회 초 무사 1, 2루 상황에서 8번 타자 이안 드레이크를 대신해 타석에 들어섰던 라이언 피어밴드는 적시타를 때려내지 못했다.

바뀐 투수인 앤디 머로우를 상대로 볼넷을 얻어냈을 뿐이다.

그런데 태식이 하비에르 게레로에 이어 또 한 명의 경기 MVP로 라이언 피어밴드를 거론하자, 의아함을 품은 것이었다.

"그렇지만 라이언 피어밴드는 대타자로 출전해서 적시타를 때려내지 못했습니다. 즉, 승부처에서 경기의 흐름을 바꿔야 하는 대타자의 임무를 완수하지 못했다는 뜻입니다. 그리고 그 역할을 해낸 것은 바로 김태식 선수입니다."

기자들 가운데 한 명이 반박한 순간, 태식이 고개를 흔들며 입을 뗐다.

"물론 대타자로 출전해서 뒤지고 있던 경기를 역전시키는 적시타를 터뜨린 것은 제가 맞습니다. 그렇지만 제가 3타점 적시타를 터뜨릴 수 있었던 것은 다른 선수들이 루상에 나가 있었기 때문입니다. 그리고 제가 알고 있는 대타자의 임무는 적시타를 터뜨려서 경기의 분위기를 바꾸는 것이 다가 아닙니다."

"……?"

"어떻게든 출루를 해서 후속 타자에게 기회가 이어지도록 해 주는 것도 대타자로 등장한 선수의 중요한 임무 가운데 하나입니다. 만약 라이언 피어밴드 선수가 앤디 머로우를 상대로 신중하게 승부를 펼친 끝에 볼넷을 얻어내지 못했다면, 제가 적시타를 터뜨렸다고 해도 경기를 역전시킬 수 없었을 겁니다."

태식이 힘주어 강조했다. 그렇지만 기자들의 반응은 아까와 달랐다.

하비에르 게레로에 대한 이야기를 꺼냈을 때는 모두 수긍했지만, 라이언 피어밴드에 대한 이야기에는 일부 수긍하지 않는 기자들도 있었다.

그렇지만 태식은 개의치 않았다.

지금 하고 있는 인터뷰.

여기 모여 있는 기자들을 납득시키기 위함이 아니었다.

태식이 이런 인터뷰를 한 진짜 이유는… 팀 동료 선수들의 기를 살려주기 위함이었기 때문이다.

"마지막으로 하나만 더 질문드리겠습니다. 앞으로도 김태식 선수는 대타 요원으로 경기에 출전하는 겁니까?"

태식이 고개를 끄덕이며 대답했다.

"팀이 필요로 한다면 계속 출전할 겁니다."

『저니맨 김태식』 11권에 계속…

초대형 24시 만화방

신간 100%, 샤워실, 흡연실, 수면실(침대석), 커플석, 세탁기 완비

■ 광명 광명사거리역점 ■

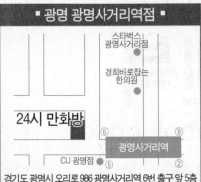

경기도 광명시 오리로 986 광명사거리역 6번 출구 앞 5층
02) 2625-9940 (솔목타워 5층)

■ 강북 노원역점 ■

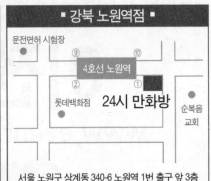

서울 노원구 상계동 340-6 노원역 1번 출구 앞 3층
02) 951-8324 (화용빌딩 3층)

■ 일산 정발산역점 ■

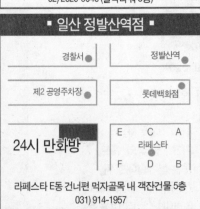

라페스타 E동 건너편 먹자골목 내 객잔건물 5층
031) 914-1957

■ 일산 화정역점 ■

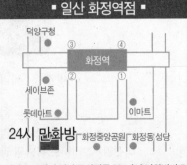

경기도 고양시 덕양구 화정동 984번지 서일빌딩 7층
031) 979-4874 (서일사우나 건물 7층)

■ 부천 역곡역점 ■

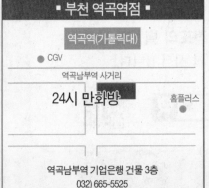

역곡남부역 기업은행 건물 3층
032) 665-5525

■ 부평역점 ■

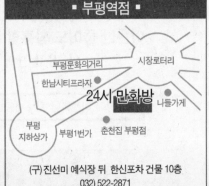

(구)진선미 예식장 뒤 한신포차 건물 10층
032) 522-2871